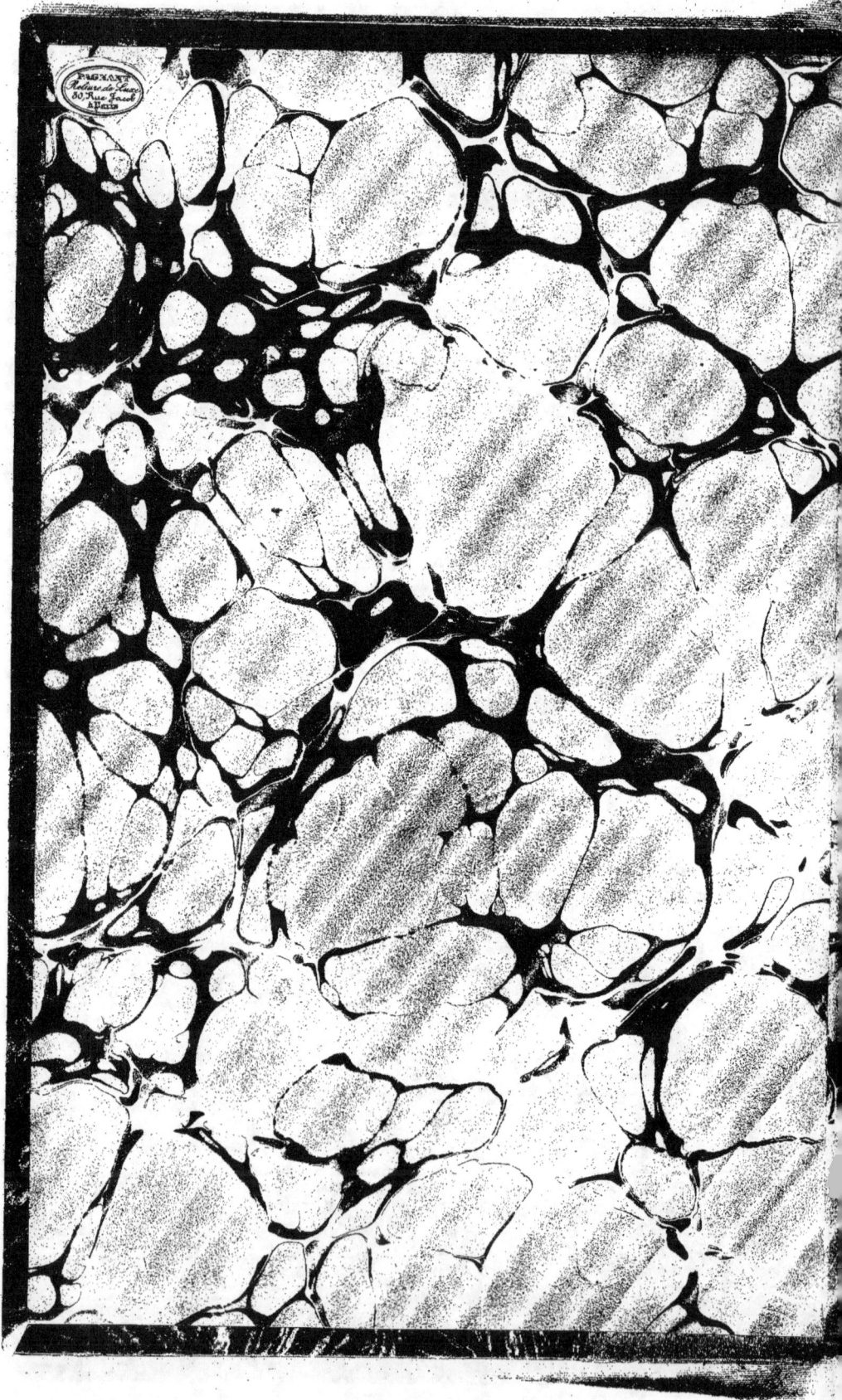

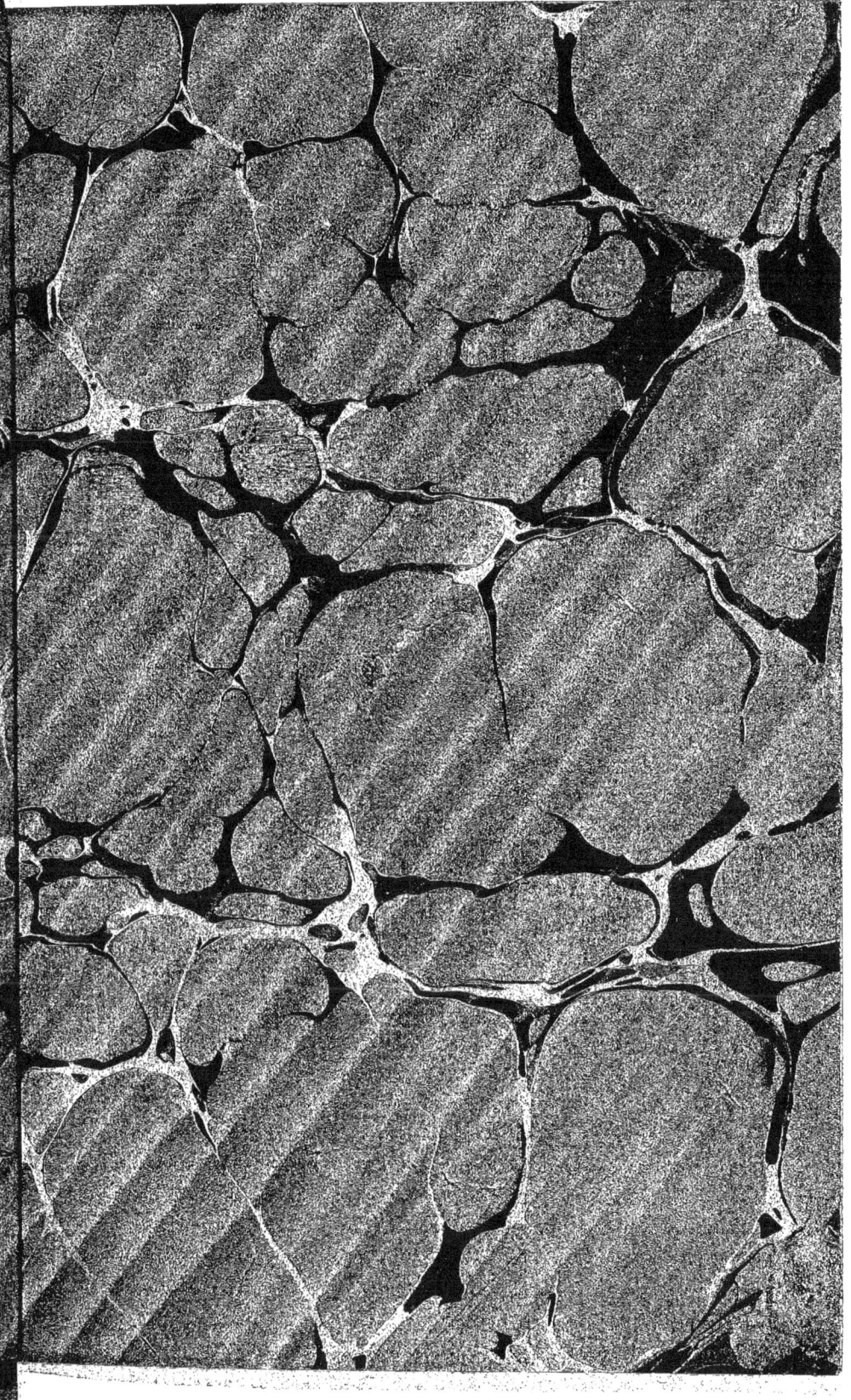

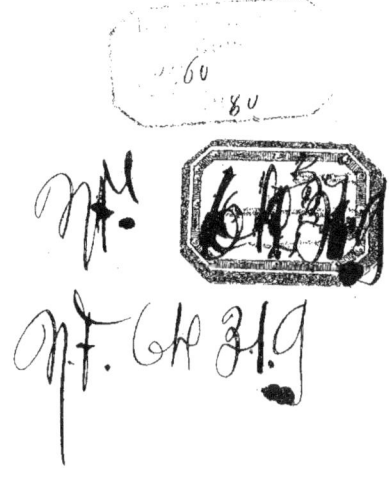
MÉMOIRES

DE

JEAN D'ANTRAS DE SAMAZAN

SEIGNEUR DE CORNAC.

SAMAZZAN, autrefois, ou restauré.

CHATEAU DE SAMAZAN, état actuel, faces ouest et sud, 1880.

MÉMOIRES

DE

JEAN D'ANTRAS

DE

SAMAZAN

SEIGNEUR DE CORNAC

SUIVIS DE DOCUMENTS INÉDITS SUR LES CAPITAINES GASCONS
PENDANT LES GUERRES DE RELIGION
ET DE LA GÉNÉALOGIE DE LA MAISON D'ANTRAS

PUBLIÉS POUR LA PREMIÈRE FOIS

PAR

M. J. de CARSALADE du PONT

Membre du Comité historique de Gascogne

ET

M. Ph. TAMIZEY de LARROQUE

CORRESPONDANT DE L'INSTITUT.

SAUVETERRE-DE-GUYENNE

JEAN CHOLLET, LIBRAIRE-ÉDITEUR

Directeur de la Revue des Bibliophiles.

—

1880

AVERTISSEMENT

Feu M. C. Clausade, notaire à Marciac, adressait de cette ville, le 2 mars 1860, à M. l'abbé Canéto, directeur du *Bulletin du comité d'histoire et d'archéologie de la province ecclésiastique d'Auch*, et vicaire général de Mgr de Salinis, une lettre insérée dans ce *Bulletin* (t. I, p. 96-97) et ainsi conçue :

« En procédant, il y a quarante-cinq ans, à l'inventaire du mobilier du château de Cornac, situé, comme vous le savez, à peu de distance de cette ville, on découvrit un antique et volumineux manuscrit renfermant, écrite jour par jour, l'Histoire des guerres de religion au xvi° siècle.

» L'auteur de ces mémoires était noble Jean d'Antras, sire de Cornac, seigneur de Samazan, l'un des héros de cette sanglante lutte. Il avait consigné dans son journal tous les événements de cette époque déplorable, et il avait pu, lui aussi, dire comme le héros de Virgile :

> » *Quæque ipse miserrima vidi.*

» J'étais bien jeune à l'époque de la découverte de ces précieux documents, et mes yeux ne s'arrêtèrent qu'avec une profonde indifférence sur ces pages, dont le temps avait rongé les bords et que les mites dévoraient.

» Depuis lors, avec quels regrets et avec quelle persévérance ne m'étais-je pas mis à la recherche de ces mémoires que mon ignorance avait autrefois dédaignés! Mais aussi, quelles déceptions et quels mécomptes! Le manuscrit avait été vu partout, et il ne se retrouvait nulle part.

» J'étais découragé... lorsque, un jour, on vint m'annoncer qu'on avait vu sur la table de cuisine d'un modeste presbytère de village un vieux registre, dont on arrachait les feuillets, un à un, pour l'usage de la maison. J'y cours... Je m'informe auprès de M. le curé, vieillard octogénaire, aussi vénérable par ses vertus que par son âge; il ouvre des yeux grands d'étonnement; car il ne pouvait pas comprendre, le digne homme, l'intérêt que j'attachais à la possession de *quelques vieux papessards*... « Oui, oui, me dit-il, c'est bien cela... une » écriture à peu près indéchiffrable... des batailles... des hugue. » nots... Mais à quoi peuvent être bonnes ces vieilleries?... »

» Il parlait encore, et déjà j'étais à la cuisine. O profanation!... Sur un coin de la table, mon manuscrit, c'était bien lui! mon manuscrit était ouvert; il gisait étendu comme un vieillard à qui l'on vient d'amputer un membre. La plupart des feuillets avaient été enlevés, laissant ainsi voir à nu les trois quarts de l'épine dorsale, d'où pendaient, comme autant de nerfs décharnés, les cordes de la reliure. Cinq ou six pots remplis de graisse, et rangés en ordre sur la table, portaient, chacun, en forme de coiffure, trois ou quatre feuilles du manuscrit, que les ciseaux de la cuisinière avaient réduites au périmètre de l'orifice de ces vases maudits (1).

» Les feuillets que j'ai sauvés de ce honteux et dégoûtant naufrage sont au nombre de cent quarante. Les faits qui y sont relatés commencent à la levée du siège de Poitiers, et finissent après le récit des faits et gestes des armées catholique et huguenote dans notre pays. Marciac, Mirande, Trie, Rabastens, Plaisance, Castelnau, etc., etc., y figurent comme le théâtre de nombreux et intéressants événements (2). »

M. Clausade ajoutait : « Si vous croyez que ce qui reste des mémoires du sire de Cornac puisse convenablement trouver place dans le *Bulletin*, je les enverrai par fragments à la rédaction. Dans ce cas, la lettre que j'ai l'honneur de vous adresser pourrait en précéder la publication, comme un petit avant-propos. »

La proposition de l'honorable notaire de Marciac fut agréée, et il ne tarda pas à fournir au recueil auscitain (tome I, p. 473-476) un extrait des *Mémoires de Jean d'Antras* relatif au célèbre siège de Poitiers par l'amiral de Coligny en 1569, extrait précédé de quelques renseignements biographiques sur l'auteur (p. 466-476). Nous ignorons pourquoi la publication ne fut pas continuée.

Deux des meilleurs travailleurs de notre région, M. Alcide Curie Seimbres, qui, dès l'année 1844, prit copie des pages retrouvées par M. Clausade, et M. Léonce Couture, qui, en 1861, appela l'attention, dans son *Esquisse d'une histoire littéraire de la Gascogne* [a], sur l'intérêt que présenteraient ces pages, avaient eu le projet, chacun de son côté, de les réunir en un volume. Tous les deux, avec une délicatesse dont aucun de ceux qui les connaissent ne sera étonné, ont bien voulu voir en nous non leurs rivaux, mais leurs héritiers naturels : ils nous ont prodigué les plus utiles communications, et nous ne pouvons assez remercier ces excellents confrères d'avoir si généreusement fait profiter notre travail de toutes les ressources de leur science et de leur expérience.

---

[a] *Bulletin d'Auch*, t. II, p. 577, 578. Nous nous plaisons à espérer que le savant et brillant critique transformera, plus tard, cette esquisse en un tableau achevé.

Désireux de ne pas nous montrer les trop indignes successeurs de MM. A. Curie Seimbres et L. Couture, nous n'avons
rien négligé pour donner une satisfaisante édition des *Mémoires de d'Antras*. Notre premier soin, comme on le pense bien,
a été de chercher à reconstituer le texte tout entier de ces
Mémoires. Quand, après mille actives démarches, nous avons
reconnu que l'entreprise était illusoire, nous avons voulu, du
moins, rattacher à ce qui reste du manuscrit tous les lam-
beaux épars qui subsistaient çà et là. Nous avions surtout
compté, pour ajouter à notre texte divers chapitres inédits,
sur la vaste compilation formée, au siècle dernier, par le la-
borieux Larcher, et conservée dans les archives départementales des Hautes-Pyrénées. Mais nos espérances à cet égard
devaient être cruellement trompées: les vingt-cinq volumes des
Glanages de Larcher, successivement compulsés, ne nous ont
pas livré le plus petit butin. Les extraits assez nombreux des
Mémoires de d'Antras insérés par l'intrépide chercheur dans
son recueil se retrouvent tous précisément, par une de ces fa-
tales coïncidences qui nous a rappelé de tragiques tirades
contre l'ironie du sort, dans la partie du manuscrit sauvée
de la destruction.

Nous avons été un peu plus heureux en examinant un autre recueil manuscrit, l'*Histoire de la province et comté de
Bigorre*, rédigée vers 1750 par l'abbé Duco (3). Nous y avons
trouvé une citation qui nous permet de faire disparaître une
lacune d'autant plus fâcheuse que le récit dont on était privé
est plus intéressant. Nous avons comblé une autre lacune,
beaucoup plus considérable, en reproduisant, dans notre
édition, les extraits des premières pages tracées par ce cadet
de Gascogne qui s'intitulait si fièrement le *capdet sans reproche,* extraits donnés, en 1847, par M. le duc de Fezensac, à la

suite de son *Histoire de la maison de Montesquiou-Fezen-sac* (4).

N'ayant pu, à notre grand regret, présenter à nos lecteurs un texte complet, nous avons mis notre ambition à leur présenter un texte fidèle. Quelques personnes nous reprocheront même sans aucun doute d'avoir reproduit le manuscrit autographe avec une trop scrupuleuse exactitude, c'est-à-dire d'avoir conservé dans toute son irrégularité la forme donnée aux mots par un narrateur qui maniait infiniment moins bien la plume que l'épée. Mais il nous a semblé que la langue parlée en Gascogne, dans la seconde moitié du XVIe siècle, par un soldat-gentilhomme, avait trop de saveur pour n'être pas respectée par nous jusqu'en ses plus bizarres écarts, et nous sommes persuadés que la plupart de nos lecteurs, en dehors même des purs philologues, préféreront à des pages dont la lecture aurait été facilitée par le rajeunissement de l'orthographe, un texte où revit toute la naïve et curieuse incorrection du cadet de Gascogne. Nous avons donc seulement donné, à l'aide de la ponctuation, un peu plus de clarté aux phrases parfois si longues et si enchevêtrées du narrateur. Encore avons-nous cru devoir user avec une certaine réserve du pouvoir discrétionnaire laissé, à cet égard, aux éditeurs de vieux textes.

L'annotation des *Mémoires* de d'Antras a reçu d'assez grands développements. Nous avons surtout tenu à éclairer de la plus abondante lumière tout ce qui, dans les récits de notre héros, est relatif aux choses gasconnes. On trouvera particulièrement dans notre travail des notes — qui ressembleront souvent à des notices — sur les personnages méridionaux mentionnés en si grand nombre par le chroniqueur. Nous avons réuni, autour du nom de chacun de ces personnages, beaucoup plus de renseignements généalogiques et biogra-

phiques qu'on n'a l'habitude d'en donner dans les plus re-
commandables éditions de mémoires [a]. Si l'on jugeait qu'il y
a quelque abus dans l'ampleur de notre commentaire, nous
dirions, pour notre excuse, que nous avons été obligés de nous
étendre sur bien des points qui jusqu'à ce jour avaient été
insuffisamment étudiés, ou qui même n'avaient pas encore
été le moins du monde effleurés, et nous avons la confiance
que l'on nous pardonnera, en faveur des résultats acquis, la
longueur du chemin parcouru.

Quant à la biographie de Jean d'Antras, nous n'avons pas
eu à nous en occuper, car nous reproduisons, à la suite de
cet *Avertissement,* un récit de ses faits et gestes qui est complet dans sa brièveté, récit composé, au siècle dernier, avant
la mutilation du manuscrit des *Mémoires.* Ce résumé de la vie
du vaillant capitaine nous a été gracieusement communiqué
par M. le comte Alfred d'Antras. Ce n'est pas là le seul document que nous devions à l'exquise bienveillance du descendant direct de l'auteur des *Mémoires.* M. le comte d'Antras a
mis à notre disposition tous les trésors de ses archives, et nous
y avons puisé avec une reconnaissance dont il nous est doux
de consigner ici le cordial témoignage.

Nous avons une autre dette à payer. Un magistrat, de tous
honoré, M. Paul La Plagne-Barris, conseiller à la Cour d'appel
de Paris, a eu l'amabilité de nous offrir un croquis du château de Samazan, où naquit Jean d'Antras, et un croquis
du château de Cornac, dont notre chroniqueur devint par son
mariage propriétaire et seigneur. Les deux dessins dont M.

---

[a] Notre travail devancera un travail beaucoup plus important que prépare
Madame la comtesse Marie de Raymond sur *la Noblesse gasconne dans les
Commentaires de Blaise de Monluc,* travail dont nous aimons à saluer d'avance
ici les souveraines qualités.

La Plagne-Barris a orné notre édition feront dire assurément à tout le monde que l'habile crayon de l'archéologue rivalise dans sa main avec la savante plume de l'historien.

A l'Appendice de notre recueil on trouvera : 1° quelques lettres écrites à d'Antras par Henri IV, alors roi de Navarre, par Jean de Monlezun, seigneur de Baratnau, sénéchal d'Armagnac, par François de La Valette, seigneur de Cornusson, sénéchal de Toulouse, par Antoine d'Aure, comte de Gramont, lettres qui sans doute sont déjà connues, mais que nous ne pouvions guère nous dispenser de grouper à la suite des *Mémoires*; 2° une généalogie très détaillée de la maison d'Antras, entremêlée de documents inédits, et qui sera d'autant plus utilement consultée que l'on ne possède aucune histoire imprimée de cette si vieille et si noble maison (5).

Une table alphabétique des noms d'hommes et de localités mentionnés par le chroniqueur et par les commentateurs, complètera notre volume.

Nous avons reproduit textuellement après la notice biographique le titre donné, dans l'ouvrage du duc de Fezensac, aux extraits relatifs à la maison de Montesquiou, ainsi que l'*Avis au lecteur* du *Capdet sans reproche*, et les trois épigraphes groupées à la suite de cet avis écrit avec tant de gracieuse bonhomie. Ces quelques lignes ont, en effet, un charme naïf qui gagne le cœur ; on aime déjà ce brave chroniqueur, qui oublie un instant son humeur gasconne pour s'excuser de son insuffisance (!), et avouer humblement qu'il n'a « guère estudié (?) pour faire l'hystorien. » Dans la belle page où Blaise de Monluc, parlant de sa mort prochaine, s'écrie : « En dépit d'elle mon livre vivra non seulement en la Gascogne mais parmy les estrangers, » il ajoute au sujet de ses commentaires, cette phrase qui rappelle l'aveu de Samazan : « Je prie ceux qui les liront de ne les prendre poinct comme escripts de la main d'un escrivain, mais d'ung vieux soldat et encore gascon, qui a escript sa vie à la vérité. » On pressent dans ce court *Avis au lecteur* le souffle généreux qui anime les récits des *Mémoires* et cette ardeur toute militaire, toute gasconne, que ni l'âge ni tant de guerres n'avaient pu affaiblir; car, remarquez-le, au moment où d'Antras se disait si gaillardement prêt « *merci Dieu* » à faire encore bon service à son roi et à son pays, il avait pour le moins une soixantaine d'années. Monluc, un peu plus âgé, regrettait de n'avoir pas « dix bons ans dans le ventre » pour user son bâton de maréchal.

Est-il besoin de faire ressortir le caractère touchant de ces trois épigraphes sur les vieux amis? On en retrouvera l'écho dans ces *Mémoires ;* qu'on lise ces pages où Jean d'Antras parle de ses vieux amis de Gascogne, de ses compagnons d'armes morts à la guerre, et surtout du baron de Montesquiou, on y sent battre, sous la cuirasse du soldat, le cœur chaud et dévoué de l'ami.

Il n'est pas jusqu'à cette citation d'Ovide qui n'ait son prix. Ce souvenir classique nous rappelle le collège d'Auch, dirigé avec tant de célébrité par les pères Jésuites, où d'Antras fit des études sérieuses, on le voit, puisque à soixante ans il savait encore assez bien les règles de la *prosodie* pour substituer un vers de sa façon au vers si connu de l'élégant poëte : *Donec eris felix, multos numerabis amicos.* L'épigraphe qui vient après n'est que la traduction du proverbe : *Amici veteres, vina vetera, vetus aurum !* Les chasseurs ajoutent à cette énumération les vieux chiens, et les bibliophiles, les vieux livres.

Les deux extraits placés après l'*Avis au lecteur* apparte-
naient à la première partie des Mémoires. D'après l'*Histoire
de la Maison de Montesquiou*, cette première partie était intitulée ainsi : « *Premier discours des guerres civiles de France,
depuis l'an 1563 jusques à l'an 1613* (sic. Faute de lecture ?
il faut 1589.) *Sous les rois Charles de Valois et Henry III
jusques au règne de Henry IV de Bourbon, fet par un capdet
de Gascougne, nommé Samazan, à present seigneur de
Cornac.* » Puis vient cette trop brève analyse : « *Nota*. Dans
ce discours il raconte quelques voyages faits par terre et par
mer à Madère. Il n'y a rien au sujet de Messieurs de Montesquiou, c'est dans l'autre qui suit. » Il y a évidemment ici
une erreur, puisque le discours des seconds troubles, où
figurent le baron de Montesquiou et son frère, commence,
ainsi qu'on le verra, en 1567. Nous croyons que le copiste
aura pris le titre général de la *première partie* des Mémoires
pour celui du *premier chapitre*. Les Mémoires devaient se
composer de deux parties : première partie, des guerres
civiles, etc., de 1563 à 1589, date de l'avènement d'Henri IV,
et deuxième partie de 1589 à..... peut-être 1613, date
plus haut indiquée. — La *première partie* se divisait en
trois discours : 1er « Discours des premiers troubles, » de
1563 à 1567, où d'Antras racontait sa jeunesse, ses premiers
exploits en Languedoc, sous le baron de Fourquevaux (1563),
et son voyage à Madère avec Peyrot de Monluc, 25 août 1566.
Que de regrets doit exciter la perte du récit de cette expédition de Madère ! On saura du moins désormais qu'un nom
doit être ajouté aux deux noms seulement indiqués par
M. P. Gaffarel, en ce passage de son *Capitaine Peyrot de
Monluc*, sur les gentilshommes qui s'associèrent à l'aventu-
reuse entreprise (p. 249) : « A l'exception des vicomtes

d'Uza et de Pompadour, on ne peut citer aucun autre nom connu. » — 2° « Discours des seconds troubles et guerres civiles, etc., » de 1567 à 1569. Notre premier extrait appartient à ce deuxième discours. — 5° « Tiers troubles et guerre civile en France, commencée au mois d'avril de l'an 1569 » jusques en 1589. C'est entre ces deux dates que se placent les récits renfermés dans le deuxième extrait et dans la partie du manuscrit sauvée du naufrage. — Nous ne connaissons de la *deuxième partie* que le récit de la tragique mort des jeunes époux et des convives du château de Lassalle, près Aignan, massacrés par les protestants pendant le festin de noce, et celui de la prise et du sac d'Aignan. Ces deux récits nous ont été conservés par le manuscrit, déjà cité, de l'abbé Duco. Nous les donnons dans une note sur le seigneur de Meymes. Outre ces deux faits connus, ces feuillets, à jamais perdus, hélas ! devaient encore raconter les guerres de la Ligue en Gascogne. Les exploits de Bernard de Bezolles, et ceux surtout de Jacques du Lau, enragé ligueur, qui était alors à Marciac, ainsi que nous le dirons dans une note, et qui, pendant plusieurs années, jusqu'à l'abjuration d'Henri IV, fit, avec le marquis de Villars, la guerre de partisans dans l'Armagnac, la Bigorre et la Chalosse. Nous citerons la prise de Barcelonne en 1591, celles de Gimont, de Touget, etc., en 1592, le siège de Tarbes, les sacs de Saint-Palais, de Pontac, etc. ; et puisque nous avons exprimé l'opinion que cette *deuxième partie* atteignait à l'année 1613, ajoutons à ces citations les troubles et les divisions qui éclatèrent à la mort d'Henri IV.

Tous les soins que nous avons pris pour rendre ce volume digne du public d'élite auquel il s'adresse nous donnent l'espoir qu'un bon accueil lui sera fait. Mais, nous l'avouons

sincèrement, nous comptons beaucoup plus, pour le succès de l'édition, sur d'Antras que sur nous-mêmes. Sans vouloir nous laisser entraîner dans une de ces exagérations qui sont, dit-on, familières à la Gascogne, nous dirons que les récits du châtelain de Cornac ont tout ce qu'il faut pour attirer le lecteur et pour le retenir. Le style, nous l'avons déjà déclaré, est inélégant, incorrect; mais gardons-nous bien de nous plaindre de ces incorrections qui ont aussi leur prix; d'Antras pourrait nous dire avec Boyvin du Villars : « J'ay apprins que je ne scay quelles gens plus enflez de cacquets que d'erudition, disent que mon langage est si rude qu'il n'a rien de ceste élégance, ny de ceste délicatesse qui doit estre familiére à ceux qui se veulent mesler de traicter l'histoire; a quoy je leur repondray, que si je voulois parler de l'amour et non de guerre, que je me fusse efforcer d'emprunter de leur boutique du sucre et du miel pour le rendre plus gracieux et plus délicat qu'il n'est pas; mais qu'en traictant et d'armes et de combat, il estoit à propos que mon langage sentist le canon et le soldat barbouillé et mal pigné, que le dameret passefilonné. » Combien du reste ces défauts sont rachetés par la grâce naïve de la phrase, par la piquante vivacité du récit! Et quelle franchise rayonne partout! Comme on voit bien que le loyal gentilhomme ne cache rien de tout ce qu'il sait, de tout ce qu'il pense [a]! Le noble accent de la vérité vibre en toutes ces pages, et ce n'est pas un des moindres charmes de nos *Mémoires*. Ce qui contribue encore à leur donner un intérêt saisissant, c'est l'enthousiasme belliqueux dont ils portent l'empreinte. Cet amour des combats, qui de tout temps a été un des signes caractéristiques de la

---

[a] Larcher (Glanage, t. xvi, p. 302) avait déjà rendu au narrateur cet hommage : « Son style naïf me le fait présumer très fidèle. »

race gasconne, anime, comme une flamme généreuse, les récits que l'on va lire. On y sent, en quelque sorte, l'enivrante odeur de la poudre. C'est par là surtout que les *Mémoires* de d'Antras méritent d'être rapprochés de ceux de Blaise de Monluc (6). Sans doute on n'y rencontre pas des pages comme celles qui ont placé le défenseur de Sienne au nombre des plus entraînants de nos vieux écrivains, pages où se reflètent, semble-t-il, tous les éclairs que jetait une des plus vaillantes épées d'un siècle où les héros se comptent par milliers; mais, si dans les *Mémoires* de d'Antras, la langue est moins colorée, le souffle moins puissant, la verve moins éloquente, il reste encore entre ses récits et ceux de Blaise de Monluc assez de points de ressemblance, assez *d'air de famille,* pour que nous ayons le droit de croire que tous les admirateurs des *Commentaires* accorderont leurs sympathiques suffrages à la *Vie du pauvre capdet de Gascougne.*

NOTICE SUR JEAN D'ANTRAS

RÉDIGÉE AU XVIIIe SIÈCLE ET TIRÉE DES ARCHIVES DE M. LE COMTE
A. D'ANTRAS.

Jean d'Antras fut animé dès sa tendre jeunesse du désir
de la gloire. On lit dans ses Mémoires ou Commentaires de sa
vie que, dans son bas âge, il s'adonnait à l'étude des belles-
lettres au collège de la ville d'Auch (1), où il était avec qua-
tre-vingts ou cent gentilshommes; et qu'en l'année 1563, alors
âgé de quinze ans ᵃ, le bruit des guerres civiles qui rava-
geaient la France étant parvenu jusqu'à lui, et que les huguenots s'étaient déjà rendus les maîtres de plusieurs villes
dans plusieurs provinces du royaume, à l'exemple de tant
d'autres, il conçut le généreux projet de marcher sur leurs
traces. Peu de temps après, il prend son parti, il achète un
cheval ou bidet du prix de six écus, et, n'ayant qu'une pa-
reille somme en bourse (2), il part pour le Languedoc, où le
feu de la guerre était allumé, et va à Toulouse, où il apprend
que les troubles s'étaient apaisés par la bravoure et le secours
des gentilshommes de Gascogne. Après quatre ou cinq jours
de séjour à Toulouse, il partit pour Narbonne. M. de Fourquevaux (3) y assemblait, par ordre du roi, quelques compagnies
de chevau-légers et de gens de pied; l'ayant salué comme
ayant l'honneur de lui appartenir (4), le gouverneur, ainsi
qu'il le rapporte, lui donna une arquebuse fort belle, des four-
niments et un fort beau morion. Il aimait mieux porter par pré-

---

ᵃ Cela nous donne la date de la naissance de notre chroniqueur, 1548. L'auteur de la notice n'a pas indiqué la date de la mort de d'Antras. L'abbé Monlezun (t. VI, p. 611) s'exprime ainsi : « On ignore l'époque précise de sa mort.
Elle arriva de 1623 à 1627. »

férence une arquebuse dans une des compagnies des gens de pied, que d'être homme de cheval, ayant déjà pour maxime qu'un jeune homme doit pour commander commencer d'obéir. Etant parti de Narbonne avec les troupes, et étant arrivé en un village appelé Lattes, à peu de distance de Montpellier, les troupes s'y retranchèrent; mais ayant un jour fait une sortie (5), il tua pour son premier coup d'essai le cheval d'un cavalier de l'armée ennemie, et le cavalier fut percé de coups. Ayant rencontré en 1565 plusieurs cadets gentilshommes, qui partaient pour aller rejoindre le capitaine de Monluc, qui partait pour une expédition à la Floride, il se joignit à eux et s'embarqua avec les troupes pour l'isle de Madère. Etant arrivé, et le capitaine Monluc ayant été blessé à la cuisse d'un coup d'arquebuse tiré d'un fort et étant mort à la suite de sa blessure (6), les troupes s'en retournèrent en France. En 1566, les huguenots ayant repris les armes, ledit Jean d'Antras, en ayant été invité par le baron de Montesquiou, alla rejoindre les troupes à Agen. Etant aux environs de Chartres, il enleva, en combattant, une enseigne aux ennemis. Il se trouva au siège de La Rochelle et eut son cheval tué sous lui; il y fut blessé aux deux cuisses, au bras droit et à la main gauche, reçut deux coups de pistolet dans sa cuirasse, et malgré ses blessures, se battit contre un soldat ennemi qu'il amena prisonnier. Il se trouva à la bataille de Moncontour [a], reçut un coup de pistolet dans sa cuirasse; son cheval culbuté tombe sur lui; Monsieur, frère du roi, lieutenant général de l'armée, le touche de son épée et le fait chevalier. Il est nommé gouverneur de Marciac après le massacre de la Saint-Barthélemy. Après beaucoup de fatigues et sans cependant avoir l'intention d'abandonner l'exercice des armes, il se maria avec demoiselle Françoise de La Violette, dame et héritière de la Salle de Cornac,

[a] La mention de la présence de d'Antras à la bataille de Moncontour (3 octobre 1569) aurait dû, par respect pour l'ordre chronologique, précéder la mention de la présence de notre narrateur au siège de La Rochelle.

suivant son contrat de mariage du 20 octobre 1574. Ladite demoiselle de La Violette fut assistée de messire Antoine de Rivière, vicomte de Labatut, sénéchal de Bigorre, son tuteur; d'André-Georges de Baudéan, seigneur de Clermont, son oncle maternel; d'Henri de Rivière, seigneur de Lengros; de Thomas de Batac, son cousin-germain; et de Bertrand de La Violette, seigneur du Cassagnau, son proche parent. Pendant son mariage il continua de servir le roi avec le même zèle; il se trouva dans les occasions les plus périlleuses; il fut arquebusier, chevau-léger, gens d'arme, capitaine et gouverneur. Il reçut en différentes époques des marques très sensibles du cas que Henri IV faisait de lui; les lettres que ce grand roi lui écrivit en diverses circonstances le justifient. Il s'en est conservé quatre, plus une de monsieur de Cornusson, et une de monsieur de Barannau. [On trouvera toutes ces lettres à l'Appendice n° 1.]

MÉMOIRES DE JEAN D'ANTRAS.

AUX LECTEURS.

A vous, Messieurs mes amis, s'adresse ce petit discours, lequel, encore qu'il ne soit bien fet pour vous doner plaisir et contantement, pourtant le suyet est beau. Je vous supplie l'avoir pour agreable et excuser l'insuffisance de l'auteur qui n'a guere estudié pour faire l'hystorien; mais pour fere voir qu'il n'a toujours demeuré aux anvirons de la maison pour se donner du bon temps et fere bonne chere, qu'est encore en vie et en estat, merci Dieu, de fere un bon servisse au roy et à sa patrie; et de la peyne que vous prendrés à voir une chose si grossiere, toutesfois fort veritable, aux heures de votre loisir, je vous en vaudré servisse tout le reste de mes jours.

Votre plus obeyssant serviteur,

LE CAPDET SANS REPROCHE NOMMÉ SAMAZAN,
Seigneur de Cornac.

Temporibus duris veri noscuntur amici :
Tempora si fuerint nubila, solus eris.

C'est une belle richesse qu'un bon amy sans dissimulation.

L'on dit que le vin vieux et la vieille monoye et les vieux amys emportent le pris sur toutes choses[a].

---

[a] Cette page vient de la source indiquée en tête des fragments qui vont suivre.

2

MÉMOIRES DE JEAN D'ANTRAS.

Fragments extraits de l'Histoire de la maison de Montesquiou-Fezensac.

MÉMOIRE

TIRÉ LÈTRE A LÈTRE DU

MANUSCRIT DE M. (*sic*) SAMAZAN

SEIGNEUR DE CORNAC

SUR CE QUI PEUT INTÉRESSER LA MAISON DE MONTESQUIOU

(Ce manuscrit est au château de Cornac).

Discours des segons troubles et guerre civile de France contre les huguenots qui s'estoient saisis de pleusieurs villes, l'an 1566 [a], *la où j'ay toujours assisté et fort blessé.*

... Auquel bruit de la prise des armes des huguenots toutes les compagnies de gens d'armes de Gascougne, capitenes et autres, se préparèrent après avoir reçu le commandement du Roy pour marcher en France [b], et entre autres le seigneur de Gondrin (1), de La Valette (2) et Darne (3) et autres, parce que les huguenots s'estoient déjà saisis de fortes villes et fet des entreprises fort importantes contre Sa Magesté. Lesquels

---

[a] Il faut lire 1567, car la seconde guerre civile n'éclata qu'en cette dernière année. Voir l'*Art de vérifier les dates*, édition in-8°, Paris, 1818, t. VI, p. 180. Du reste, à la fin de l'année 1566, d'Antras était à Madère avec Peyrot de Monluc; il s'était embarqué à Bordeaux le 23 août 1566.

[b] Pour les méridionaux d'alors, comme pour ceux des siècles précédents et même suivants, la *France* ne commençait qu'à la Loire.

seigneurs de La Valette et Darne avoient chaqun un règiment de chevaux légiers, qu'ils avoient presque tous ensemble pour fere ce voyage. Monsieur de Gondrin aussi, le grand père de celui qui est à présent [a], avec sa compaignie de gens d'armes, duquel le sieur de Montespan, son fils (4), étoit lieutenant, et Monsieur le vicomte de Saint-Girons (5) on enseigne, et M. de Lau (6) son guidon, accompagnés d'une fort belle trouppe de noblesse du pais, bien armés et bien montés, et Monsieur de Montluc demeura sur le pais comme lieutenant du Roy, où il se fesoint de grands desordres et entreprises par les huguenots qui s'étoint aussi saisis de quelques villes en ce pays (7).

Le régiment de M. de La Valette étoit de six compagnies chevaux légiers compris la sienne de gens d'armes, qui estoit la plus belle et bien montée qui le pourroit dire, et les capitenes des autres compaignies estoint le seigneur de Bidonet (8), Dorade (9), de Lymul (10), du baron de Mimort (11) et une compaignie d'Espagnols, et toutes accompagnées de braves jeunes hommes capdets du pays.

La trouppe de M. Darne (12) estoit aussi fort belle; son lieutenant estoit Monsieur de Lacassaigne de Condom (13), Monsieur de Saint-Lary (14) son enseigne, et Monsieur de De beze (15) son guidon, et le petit Bounrepaire (16) son mareschal de logis. Monsieur de Sayas (17) estoit aussi lieutenant de Monsieur de La Valette, Monsieur du Gabarret son enseigne (18), Monsieur de Trignan son guidon (19), et Monsieur de Rouquettes (20) son mareschal de logis. De la compagnie de Monsieur Dorades, Monsieur de Montesquiou le baron estoit lieutenant (21), le capitene Gensac de Comenge (22), son enseigne. En la compagnie du seigneur Bidonet, Monsieur de Lamesan (23) estoit son lieutenant, et le sieur de Monfaucon

[a] Cette phrase permet d'établir que l'époque où d'Antras a écrit ses Mémoires est postérieure à 1611, date de la mort d'Hector de Pardaillan, « père de celui qui est à présent. » On trouvera plus loin une autre indication, d'après laquelle la rédaction des Mémoires doit être avancée jusqu'à 1615 tout au moins.

son enseigne (24), tous braves hommes bien accompagnés et bien montés.

Et plustost que ses compaignies ne volsirent marcher, je fus employé par le baron de Montesquiou, lieutenant dudit seigneur Dorade, de vouloir estre de la partye pour marcher avec eux. Combien que j'avois fet autre dessain, mais parce que il estoit fort de mes amys et de nostre maison (25), je le volsis contenter et le prometre, et fis estat de me préparer, pour au premier mandement desloger, qui fut bientost que lesdites troupes s'assemblarent aux environs d'Agen avec forse gentishomes volonteres, et de la fut question de prendre nostre route vers Lymoges, où l'on fesoit estat de trouver le rendevous pour nous joindre à l'armée du Roy.

A même temps, Monsieur, frère du Roy, fut déclaré chef des armées catholiques de France à la suite des huguenots et lieutenant de Sa Majesté par tout son royaume...

Tout s'assembla aux environs de Troye en Champagne...

A même temps furent découverts une trouppe d'arquebusiers des huguenots en une rase campaigne qui s'en aloint à la pycourée, et qui ne se doubtoint de rien, nous pensant plus loing que nous n'estions pas; aussi avions nous fet une grande cavalcade parce qu'ils estoient presque au milieu du corps de leur armée. Sur quoy incontinent Monsieur de La Valette en ayant advis et les voyant de loing despecha sept chevaux légiers de chaque compagnie, qui estions en tout environ trente cinq, commandés par les seigneurs baron de Montesquiou et de Lamesan (26), desquels j'en estois un. Nous voila donc marcher droit à eulx, et nous voyant venir, ils s'arrestent et incontinent ils furent chargés, parmi lesquels il y en eut un si résolu qu'il attandit le sieur de Lamesan, à qui il tua son cheval et de si près que tombant dessous ledit cheval le soldat mit la main à l'épée et d'un coup lui persa les deux cuysses, ne se pouvant relever à cause que ledit cheval estoit sur luy, de quoi l'on ne s'aperçeut pour le se-

courir, parce que nous estions tous occupés à l'execution des
autres, et le premier qui s'en avisa fut le baron seigneur de
Montesquiou, qui tournant droit à luy gagna un arbre[a] où il
n'y en avoit guère d'autres pour contester sa vie, priant de le
sauver en langage gascon, ce qu'il eut fet sans qu'il croyet
ledit sieur de Lamesan mort estant encore par terre dessous
le cheval, et parce qu'il avoit rechargé son arquebuse il l'ut tiré
sans qu'il ne luy donna pas temps de le fere environnant
l'arbre. Enfin ils furent defets; c'estoint des souldats de
Pyles (27) qui leur estoint arrivés de Gascougne. Ledit sieur
de Lamezan fut retiré et bien pensé et dans peu de jours bien
guéri de sa blessure.

L'armée prit la route de Chalons...

Après la paix des segons troubles, le capitene Saballan (28)
me donna son enseigne de sa compagnie des gens de pied aux
gardes du Roy avec laquelle je fus environ six mois ou
davantage, après lesquels les sieurs barons de Montesquiou
m'en retirarent, me promettant tousjours de me fere part de
leur fortune, ce que je fis et quitté la charge à leur contemplation et prière et avec eulx je m'en revins en Gascougne.

. . . .

Tiers trouble et guerre civile en France, commansée au mois d'apvril de l'an 1569.

Sur ce, voyla monsieur le prince de Condé nous voyant
aller de si près à eulx qui part avec toute sa troupe plustot
sur nous pauvres chevaux légiers que sur les autres qui
venoient après nous, qu'il nous mit en partie tous par terre,
(29) comme messieurs de la Vallette et Darne leurs chevaux
morts et eulx couchés sans toutefois estre blessés, comme

[a] Cette phrase obscure doit s'entendre ainsi : Le soldat qui avait blessé Lamezan voyant Montesquiou « qui tournait droit à luy gagna un arbre, etc.,
etc. »

aussy les sieurs de Debèze, Dossun (30), de Lamezan, de
Lacassaigne près de Condom (31) et autres, leurs chevaux
tués et eulx fort blessés, et moy aussy qui en fus du nombre, mon cheval tué et moy blessé en toutes les deux cuisses de coups d'estoc et un coup de pystolet au bras droit et
à la main de la bride un coup d'estoc qui fut percée et deux
coups de pistolet sur le devant de ma cuirasse. Je fus si
cruellement tretté pour vouloir secourir ledit sieur Darne et
autres de mes amis que je voyois par terre que l'on vouloit
avoir ou fere morir.

Et ayant passé la grant foule, me retirant tout en sang
de mes playes, je vis venir à moy deux huguenots qui se
retiroient aussy ayant perdu leurs chevaux au combat avec
leurs casaques blanches sans estre blessé, l'un desquels prit
à main droite se retirant droit à leurs gens, et l'autre droit à
moy avec son espée qui m'attaqua, et moy estant un peu
chamallet (32) il fut question de venir aux prises, lequel
par fortune je mis par terre estant tous deux armés qui se
rendit à moy encore que j'eusse perdu une partie de mon
sanc. Sur cela et à mon secours arrivèrent les sieurs de Saint-
Lary, de Pompignan (33) et de Las de Pardiac, qui me firent
ce bien après la tempeste de ce combat passée de me conduire jusques au coin d'un petit bois, là où estoient tous
les bons cyrurgiens de l'armée, y estant desya arrivé monsieur de Debése qui se fesoit panser estant blesé de un coup
de pystolet à travers le corps, et les autres que j'ay nommés.
Je fus aussi bien pansé avec du beaume et de tout ce qui se
pouvoit de bons médicamens.

Il fut question de se retirer, moy seul avec mon prisonier
qui ne m'abandonnait jamais et un honeste homme qui estoit
à Monsieur le baron de Montesquiou, qui ne me laissa aussy
depuis m'avoir rencontré et se tint toujours jusques au
lendemain auprès de moy.

Dieu m'assista bien estant en estat que j'estois; je croy

aussy que sans l'assistance de mon prisonnier et de cet honeste homme j'estois perdu, qui me servirent autant que gens du monde le sçauroient fère, estant en l'estat que j'estois et à l'extrémité ; lequel prisonnier estoit un brave et beau gentilhome, nommé Monsieur de Lygnères (34), qui me fesoit rire encore que je n'en avois guière envie. Tous estoient en peyne à Jarnac, où ses troupes s'estoient arrestées et Son Excellence a logé, ne sachant ce que j'estois devenu.

Estant donc Son Excellence audit lieu de Jarnac, et toutes les troupes aux environs, les sieurs barons de Montesquiou, de la Valette et Darne, eurent quelque vent que j'estois logé en ce beau lieu et si bien accomodé, m'envoyèrent un branquar avec de bons chevaux, accompagné de certains de mes amis pour me conduire, et lesdits sieurs de Saint-Lary et de Las volurent me fère l'honneur d'estre de la partye jusques à Jarnac, d'où ils étoient partis. Je fus logé en un logis où M. de Fontarailles avoit esté mené prisonnier et blessé ce jour de la bataille d'une arquebusade à la jambe, qu'il reçeut en ce combat, laquelle l'on luy coupa ce jour mesme, et de ma chambre je l'entendis bien (35). Je fus aussy estant en ce lieu de Jarnac fort bien pansé, mais fort débile.

Après cette bataille, les huguenots se retirèrent bien loing de nous, et bien estonés d'avoir perdu M. le prince de Condé, leur chef, qui estoit à la vérité un brave et courageux prince, qui s'estoit toujours fet remarquer en toutes les belles occasions b. Il fut tué par un brave gentilhomme de Gascogne, d'un coup de pystolet par la teste (36), comme aussy avec luy y demeurèrent deux ou trois mille homes sur la place, qui ne retournarent jamais en leurs maisons.

Après avoir séjourné quelques jours audit lieu de Jarnac,

---

a Son Excellence le duc d'Anjou, futur Henri III.

b On aime à trouver sous la plume d'un adversaire cet éloge que confirment tous les contemporains et qui est le jugement même de l'histoire. Voir l'ouvrage de Mgr le duc d'Aumale (t. II, p. 78-81).

les sieurs de La Valette et Darne demandèrent permission à
Son Excellence pour s'en retourner en Gascogne se refreschir
et remettre les compaignies, qui en avoient bon besoing, et
qui estoint bien tristes et harassées pour avoir perdu forse
gens et chevaux, ce que leur fut permis ; et s'estant apprestés
et les branquars pour les blessés, ils prendrent le chemin de
Jarnac droit à Barbezius[a] et de là à Agen, où je séjournis
quelques jours jusques à ce que fus un peu remis pour
monter à cheval ; là où je laissai aussy mon branquar, comme
aussy lesdits sieurs Debèze, Lamezan, Lacassaigne et autres.
Nous voyla donc pour se retirer chaque en sa maison.

J'avois oblié à vous dire comme Monsieur Dossun, s'en
venant avec nous dans un branquar, qui avoit esté aussy
blessé le jour de la bataille à l'épaule droite d'un coup de
pystolet qui luy brisoit les os ; de laquelle blessure il se
trouva si mal en chemin qu'il fut contraint d'arrester à Li-
borne, là où il mourut, qui fut un grant domage de ce jeune
gentilhome, qui estoit brave, et s'il eut vécu eut fet fortune.
C'estoit un de mes bons amys (37).

(Fin des Extraits de l'*Histoire de la maison de Montesquiou-
Fezensac.*)

[a] Barbezieux, dans la Charente.

MÉMOIRES DE JEAN D'ANTRAS.

[**Manuscrit autographe, folio 105.**][a]

[*Rappelons qu'après la perte de la bataille de Jarnac,
13 mars 1569, dont il vient d'être question dans le fragment
qui précède, la reine de Navarre, Jeanne d'Albret, et l'amiral
de Coligny rallièrent les débris de l'armée vaincue, déclarè-
rent le jeune prince de Navarre chef du parti protestant et se
résolurent à mettre le siège devant Poitiers. L'amiral parut
devant les murs de la ville le dimanche 24 juillet 1569 et attaqua deux faubourgs le lendemain. Ces mots* le furent truver,
par lesquels commence le récit de ce siège, s'appliquent au
duc d'Anjou sommé par les catholiques assiégés dans la ville
de leur porter secours.*]

[1569] ...... Le furent truver en Tourene somè qu'il assembla de belles forses pour le secours dudict Poytiers (1).
Les ennemis[b] ne restoient pour cella de continuer leur batterie pour leur ouster toutes commodités, moulins et tout, et
l'eau du pred l'Abbesse (2) qui leur nuysoit et leur donnoit
de l'empechement, mais cella fut enfin peyne perdue. Il fau-
dra dire à la fin le proverbe de Gascougne, que *qui mau
serque et mau trobe nou perd pas la pause* [c].

[a] Aux marges du manuscrit ont été mises par une main étrangère, à une
époque indéterminée, quelques courtes indications analytiques telles que celles-
ci : Sortie des assiégés, le frère de Samazan est de la partie. — Etat facheux
des assiégés et des assiegeans. — De l'admiral malade, Reflexion il auroit
mieux valu pour luy qu'il fut mort de cette maladie, que de la manière dont
il finit ses jours. Nous n'avons pas cru devoir reproduire en *manchettes* ce
sommaire.
[b] C'est par ces mots que commence l'extrait communiqué au Bulletin d'Auch
par M. Clausade (t. I, p. 473).
[c] « Qui mal cherche et mal trouve ne perd pas le temps. » Ce proverbe paraît oublié et nous ne l'avons pas trouvé ailleurs.

Une bone troupe de chevaux sortirent de la ville pour surprandre les ennemis qui à leur advis ne faisoint si bonne
garde de ce cousté là comme des autres, desquels mon frère
en estoit un, et firent en partye cella pour donner loysir à
leurs gauyats de couper toutes sortes d'herbes es preds et
champs pour leurs chevaux. Là il se présenta une cournette
bien accompaignée, qui s'attaquent si bien qu'il n'y en eut
qu'un seul des nostres mort, et y en eut beaucoup des autres.
Ils firent cella heureusement et eurent tamps de se retirer
dens la ville (3).

Tel estoit l'estat des pouvres assiégés auquel néanmoins
s'approchoit celuy des assiégeans qui souffroint de grans incommodités, car encore qu'ils tinsent la campagne si est ce
qu'une bone partie de leurs trouppes, gentishommes et autres, par maladies ou autrement, y finirent leurs iours, et l'admirailh (4) mesme, à ce qu'il fut rapporté en nostre armée et
à la ville, fut si vivemant persécuté d'une dyssenterie, que
l'on le tenoit pour perdu, mais il en releva et guarit, comme
d'autres aussi qui en furent de mesme grans et petits. Il eut
mieulx valu qu'il fut mort en ce temps que ce qu'il lui arriva
despuys [a].

La Rochefoucaut (5) et le sieur Dassier (6) qui furent constrains de quitter l'armée et se retirer aux villes pour se refreschir et se mettre entre les mains des medesins. Il ne fut
pas comme cella dans la ville, parce que encore qu'il s'en soint
perdus beaucoup de coups, Dieu les préserva au moins de
grans maladies, et sur ce propos je diré encore ce que j'ay
dit cy devant que *si Deus est pro nobis, quis contra nos?*

Les ennemis prindrent conseilh entre eulx de enlever le
faus bourc de Rochereueilh d'entre les mains des assiégés,
lequel prins et l'eau escoulée sans doubte ils eussent réduit
les assiégés à une grant extrémité. Ils tirèrent à la tour dudit

---

[a] L'allusion à l'assassinat de Coligny dans l'horrible nuit du 24 août 1572
ne pouvait être plus discrète.

fausbourg plus de cent cinquante coups de canon de laquelle ilz en mirent une grant partye par terre et gaignèrent toutz les lieux advantageux non sans grant perte de leurs gens parce que ceulx de la ville avoient fort travaillé pour deffandre les endroits par là où ils pouvoint venir et deffandre le fausbourc et avoint dressé tout le long du pont et de la rue force pippes[a] sur lesquelles on mit de grans pyesses de bois pour passer par dessous en allant jusques près de la porte de la rue, et aus lieux descouverts l'on tandoit de draps et linsuls[b] affin que les huguenots ne les vissent venir, et encores avec tout cella plusieurs y furent attrapés.

Ils tirarent encore force canonades contre le pont et le chasteau et y dressèrent une batterie, si que la porte et la murailhe furent bientost par terre, et une pyesse qui battoit ceulx qui deffandoient le chasteau affin que ceulx qui iroint à l'assaut fussent hors de danger.

A mesme tamps et après midy l'on descouvrit forse infanterie blanche, toutz bien serrés, lansquenets et tout, qui furent destinés pour aller à la bresche après les enfans perdus francès. Les assiégés se couvroient de barriques le mieulx qu'ils pouvoient pour se sauver des pyesses que les ennemis leur tiroint d'en haut, et ce qui estonna les huguenots fut que dès la première attaque se virent assaillis par devant et en flanc de plusieurs endroits tant de grosses que de menues pyesses sans la gresle de harquebuzades, tellemant que pour se voir ainsi descouvers ils se trouvarent fort eslougnés et fort estonnés voyant que les assiégés avoint la fabveur de tous les endroits et se deffendoint bien.

---

[a] Grande futaille qui, selon la définition du *Dictionnaire* de Trévoux, contenait « un muid et demi, ou à peu près : ce qu'on appelle tonneau dans les provinces au-delà de la Loire. »

[b] La forme *linsul* (pour linceul) représente la prononciation du mot au XVIᵉ siècle. On écrivait et on prononçait en Gascogne ce mot de la même façon à la fin du XVIIᵉ siècle, comme on peut le voir dans l'Inventaire des meubles d'Anne de Maurés, rédigé par un notaire d'Agen, le 20 août 1689, et publié dans la *Revue agenaise* de mars–avril 1878.

Monsieur le duc de Guise (7), le marquis son frère (8) et le comte de Lude (9) alloint d'un cousté et d'autre pour donner courage à ceulx qui en avoint besoing, et pourvoir aus nécessités, parce que l'assaut se préparoit qui fut avec telle desmarche qu'ils furent bien repoussés, et quantité de capitenes et autres mors ou blessés, aussi ils avoint affaire à bones gens qui n'avoint envye de se laisser mordre.

Monsieur l'admirailh ny les autres de son armée n'ussent estimé que les assiégés y eussent fet un tel debvoir de se deffandre comme ils firent. Aussi le meilleur des forses de la ville y estoint pansant que de ce seul cousté ils seroint assiégés comme à la vérité cella fut. En ces iours mesmes y mourut le capitaine Bourc (10), l'un des plus anciens et asseurés capitenes du régiment de Monsieur le comte de Brissac (11). Toutz les gens de guerre et plus expérimantés qui estoient dans la ville trouvoint fort estrange que les huguenots eussent fet bresche et donné l'assaut par cest endroit si bien flanqué et deffendu du chasteau et autres lieux. A la vérité l'ons ne doit jamais attaquer ou assaillir breche avec telles incommodités que plus tost touts les flancqs et deffenses et tout ce qui peut nuyre à l'assaillant ne soit abattu et ousté, affin qu'il n'ait à combattre que ce qu'il voit en teste, et sur ce, ce grand capitene fit un peu de faute et remarquable.

En ces iours les assiégés firent quelques saillies sur les avenues du pont Achart[a] qui leur donna commodité de retirer fourrage pour les chevaux où il y en eut quelques uns de blessés. Cependant que cella se fesoit, le camp de Monsieur, frère du Roy, s'approchoit (de quoy l'admirailh de Chastillon estoit desja adverty), et encore qu'il n'eut toutes ses forces ensemble, il estoit déliberé d'assiéger Chastelleraut pour fère lever le siège de Poytiers, et à cette occasion ledit sieur admi-

[a] Voir sur ces *saillies* le récit de Liberge qui emploie le même mot que d'Antras et les *Mémoires de Jean de Mergey*, capitaine protestant (collection Michaud et Poujoulat, p. 572).

railh despecha le sieur de La Noue (12) avec environ deux mille chevaus frances ou reistres pour donner des enpechemans à Son Excellence qu'il ne peut rien faire ny entreprendre contre ceste place (13), résolu cependant de continuer ce siège de Poytiers et de l'emporter d'une fasson ou d'autre, mais ledit sieur de la Noue lui manda qu'il ne pourroit rien entreprandre ny exécuter avec ces deux mille chevaus et qu'il estoit question sans plus attendre de venir avec toutes ces forses.

Le jour suivant (14) il fit estat de lever ce siège de Poytiers et marcher droit à Chastelleraut parce que Son Excellence y ayant desya fet batterie y vouloit fere donner l'assaut, ce qui les fit avanser plus tost qu'ils n'eussent fet, et au partir ils gastarent et mirent le feu à leurs tantes et autres choses qu'ils ne pouvoient porter ayant une si grant haste de deslouger pour éviter la prinse de Chastelleraut. Le siège de Poytiers a duré environ deux mois et davantage (15). Je vous laisse panser s'il y en avoit pour se fascher, estants sur la fin réduits aux extrémités de toutes choses (16), et comme ils virent qu'ils deslougeoient, ils se resjouyrent bien fort de se voir en liberté, après avoir défendu cette grant ville qui n'estoit nullemant coume vous pouves l'auoir veu forte, que de braves hommes, et s'estant veus si pressés et sans vivres et quelquefois sans esperance de secours, ny jamais refreschis d'un cousté ny d'autre d'homes ny de vivres durant le dit siège. Il faut croire que ce ne fut pas sans en rendre grâces à Dieu de les avoir oustés d'un si grant danger[a] s'estant veus dans ceste grant place que l'on n'eut cru la pouvoir deffandre, et les moyens de la soutenir samble plus tot estre venus du ciel que des homes. Aussi Monsieur de Guise en fut fort loué et caressé du Roy et de la Royne mère et de Son Excellence, parce que l'on croyit que sans son assistance et de son frère la ville eust esté prinse, devant laquelle il y avoit quarante cinq ou cinquante mille

---

[a] Voir dans Liberge d'abondants détails sur la procession générale faite le 8 septembre pour remercier Dieu, p. 115 et 116.

homes, que je me doubte c'ils ne se fussent résolus à ce siége, qui fut leur ruyne, qu'ils nous eussent gettés de la France où il y avoit une grant apparance au commansemant d'une si grant armée, francés et estrangers.

Ainsi se passa ceste journée en se resjouissant et consolant les uns et les autres [a]. Bientost après le duc de Guise se délibéra d'aller trouver le Roy avec ceulx ou en partie qu'il avait admenés, tant pour descharger la ville de chevaus qu'on ne pouvoit plus nourrir, que pour aller refreschir ces gens qui avoint tant travaillé, et à sa sortie il y en entrarent d'autres pour craindre encore le retour des huguenots.

Au deslogemant de Mons[r] l'admirailh du siège de Poytiers nous estions toutziours coume devant alerte [b] santant le régimant de chevaus légiers de Mons[r] de La Valette et Mons[r] de Martigues (17) aussi avec sa trouppe pour voir leur contenanse au partir de ce grand siège. Et les voyant venir à nous lesdits sieurs donnoient di heure à autre des advertissemans à son Excellance de ce qu'ils pouvoient juger d'une si grant armée, tant y a que venant à nous, nous nous retirions de la mesme fasson que nous les voyams venir, ayant comandemant de ne rien attanter, si ce n'est d'arrester les plus avansés pour donner temps à notre armée de se retirer au deslogemant du siège de Chatelleraut, mais leur gros arrivait toujours sans s'arrester.

Son Excellence se retiroit de mesme dudit siège qu'il avoit entrepris pour seulement fere lever celuy de Poytiers, et se retirant droit au Port de Pyles [c] y laissa une trouppe d'har-

[a] Avec cette phrase se terminent les extraits des *Mémoires* dans le *Bulletin d'Auch*. Tout ce que l'on va lire à la suite de cette phrase est inédit.

[b] C'est-à-dire sur nos gardes, de l'italien *all'erta*, à la côte, en d'autres termes sur un lieu éminent, d'où l'on aperçoit tout ce qui se passe à l'entour. Voir sur cette expression, qui est dans les *Commentaires* de Monluc, dans les *Essais* de Montaigne, etc., le *Dictionnaire* de M. Littré.

[c] Commune du département de la Vienne, canton de Dangé, sur la rive gauche de la Creuse.

quebusiers pour enpecher leur fureur, qui à la fin quittèrent les voyant venir.

Cependant les huguenots firent samblant d'estandre leurs bataillons pour l'offre d'une bataille générale qui leur fut refusée. Mais après que Son Excellance eût joint toutes ces forses, suit les ennemis qui se retirèrent à Faye-la-Vineuse [a], là où il chargea leur bataille qui fut rencontre pour se bien battre comme nous somes le vendredy que notre canon leur porta un grant dommage, lesquels sur le soir quittent le lieu pour se retirer à Moncontour où desya estoit arrivée leur avant garde et tout leur attirailh.

Monsieur les suit, mais estant enpeché par eux de passer la rivière de la Dyve fut constraint d'aller prendre la source [b]. Il avoit auparavant fet sesjourner son armée aus environs de Chynon de Saumur, là où et après avoir ramassé le tout et Mons[r] le duc de Guise aussy avec luy qui s'estoit déjà rafraischi à la ville de Tours, fit marcher l'avant-garde conduite par Mons[r] de Mompansier (18) et luy. La bataille tira vers Loudun, bien propre pour couper les vivres aux ennemis et pour leur couper chemin. Il voloint retourner en Poytou et Guienne, leur ordinaire demure.

Ce que appercevant partirent de Faye-la-Vineuse, fesant samblant de vouloir aler du cousté de Chatelleraut et vindrent louger près de Myrabeau [c]. Mais Son Excellance se dobtant de leur dessain, au lieu de les suyvre, marcha au devant droict à Myrabeau en espérance de les rencontrer, ce qui advint, car sur les deux heures après midy Mons[r] le marёchal de Byron (19) manda qu'il avait descouvert les coureurs et qu'il pensoit qu'ils allassent droict à Moncontour pour passer la rivière de la Dyve.

Qui fut occasion aus chefs de l'armée de se préparer pour

[a] Commune du département d'Indre-et-Loire, canton de Richelieu.
[b] La Dive, dite Dive du Nord, prend sa source près de Montgaugnier, Vienne.
[c] Mirebeau-en-Poitou, à 28 kilometres de Poitiers.

la bataille, de quoy Monsr l'amirailh adverty résolut de luy présanter aux plaines de Saint-Clair, distant de Moncontour près de deux lieues [a]; par ainsy les deux armées délibérées de se rencontrer et de venir aux mains, ne restoit que le sien et le tamps propre.

Sur ceste résolution l'Excellance ayant mandé à tous les capitenes d'advertir touts les soldats pour se tenir prêts, partit de Myrabeau et des environs où il estoit pour rencontrer les ennemis qui prenoient le chemin de Moncontour où elle les vollit devancer pour rompre le chemin du bas Poytou, ou les forser à un combat général avec son armée fraiche et gaillarde contre la leur amoindrie et fort harassée pour les longues courvées qu'elle avoit fet et surtout à ce grant siège de Poytiers.

De quoy ledit sieur admirailh fut adverty qui, dès le vendredy, dernier jour de septembre de l'an mil cinq cens soixante neuf, marcha en dévotion d'estandre son armée en la première plene et campagne qu'il rencontreroit, et n'ayant guères marché plus avant il trouva ce qu'il cherchoit, les plaines de Saint-Clair où se fit un rencontre que ledit sieur admirailh y estant arrivé avec son avant-garde sur les sept ou huit heures du vendredy commença d'estandre ses trouppes sur la belle fasse de cette campagne, avoit envoyé certenes cournettes de francés et reitres pour descouvrir la contenanse de nostre armée, laquelle estoit d'environ dix mille chevaux et de dix-huit ou vingt mille homes de pied et dix mille Suysses et quinze pyesses d'artillerie (20).

L'armée des princes et de l'admirailh estoit composée de huit mille chevaus francés ou reistres, dix mille harquebusiers et six mille lansquenetz, huit canons et trois coulouvrines. Il

---

[a] Saint-Clair, commune du département de la Vienne, arrondissement de Loudun, à 39 kil. de Poitiers. La distance est exactement indiquée, car les 6 kil. qui séparent de Moncontour représentent bien le *près de deux lieues* du narrateur.

est vrai que l'on disoit qu'ils avoint laissé le reste à Lusignan [a],
ledit sieur admirail avoit ce jour là disposé toutes choses, et
luy au mylieu de certenes cornettes de son règimant et autres,
pour cil estoit question de venir au combat.

La bataille des ditz hugucnotz estoit conduite par le conte
Ludovic, frère du prince d'Orange (21), qui estant campée
derrière nous[r]. L'admirailh tirant un peu sur la gauche avec
son infanterie et les lansquenetz et l'artillerie qu'ils avoient en
garde; en ceste sorte on demura jusques à ce que leurs coureurs n'ayant donné assez avant rapportèrent que nostre armée
ne paressoit point, que seulemant quelques harquebusiers en
un vallon et quelques cabaliers qui ne fesoient autre samblant
que de laisser passer ceste journée, ce qui fut rapporté audit
sieur admirailh qui fit avancer la bataille et l'artillerie pour
gaigner Moncontour ce jour là et pour garder que Son Excellance ne s'en saisit comme il avoit délibéré fere.

Comme dong l'on vit retirer ces descouvreurs, nous qui
estions devant chevaus légiers du régimant de Monsieur de La
Valette et luy présant estant arrivé sur l'heure de parler à Son
Excellance, commensames à nous avanser, et estant venus à la
plene, fut apperçue l'avant-garde des ennemis qui gaignoit
pays, nos coureurs ayant fet ce rapport au sieur de La Valette
il en advertit Monsr de Monpensier que l'occasion se présentoit
fort à propos pour défaire ces troupes qui fesoient la retraicte
si l'avant-garde marchoit pour les charger et en danger de les
déffere...

Lequel à l'instant coumansça à la fere marcher et charger
les premiers où estoit le sieur de Mouy (22) et ces gens qui
descouvrant tant de drapeaus qui leur venoint sur les bras
cognurent bien qu'ils avoint failly à la descouverte et com-
mensoint de haster le pas, mais quelques pyesses que l'on
braqua sur eulx les firent changer le pas au trot.

Et coume l'artillerie eut joué, Monsr de Mompansier fit des-

[a] Chef-lieu de canton du département de la Vienne à 24 kil. de Poitiers.

bander quelques compagnies pour les rompre et mettre en
roulte, et nous, chevaus légiers, estions toutziours devant
pour les arrester, Mouy qui fesoit la rettrecte n'ut plus beau
moyen pour nous retarder que de fere arriver trois ou quatre
cents harquebusiers lesquels nous firent un peu arrester, mais
venant Monsr de Martigues et autres tous joints ensemble
furent enfonsés et plus de cent morts et les autres gaignèrent
au pied et ledit sieur de Mouy et tout.

Lequel après avoir combattu main à main se retira un peu
jusques à ce que d'autres arrivarent pour le soutenir et s'ala
joindre à son avant-garde et au delà d'un petit ruysseau mal
aisé pour la cavalerie qui nous arresta fort pour être un lieu
fangeux et fort marescageux et quantité d'arbres [a].

Et lors l'admirailh fit fère halte pour rassurer les fuyars,
disant que toute nostre armée n'estoit pas là, et sur ce il volsit
voir l'yssue et fin de la journée durant laquelle nous et nos
chevaus estions bien las et les ennemis bien tristes. Toutesfois
ils repassarent le ruysseau pour nous venir trouver qui les
avions si fort tatonnés et de fort près contre leurs forses ou la
plus grant partye.

Si que ils nous chargèrent et nous firent avec leurs reistres
repasser le ruysseau que nous avions desja passé avec perte
de quelques uns des nostres; et entre autres y mourut Monsieur de Gensac, de Commenges (23), qui s'enfonsa avec son
cheval dans un marès fort méchant et dangereux, et un autre
gentilhomme aussi qui ne fut en leur puissance d'en relever,
combien qu'ils fussent bien montés et aussi bien qu'autres de
la troupe, et ledit sieur de Gensac qui estoit monté sur un
beau cheval d'Espaigne rubecan (24), grant et fort; mais arri-
vant nos trouppes et reistres les etonnarent si fort qu'ils se retirèrent aussi bien et plus viste que nous n'avons fet et furent
suyvis de fort près que quelqu'un en demuroit toutziours sur

---

[a] Liberge dit de la même façon ce « petit ruisseau couvert d'arbres marécageux
malaisé pour la cavalerie. »

le chemin et quelques gens de qualité que Mons' l'admirailh regretoit bien. Ils ne s'arrestèrent jusque à ce qu'ilz furent dens leur infanterie de lansquenetz là où nous n'approchames que fort peu.

Depuis ledit s' admirail avec toutes ces trouppes de son avant-garde approcha le ruysseau avec une trouppe d'harquebusiers pour nous fère desloger, ce qu'ils firent ; mais les sieurs de Byron et de Martigues et le s' de la Valette et autres avec mille ou douze cents reistres conduits par le duc d'Aumale (25) firent si grant diligense qu'ils firent arriver l'artillerie et fut mise en estat de battre contre les huguenots et fit des exécutions contre eux qu'ils s'en truvèrent fort mal et leur fit un grand dommage, ce qui estouna beaucoup plus les huguenots que tout autre chose qu'il eussent vu de tout ce jour. Elle ne perdait un seul coup, parce que elle estoit logée sur un petit haut, et eulx ettendus partie sur une grant campaigne qu'ils estoient aisiemant descouverts et ne scavoint quel remède y trouver.

L'admirailh toutefois fit advancer l'infanterie francèse pour la louger au pied de la dessante de la plene afin de n'estre sitost endommagés de l'artillerie. Ledit sieur de Byron y remedia bien, car il fit mettre une partye des pyesses au cousté droit de la plaine et le reste à gauche pour battre l'infanterie et la cavalerie tout ensemble ª, puis qu'elles s'estoient garanties en ce lyeu, leurs reistres en eurent bien leur part, et donna si fort dens leur bataillon qu'il en porta plusieurs avec le conte Charles (26) qui fut fort regretté en toute leur armée pour estre un des plus suffisants et courageus de touts leurs Allemans, de sorte qu'ils ne se virent jamais si fort caressés d'artilherie que ce soir là ᵇ, désirant

ª D'Antras est ici d'accord avec un grand nombre d'écrivains militaires qui ont attribué au baron de Biron la principale part dans la victoire de Montcontour, comme dans les victoires d'Arques et d'Ivry.

ᵇ C'est la joyeuse verve gasconne qui a dicté cette plaisanterie, comme elle a dicté un peu plus loin celle sur le *mal gracieux canon* foudroyant l'armée de Coligny.

touts la venue de la nuict en bone dévotion pour éviter ce tonnerre; plusieurs avoint opinion que si nous eussions poussé nostre fortune ce jour-là, que nous nous fussions rendus maistres des huguenots. Cependant leurs reistres se retiroient un peu à l'escart qu'ils ne fussent tant descouverts de l'artilherie, aussi Monsr l'admirailh y ourdonna voyant ce mal gracieus canon toutziours continuer son feu.

De fasson que chascun pensoit en sa conscience mesme quand ils se virent assaillis par nostre infanterie freche et gaillarde tirer harquebusades dans leur cavalerie et infanterie desquels tous avoit desya borné le ruysseau pour empecher le passage là où il en y eut de mors et de blessés.

Ils firent estat de se serrer en se retirant pour estre hors de ce danger. Il est vrai que Monsr l'admirailh fit venir une grant troupe de harquebuziers pour fere teste à cculx de Son Excellance et les resfrechissoint on souvent. Or voyci arriver la nuict qui fut cause que le canon cessa, et les harquebuziers ayant peu gaigné les uns sur les autres commansarent peu à peu de se retirer.

Monsr l'admirailh prent son chemin vers Moncontour pour là y amasser toutes ces forses se retirant sans sonner la retrette combien qu'il y avait un peu de désordre et haste pour arriver au lougis et audit lieu de Moncontour. Il fut bien tard aus uns et aus autres quand touts eurent bien soupé, et mesmes nous qui estions toutziours à la campagne où il ne se parlet de boyre ny de manger, ni rien pour nos chevaus qui en avoient bon besoing; [que si l'on m'eust volu croire avec ma jeune barbe nous eussions fait bonne chère à leurs despens[a],] et mesme pour nous repouser sans coucher à la francèse ce fut esté un grand soulagement pour nous, après avoir repeu, de trouver un bon lict pour repouser après tant de peine, après laquelle et tant d'autres je suis encore ici

---

[a] La phrase entre crochets a été mise par d'Autras à la marge de son manuscrit.

merci Dieu. Je vous dire bien qu'en ce temps je ne m'en
soucious guières et tout m'estoit indifférant le bon et mauvais
tamps que j'endures, la nuict et le jour, et la fain et la soif,
comme estant lors en ma bone disposition et comme d'autres
qui en avoient aussi bon besoing que moy, grans et petits,
non pas seulement en ce lyeu, mais en d'aûtres.

Son Excellance advertie du despart des ennemys s'avansa
pour louger à St Clair joignant le lieu du rencontre [a] où il fit
regnoistre les mor (*sic*) et les blessés d'une part et d'autre
qui estoient en assez bon nombre et presque la pluspart de
canonades.

Le jour suivant [b] Monsr, pour l'envye qu'il avoit de les attaquer de plus près par un grant combat, depescha une
bonne trouppe pour descouvrir et luy rapporter le lieu et
l'estat de l'armée des huguenotz, et estant de retour dirent
qu'ils avoint passé la rivière et qu'ils estoient en la plaine de
Moncontour et villages prochains et que les principaux estoint
dans la ville et au chasteau. Soudain il fit avanser l'infanterie et quelques cornettes pour les soutenir qui estant près de
la rivière fut saluée d'une infinité de harquebusades.

Cependant les princes, advertis de la résolution de la bataille parce qu'ils n'estoint pas à l'armée, mais à la Rouchelle (27), asseuroint ledit s^r admirailh de le venir truver
avec six ou sept cens chevaus désirant se trouver à la mes-
lée, enfin ils alarent à Moncontour voir l'estat de leur armée
avec moins de gens qu'ils ne croyoint, et le jour de leur arrivée se passa en escarmouches des harquebusiers, voulant
toutz garder le passage de la rivière, la cabalerie demurant
aussi toutziours en bataille d'un cousté et d'autre.

---

[a] Le mot rencontre était autrefois des deux genres, et jusque dans la seconde moitié du XVIIe siècle on trouve le mot employé aussi bien au masculin
qu'au féminin, notamment par Thomas Corneille et par le cardinal de Retz.
[b] Ici recommence le récit de la journée du 30 octobre 1569. Comment faut-
il expliquer ce double emploi ? Nous croirions volontiers que d'Antras, après
avoir relu sa première relation de la bataille de Moncontour, a cru devoir revenir sur ses pas pour mieux préciser diverses circonstances.

Lors Monsieur s'informoit de toutz coustés du passage pour aller à eulx. Enfin il fut conseillé de fère recherche de la source et commansemant de ladite rivière pour passer son armée, et gaignant la dite source il passeroit à son aise, et par ce moyen les ennemis seroient constrains de venir au combat lequel à leur samblant par ci devant ils avoient tant desiré, ce qu'ils virent bientost après et à leur dommage.

Le deuxiesme jour nous alâmes louger près de la source [a]. Le lendemain, à la dyane, toute nostre armée fut passée. Là les coureurs de Monsr, où j'estois, avec le régiment du s^r de La Valette, mirent tel effroy à une grant trouppe de harquebusiers et cabalerie, lesquels Monsr l'admirailh y avoit envoyés pour les soutenir qu'ils se retirerent aussitost qu'ils nous eurent apperceus. Nous trouvames l'artilherie pour fourser le passaige qui fut gaigné.

Puis Son Exellance entra sur la plene résolu d'y estandre ses trouppes pour combatre ou les y fourser s'ils n'y vouloint venir. Monsr l'amirailh toutesfois pour n'estre bien résolu du chemin que nostre armée debvoit prandre envoye une bone trouppe de chevaus pour en savoir la vérité avec charge d'aprocher de bien près nostre armée, ce que celui qui en avoit la charge avec ses gens exécuta fort dextrement, que à la dyane il se vit à une pourtée d'arquebuse près de la queue de nostre armée, et la vit de fort près, et un coumansemant de marcher en bataille tenant le chemin droit à eulx.

Là, il y eut une forte et roide escarmouche en laquelle les ennemis firent au comansement bonne mine, mais à la fin ils furent forsés de se retirer avec peu de perte remettant à ce qu'ils disoint au lendemain qu'ilz croyent le jour de la bataille.

Ce fut à mesme tamps que quelques trouppes vindrent droict à nous, qui n'osarent nous enfonser que seulemant

---

[a] Entre Vouzailles et Mirabeau.

nous tirer des harquebusades qui nous blessarent quelques chevaus, et sans l'arrivée du conte Ludovic, frère du prince Dorange, et quelques autres cornettes, nous les eussions chargés, qui fut cause de nous retirer et eulx aussi qui firent certain rapport à Monsr l'admirailh que Monsr estoit en dévotion avec toute son armée de le venir truver.

Et sur ce commansa de choisir le champ de bataille le plus advantaigeus qu'il peut et disposer toutes ces troupves selon le lieu, et soudain toutz les capitenes furent mandés, pour en diligence y conduire leurs troupves, et pour mieulx s'asseurer s'estoit rétiré à Moncontour afin de s'enfermer entre deux rivières [a] qui fut cause que Monsr, coume il a esté dit, fut constraint d'aler passer à la source de la dite rivière de la Dyve pour les rencontrer à la plaine d'Assay [b] là où il avoit fet avanser une partye de son armée et, à la fin, toute, pour metre barrière entre eulx et le bas Poytou où ilz se voloint acheminer pour passer l'hiver et repouser leurs troupves harassées.

Monsr l'admirailh, prévoyant à toutz évènemans, tacha de se saisir de toutz les lieus advantaigeus pour le combat et pour leur rettrette en cas qu'ils fussent rompus, et ayant choisi la campaigne près de Moncontour fort unye et fort à propos pour une telle journée, fit avanser la bataille commandée par ledit sieur conte Ludovic avec certenes pyesses d'artilherie, l'avant garde estoit à gauche tirant vers la rivière un peu moins avancée que la bataille [c] dont l'admirailh print la conduite et la charge avec de grans troupves et artilherie.

Telle estoit la disposition et ordonance de la cabalerie des huguenotz et l'infanterie bien rangée, coume nous voyons estant bien près les uns des autres ne pouvant toutesfois voir le tout pour en dire mieulx ce qui en estoit parce que chas-

[a] La Dive et le Thouet qui vont se jeter dans la Loire près Saumur.
[b] Assais est une commune du département des Deux-Sèvres arrosée par la Dive.
[c] Rappelons que le mot *bataille* signifie ici le gros de l'armée.

cun estoit tenu de pourvoir à ces afferes et attandre les com-
mandemens et fère estat de bien assaillir et se bien deffandre, car coume entre nous Gascons disons que *qui plan se
tourne à caso tourne* [a].

Tant y a que les coronels et capitenes premièremant de
chasque bande estoient un peu avansés pour doner couraige
a leurs gens, leur cabalerie avec ces casaques blanches sur
leurs armes françoises accoustumées et leurs reistres et infanterie vestus de chemises blanches sur leurs armes pour
mieulx recognoistre avec leurs escharpes de taffetas jaune et
noir que l'on disoit ils portoient en mémoire du duc de
Deux-Pons lequel venant en France les avoit fait pourter à
ces trouppes (28).

L'artilherie donc divisée pour l'avant-garde et bataille
comme iay dit commansa et tira la première que lune et
lautre nous portoit un grant dommaige et aux bataillons à
cousté desquels estoit Son Excellence, et combien qu'ils
fesoient meilleure mine qu'ils n'avoient de feu pour ce jour,
ils eussent bien désiré à mon advis de remettre la partye.

Voylà dong Son Excellance qui savansa en la plene, et avec
ces principaux chefs disposa ces trouppes en avant-garde
et bataille, l'avant-garde estoit composée de la cabalerie
tant francese que alemande et italiene. Des Françès estoit le
prince Dauphin (29), le duc de Guise, Martigues et Chavi-
gni (30) et La Valette et autres capitaines la trouppe desquels n'estoient pas à moins de trois mille chevaux ; des
Allemands, les régimans de l'avant-garde du conte de Ves-
tambourc (31), les deux autres du Reingraff (32) et Bassompierre (33), leurs trouppes estoient du moins deux mille
chevaux ; des Italiens est autres estoient de mille chevaux
bons et bien equippés.

L'infanterie et régimant des Suysses conduit par leur coro-
nel tenoit forme d'un gros bataillon composé de huit mille

---

[a] « Qui bien se retourne, au logis retourne. » Proverbe qui paraît inédit.

homes, cinq régimans de harquebuziers francès et italiens
pour les flanquer conduits par les capitenes Sarlabous (34),
La Barthe (35), les deux Isles (36) et celui d'Onous (37).

L'artilherie fut despartye en deux, huict pyesses pour
l'avant-garde et sept pyesses pour la bataille rangée à la teste
des bataillons. Devant ces trouppes de cabaleric et d'infanterie on avoit avancé bon nombre de jeunes gens tant cavaliers que fantassins pour servir de coureurs et attaquer les
premiers le combat. A tout cella comandoit le duc de Montpansier lequel fit tenir tel ordre à ses avant-garde : les
suysses et leurs flangs de harquebuziers comme prets d'aler
à la charge furent mis sur la droite, et devant luy marchoit
Monsieur de Martigues pour marcher le premier après que
les enfans perdus de la cabalerie qui estoient devant luy
auroient fet leur première charge. Ledit sieur de Martigues
estoit suyvi de Monsieur le Prince Dauphin accompagné de
belles trouppes, et après luy le duc de Montpansier ayant à
son cousté deux mille reistres conduits par leurs chefs.

Et parce que il se doubtoit des Suysses qu'ils ne feroient
pas si bien leur debvoir scils n'estoient flanqués et soutenus
de la cabalerie francèse, destina pour leur cousté gauche le
duc de Guise, Labalette et autres capitenes avec leurs compaignies pour les asseurer la ou j'estois de la partie comme
chevau légier du dit sieur de Labalette.

Telles estoient les dispositions des armées, le rang et ordre
que chascune compaignie debvoit tenir. Reste à déclarer la
desmarche des deux armées à se charger et furieusemant se
meller les uns contre les autres, mais Monseigneur plustost
s'il recognoistre pas Monsieur de Tabanes (38) et autrès la
contenanse et délibération des ennemis.

Qui luy fut rapporté et lasseura de lheur qui luy voloit
favoriser cil luy plaisoit de donner bataille; que si vous
laissez à la doner ce jourd'huy, vous n'en avez jamais si
belle commodité de les fere venir à la raison ny l'occasion si

avantageuse. Il faut fère marcher en diligense sans rompre l'ordre des batailles.

De quoy Son Excellance fut très aise et loua Dieu avec un visage riant et alegresse telle qu'il les tesmoignet quil y voulet fère à bon jeu bon argant [a]. Aussi estoit-il un brave prince et fort couraigeux (39) ce que en partye je voyes et entandes allant et venant avec ledit sieur de La Valette, plustost que le combat ne commensa. Les deux armées ne furent sitost dressées quelles se descouvroient lune et lautre estant si près sur les huict heures du lundy matin toutes en gros.

Lors le canon de la bataille des huguenots commensa le feu, tirant si bien quelle ne perdoit presque un seul coup, et à mesme tamps la nostre respondit avec beaucoup plus de bruit pour y avoir sept grosses pyesses mais avec moins de dommage pour doner trop bas ou trop hault, estant les ennemis en la pleine ou il y avait de petits valons desquels de bon heure ils s'estoient saisis pour éviter ceste tempeste, l'artilherie de l'avant-garde en fesoit de mesme avec tel salve quelle en couchoit plusieurs.

Pandant ce grondemant de tonnerre plusieurs cabaliers se desbandoint de leurs rangs pour sescarmoucher ou possible pour leffet du canon ou pour parlemanter ensemble de levenemàt de cete journée tant désirée de touts coustés, mais les plus avisés ne vouloint abandonner leurs drappeaux comme de raison considérant quil en y avet assez pour tous comme je dis à un qui fesoit le sa, Gabaut, sa! qui me volsit quereller, mais nous avions bien à qui parler devant nous à cete heure voyant tant de gens près de nous pour nous fere passer la coulère et pour nous donner de lexercisse. A la vérité on ne doit avant le tamps et si belle occasion haras-

[a] M. Le Roux de Lincy, *le Livre des proverbes français* (édition de 1859, t. II, p. 84) cite : *A bon jeu bon argent*, d'après un recueil du xvi⁰ siècle intitulé : *Adages françois*.

cer les chevaux voyant un si grant combat préparé. Aussi cella ne se pouvoit guière bien fère sans interrompre l'ordre et lobéyssance.

Monsieur de Tabannes qui avoit recognu la commodité des endroits de ceste campaigne, le chemin et les avenues, dit à Monsieur quil estoit besoing de faire retirer les batailles à gauche tant pour prandre le pays large et avantageux pour combatre que pour coupper chemin aux huguenots cils se vouloient retirer vers leurs conquestes et aussi pour garantir ses trouppes de la fureur de lartilberie qui fesoit mal atous.

Ce qui donna occasion à l'admirailh de changer de lieu de toutes ces trouppes pour sestandre plus à droite sur la venue de Ervaus ᵃ et de Moncontour comme voulant nous fere barrière si nous volions passer plus oultre. Alors commasa marcher la troupe des enfants perdus, harquebuziers destinés à l'avant-garde droit au bourc qui couvroit partye de leur armée jà prens par nombre de leurs harquebuziers et cabaliers qui avoient delibere de sourtir de la sur nous selon loccasion de ceste journée.

Lescoupeterie (40) fut grande et telle que renforcee des nostres fut force aus huguenots après la perte de plusieurs de quitter la plasse et se retirer souz leurs regimant en mesme tamps que les Languedocs et Dauphinois furent vivemant charges par nos trouppes darquebusiers et cabaliers où iestois avec ledit sieur de la Valette, quen fin ils se retirarent pour nous revoir bien tost. Quelquefois ils fesoient bonne mine, et dautre ils fesoient samblant davoir peur et noser nous attaquer.

Là dessus Son Excellance manda au duc de Montpansier quil marchat avec lavantgarde et au marachal de Coussé (41) aussi quil fit tirer la bataille avec les Suysses un peu plus sur la gauche quelle nestoit ce que fut fet incontinant et sceut fort bien choisir le lieu pour accommoder larmee et apres que

ᵃ Airvault, chef-lieu de canton du département des Deux-Sèvres, sur le Thouet.

chasque chef eut remontré et donne courage de bien fère a
ces gens et que Monsieur de Tavanes eut recognu larmee ennemye dit a Monsieur que cestoit trop temporisé et trop
attandu, qu'il falloit marcher droict a eux parce que leur artilherie ne cessoit de porter un grant dommage a nostre armee,
mesme celle de la bataille qui tiroit de cent pas dens le bataillon de Monsieur et la nostre ne leur fesoit guières mal. De fet
les armes firent halte despuys les sept heures de matin jusques
à trois heures daprès midy attandant qui marcheroit le premier et cependant que le canon jouet dun cousté et dautre
Son Excellance comanda au duc de Montpansier quil alat ré-
soluemant a la charge et qu'il s'en y alloit aussi.

Lons commensa a marcher le pas et Monsieur de Martigues
fut commandé par ledit sieur de Monpansier de fère charge
les coureurs pour commanser le feu et soudain les soutenir,
ce qui fut fet car joins avec les Italiens et quelques troupes
fraceses marchans comme pour doner sur les enfans perdus
de leur infanterie se virent salues de deux ou trois cens harquebuziers quils tournerent tout court et donèrent si fort sur Monsieur de Mony et reistres quils furent contrains se retirer droit
a leurs gens de pied de quoy ils furent fort étonnés.

Qui fut ce coup la une mauvaise augure pour eulx de voir
un tel commancemant, ils perdiret le cueur se desbandant peu
a peu a qui courroit le mieulx et les enfans perdus les premiers
qui ayderent beaucoup les autres den fère de mesme et presque touts abandonnerent les lansquenets.

A même tamps le duc de Guise et le sieur de La Vallette
suyvis dautres compaignies savançoient fort la ou iestois tousjours avec eulx, et vindrent au grant trot charger ceulx qui de
mesme venoient at nous, et alabort il y eut bien de la mellee,
de coups de lance et de pystolet la ou mon cheval fut culbutté
et tomba sans estre blessé que un peu alespaule et moy desous,
luy se releva et moy bientost aussi bien etonne sans danger
quun coup de pistolet sur le devant de ma cuyrasse. Me voyla

remis et remonte avec un de mes compaignons qui m'assista
et bientost arrivames avec les autres qui fesoient merveilles à bien manier les mains contre les lansquenets et autres.

Ces rencontres ne se firent sans grant perte et forse honestes
gens dun cousté et dautre. Monsieur de Guise y eut son cheval
blessé et Monsieur de La Valette aussi le sien qui en euret
bientost change pour achever de solemniser la feste.

De lautre cousté ladmirailh prévoyant a peu pres de leveme-
ment de la bataille conseilla les princes de se retirer le plus
secrètement quils pourroiet et avec la moindre suitte, mais tant
de gens se virent après eulx et plus que leur train ordinere
ne pourtoit (42) ce que ayda a recognoystre par ceste retrette
et soubsonner leur malheur prochain.

Or tandis que les bataillons se virent près pour venir aus
bons coups les huguenots firent avanser leurs harquebusiers
avec charge de ne tirer que aus chevaus, ce quils firent les
premiers de cinquante pas le plus, fesant plasse à ceulx qui
les suyvoient lesquels ne peurent sitost tirer que nos reistres
ne fussent desja a la charge sur les Frances et reistres de nos
ennemis.

Nos reistres ne marchient pas touts ensamble, et ne chargèrent touts dune mesme fasson ains distribués par régimans
estoient soutenus des cabaliers frances, les uns attaquerent
ledit sieur admirailh bien assiste et les autres chargerent les
deux compagnies de gens darmes de ladmirailh et Dassier qui
estoient suyvis de deux cornetes de reistres, ces charges furent
fort furieuses de tous coustés et fort crueles, et avec ce les
chevaus de leur artilherie prins et retires par nos gens qui sen
accommodarent bien.

A ceste charge le sieur admirailh fut blessé à la joue accause
que les compagnies qui avoient este ordonnees pour combatre
devant luy avoient prins la charge et senfuyrent plus tost quils
ne debvoient se trouvant encore mellé parmy les nostres, que

si leurs reistres ne fussent arrives jamais ladmirailh nen fut sourty quil ny fut demeuré.

Cesla fet uns et autres de chasque cousté se retirarent un peu pour se rallier sous leurs enseignes pour retourner au combat, ceste première rencontre fut fort dangereuse et mortelle à plusieurs, mesme les ennemis avoient mis en routte et firent reculer plusieurs drapeaus des nostres bien accompaignes si autres des nostres ne fussent arrivés frances et reistres pour les arrester.

Or après avoir discoursu et parlé des combats des avant gardes selon mon peu de jugemant pour lavoir vu et ouy estant sur le lieu, il faut dire quelque chose de la bataille et de sa démarche par le commandemant de Monsieur qui estoit encore incertain du succes de lavantgarde qui desja avoit commanse et estoit aus mains, fit commanser le jeu et soudain partir de sa droite sous la conduite du duc d'Aumale, le marquis de Baden a avec tous les reistres, lequel alla si avant quil y demeura et plusieurs autres.

Et continuant tousjours leur artilherie de tirer Monsieur savansa si fort sur les ennemis que les suysses et les autres bataillons demeuroint derriere mais il rencontra devant luy un salve de harquebusades par quatre vings ou cent harquebusiers a cheval devant luy segondés par une grant trouppe de reistres et frances qui se resolurent comme desesperes de se jetter sur son escadron donant jusques a la cournete et cuidant fère quitter la plasse à touts ceulx qui suyvoint Son Excellance quelque debvoir que les ducs de Longuevile (43), Tabanes, Vilars (44), Carnabalet (45) sefforsassent fère et tous autres qui estoient avec luy, son cheval estant blesse et abatu et luy par terre fut bientost releve par le baron de Montesquiou et le marquis de Vilars qui le firent monter sur un autre cheval qui

---

a Le marquis de Baden, quoique protestant, avait en 1568 amené à Charles IX un renfort de quinze cent reitres. Il n'avait que trente-trois ans quand, emporté par une trop généreuse ardeur, il périt au milieu des gens de ses coreligionnaires.

se trouva bien apropos [a] , et tost apres luy fut tire un coup de
canon qui emporta cinq de ceulx qui marchoint devant luy,
qui estoit le dernier coup qui se tira de ce iour de la pyesse
que les ennemis nommoient la chasse messe. Incontinent les
Suysses marchèrent par le comandemant de Son Excellance et
Monsieur de Biron et autres avec eulx pour aller contre les
lansquenets qui furent deffets et le reste de gens de pied aussi
et une bone partie de leur cabalerie. Certes sestoit pytie de ces
gens despuis qu'ils se virent rompus.

La charge que Monsieur leur fit fut grande et fort remarquable où il se fit une grant execution, comme aussi du couste
de lavant-garde qui combatoit leur bataille, et nostre bataille
qui combatoit leur avant garde, qui fut un rencontre comme
cella sans y panser et y ayant donne un grant comancemant
on ne sen put desdire. Tant y a que la victoire nous en demeura qui fut lheur et gloire entiere à Son Excellance dune
des plus belles batailles qui se soient iamais données en
France avec perte des ennemis de quinze à seize mille homes.

La victoire fut poursuyvie par Monsieur de la Valette avec
son régiment de chevaus legiers accompaigné dautres qui le
suyvirent qui estoit un grand capitene et brave chevau legier
et ennemy des huguenots, à laquelle retrette les suyvant de
près nous en fesions tousjours demeurer quelquun par les
chemins, et les sieurs de Guise et de Martigues suyvoient
après, avec Monsieur de Montpansier comme chef de lavant
garde, et encore que le comte Ludovic, frère du prince d'O-
range, fit la retrette fort brave et en bel ordre nous le suivimes iusques à ce que la nuict nous sépara.

[Ici manquent deux feuillets contenant les pages 141, 142,
143, 144.]

---

[a] Tavannes cite le fait, mais il ne parle pas du baron de Montesquiou. « Il y
eut quelque désordre à cause du cheval de Monsieur qui tomba et fut relevé par
le sieur marquis de Villars. » (Collection Michaud et Poujoulat, Mém. de Gaspard
de Saulx-Tavannes, p. 338).

[*Après la victoire de Moncontour, les troupes royales allèrent mettre le siège devant Saint-Jean-d'Angely. Ce fut le 12 octobre que le futur maréchal de Biron somma cette ville de lui ouvrir ses portes. Le gouverneur de la place, qui répondit par un refus à cette sommation, était Armand de Clermont, sieur de Piles, dont nous avons déjà rencontré le nom dans le récit du siège de Poitiers. Le siège commença le 16 octobre 1569.*]

...... Et voyant qu'ils estoient resolus à cella, Monsieur de Byron se présenta avec quatre ou cinq cens chevaus et quelques gens de pied, la sommant^a au nom du Roy, qui luy fut respondu qu'ils la tenoint par le comandemant du prince de Navarre, gouverneur en Guienne pour le service de Sa Majesté. Ledit sieur de Byron print cette response pour reffus et s'en retourna en l'armée, et incontinent après l'infanterie fut conduite avec l'artilherie jusques aus fausbourgs de ladite ville.

Cependant les assiegés travailloient aux fortifications des lieux les plus foibles et firent deux ou trois belles sorties où ils prindrent quelques prisoniers pour prendre langue, et n'arrestoient pour cella de continuer leur travailh, comme aussi ledit sieur de Byron fesait travailler aus tranchées attendant la venue de Sa Majesté qui arriva en son camp bientost après et lougea si près de la ville (46) qu'il se resolut de n'en partir que la ville ne fut prinse.

A son arrivée l'artilherie tira qui estoit avec les Suisses laquelle marchoit desya pour battre la dite ville. Cette salve qui fut fete tant de l'artilherie que de l'escoupeterie fut belle et grande et tout le camp fut mis en armes et en rang de bataille avec une indissible joye et cry général à la venue de Sa Majesté criant vive le Roy.

---

^a C'est-à-dire Saint-Jean-d'Angely, chef-lieu d'arrondissement du département de la Charente. Sur le siège de Saint-Jean d'Angely, voir les auteurs déjà cités sur le siège de Poitiers, y compris Liberge, dont le récit débute par une description de la ville.

Et ayant encore sommés les assiégés de se randre, firent
la même response que auparavant qui fut cause que lartilhé-
rie fut dressée et mise en batterie fort dextremant, commensa à tirer contre les deffanses de la tour, et continua la
dite batterie tout le iour, jusques à ce que la bresche fut
grande et résonable, mais la nuict venue leur donna moyen et
loysir à y pourvoir et reparer la bresche avec d'autres retran-
chemants derrière ladite breche. La batterie fut encore fort
violante, et fut la tour de Béliart abattue rez de terre[a] où
plusieurs furent tués ou blessés, et continua la dite batterie
jusques au iour qui avoit esté desseigné, et voyant la breche
si raisonnable, après l'avoir recognue qu'un cheval chargé
y fut pu monter ; mais ils y apportarent tant dinventions
qu'ils la rendirent en deffanse après y avoir travaille.

Tellement qu'une grande trouppe de noblesse accompagnés
de plusieurs braves soldats entreprindrent de sen rendre
maistres que encouragés par la presence du Roy et grants
seigneurs qui l'accompagnoient, donerent jusques au dessus
de la dite breche, mais elle fut si bien deffandue et debatue
quil faillut enfin se retirer. Cest assaut à la vérité nestoit
pas commandé ains volontere entreprins par quelques chefs
et gentishomes, comme dit est qui y menèrent bon nombre
de soldats, aussi ny apportarent ils pas aucun drapeau.

Durant lassaut deux coulouvrines battoient en courtine sur
la breche. Monsieur le baron de Montesquieu y fut blessé, et
le sieur de Guitinieres (47) aussy ; ledit sieur Baron fut
blessé par la bouche qui en morut bientost après (48), avec
lequel iestois ce iour de batterie en espérance daller à lassaut,
qui fut un grant dommage et fort regretté du Roy et de Son
Excellance et aussi de la Reyne-mere parce que il avoit fet
de bons servisses et entre autres le iour de la bataille de
Jarnac, et aussi le jour de la bataille de Moncontour, fut

---

[a] Liberge (p. 185) nous montre aussi la tour Béliar abattue « rez pied. »

commandé par Son Exellance de se tenir auprés de luy qui luy fit un bon servisse pour avoir aydé à le relever en combatant devant luy parce que son cheval luy fut tué d'une harquebusade, comme il a esté dit. Ce fut une grant perte de ce brave cabalier, et encore plus pour moy, qui m'estoit un bon et intime amy qui ne pouvoit guiere demurer luy et son frere sans me voir souvent. Il fut honorablement accompagné par les Suysses de la garde du Roy comme capitene, et d'une grant trouppe de capitenes et noblesse à sa sépulture au lieu où Son Exellance estoit lougé qui aussy y assista et le regreta fort, comme je voyois estant presant.

Le Roy et la Reyne mere qui laymoient fort et Monsieur aussy luy avoient promis de luy donner de belles charges, comme je sçay fort bien qui le puis dire, et entre autres le gouvernement de Bayone après le viscomte d'Ourte (49) qui lors avait envye de quitter sa charge et se retirer, et sans doubte il eut esté chevalier de lordre du Roy et capitene de cinquante homes d'armes, et pour cest effet il s'estoit préparé daler en cour après ce voyage, mais ce malheur luy arriva.

Et despuis estant audit siege M. de Pompignan son frere devint malade aussy de la dyssenterie, où il en y avoit bien dautres touchés de ce mal lequel ie assistis toutjours jusques a la fin du siege et de nostre retour en ce pays de Gascogne où il mourut de ce mal bientost après.

Et continuant le siege dudit sent Jehan d'Angely Monsieur de Byron escrivit à Monsieur de Pyles de randre la ville a Roy ladvertissant de autres villes voysines ᵃ qui s'estoient randues, lassurant quils seroient reçus a composition si honeste quils nauroient occasion de sen plendre.

Ces remontrances les firent un peu résouldre et donna un comencemant a la pratique qui fut despuis curieusemant demenee d'un cousté et d'autre et y eut sur ce un pourparler

---

ᵃ Liberge nomme les villes de Lusignan et de Saintes (p. 187).

de paix qui ne réussit de longs iours après que seulement pour la capitulation et paix particulière de la ville a laquelle après les dix iours quils avoient demandés pour en advertir les princes la promesse que le Roy leur avoit fete leur fut tenue et plustost de leur sourtie ceulx de dedans et ceulx de dehors se visitoient et parloient ensemble.

Cependant le sieur de Byron se presanta pour sommer ledit sieur de Pyles de sa promesse qui luy respond que suivant ladvis quil avoit eu, il aymoit mieux morir en combattant et fesant son debvoir que destre taillé en pyesses à sa sourtie. Sur ce il recomansa la batterie plus cruelle que devant qui leur porta une grant ruyne sur leurs murailles et autres lieus, combien quils firent quelques sourties aux tranchées avec perte de quelques uns qui estoient en garde.

Enfin on se remit à une segonde capitulation a quoy ils prestarent l'oureille les chefs et tout pour se voir à l'extrémité laquelle fut pourtée et signée de Sa Majesté qui estoit telle que les assiegés sourtiroient de la ville vies et bagues sauves avec leurs armes et chevaus, et enseigne ployée et qu'ils ne porteroient les armes pour la cause generale de la religion pendant quatre moys, à quoy ils faillirent bien.

Qu'ils pourroient tant estrangiers que habitans se retirer là où bon leur sembleroit en toute sureté, et quils seroient conduits iusques au lieu où ils devroient aler par le sieur de Byron et de Causens (50), et encore que sur leur sourtie une bonne trouppe des soldats des nostres eussent volu entreprendre quelque chose sur eulx pour les fere desplesir. Monsieur d'Aumale y arriva et autres qui rompirent ceste execution avec une grant difficulté (51).

Tant y a qu'ils furent conduits iusques à Angouleme avec le sauf conduit du Roy. Pour cella le sieur de Pyles narresta ce qu'il ne devoit fere daler trouver les princes et leur armée

---

a Cette capitulation provisoire fut signée le 6 novembre. La capitulation définitive fut signée le 2 décembre.

encore qu'il eut promis de ne porter les armes de quatre
moys.

Après la reddition de la ville, le sieur de Guitinieres y fut
establi gouverneur avec huict compaignies de gens de pied,
et ce mesme iour le Roy et la Reyne mere et le cardinal de
Lorrene (52) y entrèrent et visitèrent la ville et la breche et
tout le reste de ce qu'ils avoient envye de voir. Ce fait Sa
Majesté se retira après avoir pourvu aus garnisons de Poytou
et de Saintonge et envoya le sieur de Sansay (53) avec six
cornettes de cabalerie et le regimant du sieur de Gouhas (54)
et autres en Berry pour resserrer les huguenots de la Charité [a]
qui fesoient de ravages et sestendoient trop avant.

Puis s'en ala a Angers (55) où il assigna les deputés des
huguenots de si trouver pour la paix quil desiroit tant, ce quils
firent, combien que après la bataille de Moncontour le Roy
ayant pytié de son peuple en mit quelque propos en avant, si
que après les alees et venues de quelques gentilshomes vers
la reyne de Navarre et autres qui estoient à La Rouchèle (56)
le marechal de Coussé fut envoyé vers elle pour acheminer ce
traité a une bonne fin. Toutesfois pour certenes considérations
et difficulté que les huguenots y apportarent la décision en
fut remise et renvoyee a leur armee qui savançoit bien avant
en Gascogne et Languedoc vers lesquels on y despecha deputés
à cest effet lesquels toutesfois prindrent ce pourparler tout au
rebours de lintention du Roy, tellement qu'ils firent samblant
de la refuser.

Mais sestant ravisés par les remontrances de plusieurs qui
la desiroint leurs deputés furent depeschés pour aler trouver
Sa Magesté a Angers où il ne fut possible de rien fere pour
encore car il y faulsit bien dautres allees et venues. Cependant
lesdits deputés audit tamps arrivés après avoir dict et re-
presanté ce qui estoit de leur charge, le Roy nen volut rien

[a] Chef-lieu de canton du département de la Nièvre.

fere pour estre le tout à son desavantage et hors de raison y
ayant de demandes impossibles et trop à leur advantage de
sorte que cella fut remis a un autre tamps.

Je vous ay desja dit que après cette grant deffete de la
bataille de Moncontour les huguenots prindrens leur chemin
vers Montauban[a] qui tenoit pour eulx et despuys en Gascogne pour joindre le comte de Montgommery (57) qui estoit
en Byarn où il avoit fet quelques iurs devant lexecution contre
le sieur de Terride (58) et autres au siége de Nabarrens et la
ville Dourtes (59) lieu du rencontre et estant les susdits huguenots arrivés à Montauban qui de tout temps a tenu pour leur
party et si estre refreschis quelques iours, y prindrent une grant
somme dargent[b] que ceulx du pays y avoint assemblé pour la
cause tant des eglyses que des rançons et autres pratiques
dont ils firent part aux reistres qui sambloient estre mal-
contans accause du retardement de leur paye que pour la perte
qu'ils disoient avoir fete de leur bagage a la bataille de Moncontour.

Et après avoir laissé le viscomte de Borniquel (60) audit
Montauban pour gouverner et avec luy un bon nombre de
soldats, firent sortir un canon et une coulouvrine pour
sacheminer avec tout leur attelage et equipage et passer la
Garone où ils avoient envoyé devant une bone trouppe pour
faciliter le passage que Monsieur de Montluc gardoit pour
lassurance des garnisons quil avoit a Agen et au Port Sente
Marie où il estoit et avoit mis M[r] de Leberon son nepveu (61)
à Aiguillon qui luy fut forse de quitter pour ne pouvoir résister
à ces grans forses de huguenots[c] .

[a] Signalons la présence du futur Henry IV à Montauban, en novembre et décembre 1569. Du 10 au 15 de ce dernier mois le roi de Navarre, était au Port-
Sainte-Marie (Lot-et-Garonne à 20 kil. d'Agen).

[b] Voir l'*Histoire de Montauban* par H. Le Bret, prévôt de l'église cathédrale
de cette ville, en 1668, édition de 1841. Montauban, in-8°, t. II. p. 59.

[c] Voir les *Commentaires* de Monluc, éd. de Ruble, t. III, p. 363 et suivantes.
Les huguenots entrèrent à Aiguillon le 28 novembre 1569. Cette ville est à 10 kil.
de Port-Sainte-Marie.

Incontinent les ennemis despecharent une trouppe de cabaliers pour sommer le Port Sente Marie où ledit sieur de Montluc avoit sa compagnie de gens darmes et le reste a Agen avec
un bon nombre de harquebusiers qui ayant vu ce lieu du Port
Sente Marie foible pour ne pouvoir resister a leur armee et avec
si peu de gens se retira à Agen avec toute la compaignie où
il fut fort bien venu et tous ceulx qui le suyvirent.

Ce fut un grant avantage pour les huguenots qui saccom-
modarent en ce lieu si beau et profitable pour eulx et y
seiournarent longs jours, de la ou leur avant garde partit pour
fere plasse aux princes qui si en aloient pour y sesiourner et
recevoir les forses du comte de Montgomery de qui ils fesoient
forse destat pour avoir fet de si belles executions et avoir mis
le Byarn en liberté et a leur obeyssance lequel y arriva avec
une bone trouppe et grant butin.

Toute larmée passa au Port Sente Marie (62) où estant
arrivés firent diligence dy dresser un pont pour passer la
riviere de Garone qui est en ce lieu fort large et profonde. La
forme et estoffe de ce grant pont estoit de gros pyeus ferrés et
chascun de la longueur requise pour la profondeur, sur lesquels nombre de traverses estoient assises et bien clouées cou-
vertes daisses despesseur convenable et par dessus quantité
de ferures pour mieulx en assurer les chevaus, avec les gardes
dun cousté et dautre pour empescher que en une presse les
plus prochains ne tombassent en leau, et pour mieux lasseurer
ils lavoient serré dun grant nombre de cheynes de fer et de
gros cables, et le tout fut fourny par les habitans desdits lieux
en forme de rançon, ce que leur vint bien a propos.

Ce pont demoura plus longtamps a se bastir qu'il ne fist a
estre ruyné et du tout deffet par Monsieur le mareschal de
Montluc lequel prenant garde aus actions des ennemis taschoit
tousjours de les nuyre et empescher le passage de la riviere de
Garone comme vous entendrez.

Il y a un grant nombre de molins estant sur leau comme

gros vaisseaus sur deux desquels la meule roue et toutte la
maison du molin y est appuyée et sont les batteaus si bien
lyés ensamble que la force ny de leau ny des vans si impétueus
qu'ils pourroient estre ne leur sauroient nuyre. Ilz sont si bien
attachés a la rive avec de grosses cheynes de fer fetes comme
il faut que l'on diroit que lesdits moulins sont bastis sur fer-
mes pylotis; car sans ces cheysnes le royde fil de leau de cette
riviere les emporteroit aysement.

Ledit sieur de Montluc en descheyna deus ausquels il
joignit encore quelques batteaus qui le tout estoient chargés
de pyerres grosses et caillous et les garnit de torches et
meshes alumees quil sambloit la nuict autant de harquebusiers deliberés de fere et executer une grant entreprinse
comme a la verité ils le pansoient bien comme cella. Ce fet, il
les laissa tous aler sur la mynuict le long de leau ou le fil
impetueulx de leau les emporta dune telle roydeur que par la
forse le pont fut rompu non sans une grant alarme qu'ils pen-
soient estre tous perdus [a].

Ainsi en un cart d'heure [b] leuvre de plusieurs jours et de
grans frais fut du tout ruynee et mise en pyesses, de quoy les
huguenots receurent un grant desplesir et dommage et grant
retardemant à leurs afferes, ne laissarent pour cella de chercher
d'autres moyens pour un passage si necessere, qui fut de fere
soudain un autre pont de quatre grants batteaux les deux
attachés ensamble et les deux autres aussy, et couvers de bones
ayses sur lequel quantité dhomes pouvoient passer de front.

Larmee passee, fut aussitost rompu affin que les catholiques
neussent moyen dy passer et leur doner en queue et les en-
dommager. Ainsi les huguenots passèrent et le capiteine Pyles
partit de Angoulesme avec deux cents chevaus pour se joindre
à leur armee pour fere entendre aux princes le succès du siege
de Sent Jehan Dangely.

---

[a] Il faut comparer ce récit avec celui de Monluc (t. III, p. 372-379). La verve
endiablée ne manque pas plus à l'un qu'à l'autre.

[b] Dans la nuit du 15 au 16 décembre 1569.

Despuis larmée des princes sesiourna au Mas de Agenois [a],
bon pays, iusques aux fetes de Noël, en continueles escarmouches contre les forses de Monsieur le mareschal de Montluc entreprenant sans cesse les uns sur les autres et sur les
plasses qui leur sambloient les plus incommodes. De la quelques compaignies huguenotes coururent vers le Mont de Marsan, Rocquefort [b], Bazas et Saint Justin [c], Villefranche [d] et
autres lyeux circonvoisins pour se remplumer [e] de leurs pertes.

Puis s'en retournarent par la ville de Soz [f] et autres villes
de Gascougne, reprindrent leurs trouppes au Port Sente Marie.
Leur armée marche donc le long de la riviere de Garone, et de
là print autre pays le long de la riviere du Targ [g] et Labeyron [h]
là où ils prindrent une ville et quelque autre fort, et despuis
ils sapprocharent de Toulouse et de bien près, la où Monsieur
le mareschal Danvile, gouverneur de Languedoc (63) et Monsieur de La Valette (64) et plusieurs autres chefs seignalés
estoient dedans accompagnés de quatre a cinq cents chevaus
et plus de six mille harquebusiers, lesquels sortoient quelquefois sur les plus avansés qui brulloint tout autour de la ville.

Et après y avoir fet de grant ravages et ruynes prindrent le
chemin de Castres en Languedoc qui a tousjours tenu pour
party où après avoir prins deux pyesses de batterie prindrent
leur chemin vers ledit pays de Languedoc, la ou ie le lasseray
aler pour ne les avoir vus despuis en ce voyage.

[a] Chef-lieu de canton du département du Lot-et-Garonne, à 14 kil. de Marmande.

[b] Chef-lieu de canton du département des Landes, à 22 kil. de Mont-de-Marsan.

[c] Commune du département des Landes à 11 kil. de Roquefort.

[d] Villefranche-du-Queyron (Lot-et-Garonne), canton de Casteljaloux, à 11 kil.
de cette ville.

[e] Montaigne s'est servi de la même expression : « Quand il se fut *remplumé*
de sa perte. »

[f] Commune du département du Lot-et-Garonne, canton de Mézin.

[g] La façon dont d'Antras écrit le nom du Tarn indique la façon dont on prononçait ce nom en Gascogne, prononciation qui s'y maintient encore quelque peu
et qui fait sourire les hommes du Nord, les descendants de ceux qui parlaient la
langue d'oïl.

[h] L'Aveyron qui se jette dans le Tarn entre Montauban et La Française.

Que pour vous dire que après le siege et prinse de Sent Jehan Dangely les trouppes de Gascougne furent congediées pour venir se refreschir, ce que ne fut guiere y ayant de graves afferes aussi bien en Gascougne que ailleurs. Nous y fumes pourtant en quelque sorte de paix après que les ennemys eurent vuidé le pays, si ce n'est de certenes villes qui tenoient pour eulx où ils avoient laissé de fortes garnisons.

Ladite armée des huguenots fit un grant cerne[a] par toute la France, et de Languedoc iusques en Bourgoigne et aus environs la ou larmée du Roy fut, et se voyant de fort près avec de grandes et belles escarmouches, la ou et après ces exercices de guerre et après la perte de tant de gens de bien, la paix fut arrestee et conclue en juillet de lan mil cinq cents septante (65). Les deputés eurent bien de la peyne en ces allées et venues.

Et après tout cella et prins tant de peyne je men retournis en ce pays avec ledit sieur de Pompignan, lors seigneur de Montesquieu après la mort de son frere, accompaignés d'autres du pays, lequel ne pouvant passer oultre accause de son mal de la dyssenterie, nous nous arrestames au Port Sente Marie où nous y demourasmes quelques iours après lesquels il fut conduit au chasteau du Saumont et de la a Montesquiou ou bientost il mourut (66).

Despuys sa mort moy estant sur le lieu, Madame de Montesquiou, sa seur, après la mort de Mr de Lupé son mary (67) demoura heretiere, qui me pria de la voloir assister parce que elle avoit eu advis que lon vouloit entreprandre et se saisir de ses maisons et terres et du chasteau de Montesquieu pour quelques pretantions et droits que quelques gentilshomes disoient

---

[a] Cercle. Les rédacteurs du dictionnaire de Trévoux citent sous ce mot ce vers de Marot :

       Va faire en terre un grand *cerne* tout rond.

M. Littré cite sous ce même mot cette phrase de Blaise de Monluc : « Nostre cavalerie fist un grand *cerne*. »

y avoir par substitutions, et que fames à ce quils disoient ne
pouvoient succeder a ces grants biens et baronie de Montesquieu; et pour le desir que iavois de la servir en ceste afferc et
en toutes autres occasions pour la conservation de ses droicts
et pour la maintenir en sa maison comme fille legitime et unique je me resolvis de le fere et aussi en consideration de Messieurs ses freres qui mestoient fort bons amys. Je y desmuris
quelque tamps avec quelques uns de mes amys que iavois employé sans fere samblant de rien, et y fut fet si bonne garde
que rien ny fut entreprins, combien qu'ils fesoient tousjours
courre le bruict de s'en vouloir emparer et que lon ne les en
sauroit empescher de quoy lon me volsit une foys quereler
mais ce fut un feu qui sen ala en fumée. Le nom desquels je ne
puis dire pour le presant pour mavoir esté depuys fort bons
amys, qui ne serviroit de rien; car aussi cela fut accordé par
de gens dhoneur et de qualité qui la laissarent paisible en sa
possession, et moy particulièrement ie y fis plusieurs passages
de quoy ie ne me repans poinct.

Ladite dame de Montesquiou fut despuis recherchee par
Monsieur Fabian dernier fils de Monsieur le mareschal de
Montluc père de Monsieur le comte de Carmain avec lequel
le mariage se fit (67) au grant contentemant de toutes parties tant dun cousté que dautre là où iestois et fis par allées
et venues tout ce qui fut de mon pouvoir envers Monsieur
le mareschal de Montluc pour les acheminer a la consomma-
tion de ce mariage.

Je fus despuys deux fois à la cour avec luy durant la paix
là où il eut une grant querelle pour laquelle Monsieur de
Guise soffrit à luy et lassista et autres grans mylors de la
cour qui à la fin fut accordée (69) et nous de retour en
Gascogne.

[1572] Auquel tamps il se parla du mariage du Roy de
Navarre avec Madame Margueritte seur du roy Henry troisiesme qui fut assigné en lan mil cinq cens septante un, jour

de sent Barthélemy, qui fut le iour du grant massacre de
Paris où la fortune volsit que ie ny fus pas (71), combien
que ie y estois appelé, parce que iavois lors quelque charge
en ce pays, et encore sur le bruit dune plus grant guerre en
ce pays après le susdit massacre de Paris où ladmirailh de
Chastillon morut et plusieurs autres, je fus eslu gouverneur
de Marciac a avec commission de Monsieur le mareschal de
Montluc, lors lieutenant de Roy en Guiene (72) où il faulsit
que ie assistasse la dite ville et y demourer pour la déffandre,
comme je fis, et Beaumarchez (73) aussi envers et contre
tous pour le servisse du Roy et deffanse de nostre religion
catholique.

De sorte que estant lors en la ville de Marciac gouverneur,
le baron Derros de Byarn (74) assembla une grant trouppe
de gens de pied et de cheval audit pays de Byarn lesquels
ayant ensamble prins son chemin droit à Castelnau de Riviere b auquel lieu y sesiourna quelques iours pour lesperance
qu'il avoit de fere quelque execution et mesme à Marciac et
aus environs, comme il comansa à la ville de Plasence c où
il envoya de Castelnau en hors une compaignie de gens de
pied pour la saccager et ruiner et ayant au lieu bien chargé
quinze ou vingt charrettes des plus beaux et précieux meubles de la ville. Ien fus incontinent adverty a Marciac qui
fut cause que bientost ie fus à cheval avec douze ou quinze
de mes amys et compaignons de la ville ou autres pour nous

a Marciac est un chef-lieu de canton de l'arrondissement de Mirande (Gers).
Le château de Samazan où nâquit d'Antras est à quelques kilomètres de la
ville. Il reste encore à Marciac quelques vestiges des anciennes murailles,
ainsı que les fossés. C'était une bien petite place de guerre, mais on va voir
par le récit de d'Antras que le gouvernement n'en ressemblait point à ce gouvernement commode et beau si gaiement chanté par Chapelle et Bachaumont,
à cette sinécure de Notre-Dame de la Garde, où Georges de Scudéry s'endor-
mait dans une molle oisiveté digne des chanoines du *Lutrin*.

b Castelnau-de-Rivière-Basse, chef-lieu de canton du département des Hautes-
Pyrénées, ancienne capitale du pays de Rivière-Basse.

c Plaisance, chef-lieu de canton du département du Gers, dans l'ancien pays
de Rivière-Basse.

aler mettre sen retournant sur leur chemin en embuscade
dens un boys entre le dit Castelnau et Plasence, et passant à
nostre veue nous alames droict à eulx, qui après avoir fet
quelque samblant de se deffandre, ils furent tous taillés en
pyesses, fors deux qui furent sauvés, et les charrettes randues aux habitans de Plasence avec leurs meubles qui de
bonne guerre estoient à nous, si nous eussions volu les
prandre, mais il faut avoir egard et pytié des amys et voysins
et après avoir fait ceste execution avec peu de gens nous
nous retirames sans perte [a].

De quoy le dit sieur baron Derros fut extremement marry
non sans grans menasses de sen revancher qui avoit aussi
laissé en la frontière de Byarn en un fort nommé Soubla-
cause [b] quelque trouppe de souldats lesquels quelques iours
après nous rencontrames dehors à la campaigne, qui tous
furent executés et mis à mort et le dit lieu rompu et mis
hors de deffanse qui fut cause que despuys ils ne si arres-
tarent point.

Après cela le dit sieur baron Derros quitta la dite ville de
Castelnau pour prandre son chemin avec ses trouppes vers la
riviere de Garone droict à ces villes qui tenoient pour eulx,
ou ayant sesjourné quelque tamps et fet la guerre il y fut
tué et ne revint iamais plus en Byarn.

La guerre estoit plus eschaufée que jamais, et les villes et
pays en grant alarme accause que les huguenots estoient fort
marrys et desesperés de cette grant execution et perte du
massacre de Paris qui fesoint encore tout ce qu'ils pouvoient
combien quils eussent perdu des meilleurs chefs quils eussent et capitenes et autres.

[1573] Bientost après le siege de la Rochele fut resolu
parce que les Rouchelois ne vouloient obeyr aux comande-

[a] La petite affaire de Plaisance n'a pas été mentionnée dans l'*Histoire de la
Gascogne*, de l'abbé Monlezun.
[b] Soublecause, commune du canton de Castelnau-Rivière-Basse (Hautes-
Pyrénées).

mans du Roy (75). Voyla sur ce sujet une grant armée en campagne comandée par Monsieur frere du Roy pour si acheminer avec tous les princes et grans capitenes de France, et comandemant à Monsieur le mareschal de Montluc de si trouver, ce qu'il fit avec le plus de gens qu'il peult assambler (76) et Monsieur de Montesquieu son fils avec sa compaignie de gens darmes qui me pria de voloir estre de la partye audit voyage de la Rouchele ce que ie luy promis de mon gouvernemant en hors avec la permission toutesfois de tous les habitants pour le desir que iavois encore de voir un tel siege accompaigné de tant de princes et grans seigneurs.

Enfin après avoir eu la permission des dits habitants de la ville de Marciac je man ales le trouver avec dix ou douze de mes amys mes freres et autres. Il me volsit fere l'honeur de me doner quelque charge en sa compaignie, mais men estant excusé le plus honestemant quil me fut possible accause de ma barbe trop jeune [a] et de ma charge de Marciac, je narrestis pour cela de lassister et le servir en tout le voyage iusques a la fin du siege. Monsieur de Cadreilh (77) estoit son lieutenant, Monsieur de Mont (78) son enseigne, Monsieur de Bezoles son guidon (79), et Monsieur de la Serre (80) son mareschal de lougis et la compaignie complette et assistée de braves et honestes gens (81).

Nous voyla dong en chemin pour fere ledit voyage de la Rouchelle et Monsieur de Rocquelaure (82) aussy avec nous qui estoit lors sa premiere sourtie et le premier voyage quil avoit iamais fet, et estant par nos journées arrivés au camp non sans bien passer le tamps entre nous jeunes gens, nayant eu aucun rancontre des ennemis, nous fumes louges tout contre la ville en un village nommé Angoulin [b] où il ne fut rien trouvé que les murailles et les lougis vuides sans

[a] D'Antras avait alors 34 ans, étant né en 1548.

[b] Angoulins était un village fortifié à 8 kil. de La Rochelle.

aucune habitation d'homes ny de fames ny en tous les autres lieus des environs de la Rouchelle.

Il faillut se resouldre dachapter pour vivre tout ce que nous avions besoing et encore avec grant difficulté den trouver avec de l'argent si ce nest certains vivandiers qui en apporterent au camp, je vous dis tout aussi cher qui se pourroit dire tant la cher que le pain et entre autres vivres lavoyne qui se vendoit douze livres le sac, et nous estions aussy sans foin ny paille, et ceste incommodité estoit telle parce que larmée y estoit desya quelques iours devant arrivée [a].

Vous debvez panser comme nos chevaus estoient bien tristes et en bon estat pour servir sil eut esté besoing. Le meilheur estoit en ce lieu davoir forse argent en bourse pour avoir de commodités, car autrement lon ne pouvoyt vivre ny encore avec cella que avec grant difficulté, et en ceste façon nous y demourames deux moys fort mal pour nos chevaus si ce nest pour nostre passe-tamps. Nous avions lexercisse de voir tous les jours les tranchées bien garnies de braves soldats et capitenes et la batterie de quarante-cinq à cinquante pyesses de canon qui ne fesoient encore rien jusques aus jours ordonnés pour voir la plus furieuse batterie qui se fit possible iamais en France (83) sans pouvoir fere ouverture pour aller à lassaut.

A lexecution duquel Monsieur le duc de Guise et autres grans seigneurs sestoient preparés et une bone trouppe que nous estions avec eulx pour entrer dans le fossé sitost que lon eut vu la breche raisonable, mais il ny eut moyen car layant recognue fut raporté que ce ne seroit rien que une grant perte dhomes, combien quen ces recognoissances ils sen perdirent beaucoup.

Le dit sieur duc de Guise estoit bien accompaigné ce jour

[a] Biron avait reçu son artillerie de siège le 4 janvier. Ce fut le 12 février que le duc d'Anjou arriva devant La Rochelle, accompagné du duc de Nemours son frère, du prince de Navarre son beau-frère, du prince de Condé, des princes de Lorraine, de Blaise de Monluc, etc., etc.

là et de Monsieur de Montesquiou de qui il fesoit beaucoup
destat comme ie voyois souvant estant avec eulx, et pour le
dit assaut les meilleures armes que lon avoit choisies estoient
de bons et gros espyeux bien tranchans et bien garnis que
tous nous avions avec le brave prince de Guise qui ce jour
là tant que le siege dura estoit en bonne volonté de se fere
voir et fere ses efforts pour entrer en la dite ville de la Rouchelle, mais c'estoit un mauvais morceau pour le coup et
de mauvaise digestion.

Il nestoit rien estimé ny enfant de bone maison qui navoit
un espyeu pour la resolution que lon avoit fet daler à cest
assaut lesquels voyant ensamble et pressés comme nous
estions à lantrée du foussé vous eussiez dit que cestoit un
grant boys taillis. Il y avoit forse marchands au camp qui
navoient autre marchandise.que des espyeus quils vendoient
bien et bien chers, mais il ny eut moyen de les bien employer et fere de grans coups en ce grant siege ou lon estoit
de cœur et dame pour voir la fin de ceste guerre.

Ce fut un grand regret à ces Messieurs de ne pouvoir rien
fere et contrains de se retirer et nous aussi qui estions bien
disposés pour les assister et leur tenir bone compaignie.
Toutefois de iour à autre nous pansions y revenir et executer
ceste brave entreprinse. Nous y demourions tousjours despuis le matin jusques au soir attandant lheure de marcher
après une si furieuse batterie non sans voir forse gens de
mors ou de blessés et moy qui fus blessé à la main dun coup
de carreau [a] le iour de la grant batterie sans autre de nostre
trouppe en tout ce voyage.

Monsieur frère du Roy estoit lougé à Nyut [b] et Monsieur le
mareschal de Montluc avec luy avec les princes et autres
grans seigneurs pour son conseil (84). Le Roy de Navarre

---

[a] Carreau d'arbalète, flèche dont le fer avait *quatre pans*, de *quadratus*
carré.

[b] Nieul-sur-Mer, à 5 kil. de La Rochelle.

avoit son cartier près de la ville où il fut durant le siege avec lequel Monsieur de Rocquelaure demoura, et despuys a demouré tousjours auprès de luy sans en bouger durant les guerres jusques à ce qu'il a esté Roy de France, qui pour lavoir bien servy il en a esté bien recogneu et rescompansé comme lon scait et est aujourd'huy lieutenant de Roy en Guiene et mareschal de France [a].

Monsieur de Lussan, gouverneur de Blaye (85), fut blessé à la teste dun coup de canon, qui en fut bien mal quelques iours; mais après avoir esté bien pansé il en guérit; grant merveille de guerir d'un tel coup quand ce naurait esté que le vant du boulet, aussy ce ne fut quune rasclure qui emporta seulemant le poil et la peau sans brisure dos que fort peu.

Je fais estat quen ceste journée durant ce grant siege il y avoit pour le moins de quarante à cinquante mille homes et de quarante à cinquante pyesses dartilherie, quils se perdirent forse honestes gens de qualité et autres, et les sieurs de Gouhas et de Causens (86) qui estoient maistres de camp des regimans des gardes du Roy, et de braves capitenes et soldats, qui dona occasion aus huguenots de dire que cestoit la revanche du massacre de Paris.

En ce siege nous y fumes fort mal tant pour nous que pour nos chevaus où il ne se trouvoit rien que à lextrémité et fort cher qui nestoit pas fort proufitable que pour ceulx qui avoient bien garnyes les bourses, et sans le jeu qui me donna quelque peu de commodité jestois du cousté du vant.

Je pensere parlant de ce grant siege de la Rouchelle me randre prolixe si ie voulois particulièrement dire tout ce que je voyois et tout ce qui se fesoit. Je diray seulemant de larmée de mer qui estoit desdiée pour garder que secours ny entrast. Vous eussiez veu dordinère les escarmouches de nos

---

[a] Roquelaure ayant été nommé maréchal de France le 27 décembre 1614, on voit que cette partie des Mémoires n'a pu être rédigée avant l'année 1615 au plus tôt.

navires contre ceux d'Angleterre et quelques autres qui fesoient tout leur possible pour y entrer, mais lon les en garda bien si ce nest un seul navire qui se présenta san lavoir recogneu qui à son arrivée ayant le vent en pouppe passa parmy tous les autres navires, qui ne fut possible de larrester pour lengarder darriver au port et estant recogneu par ceulx de la ville fut secouru pour le faire entrer dedans.

Ce quil fit avec de belles munitions de vivres, poudres et boulets et plomb et autres choses nécesseres à un tel siege au grand regret de ceulx qui en avoient la charge, mais ce fut un coup qui ne fut possible déviter à cause du vant qui luy fut fort favorable, ce ne fut pas leur faute à la vérité parce que lon ne peult pas estre maistre de ce cheval qui se maine par la queue.

Nous fesions pourtant bone garde toutes les nuicts et nos chevaus après mal pansés et mal traictés ny ayant rien à douze lieues aus environs, qui fut cause après y avoir demouré environ deux moys et le siege levé (87) de nous retirer en Gascougne avec ce beau butin que nous y fimes et avoir despandu tout ce que nous y avions porté qui estoit fort peu et beaucoup pour nous, ce que encore ne seroit à regretter si la ville se fut prinse et tyré le renard de cette taniere. Combien quil y fut fet tout le possible nous ne pouvions aussy gaigner les batailles et tout. Il nest pas bon marchant qui toujours gaigne [a], c'est assez d'avoir gaigné lhoneur de nous estre trouvés en un si beau siege là où sil ny a eu du proffit lhoneur en demeure. Lon y aprand tousjours quelque chose; le voir et le pratiquer sert tousjours aus galants homes et lespérance rent maistre.

Sur la fin de ce siege [b] arriva un ambassadeur de Poulongne pour supplier Son Excellance de voloir accepter au nom

---

[a] Il y aurait une piquante petite étude à faire sur les expressions proverbiales et métaphoriques de d'Antras, rapprochées de celles qui abondent dans les *Commentaires* de Monluc. Nous espérons bien que quelqu'un la fera.

[b] 19 juin 1573.

de tout le Royaume de Poulongne d'estre leur Roy, ce que fut promis vivant encore le Roy Charles; et après le siege levé larmée se retira et il s'en ala en court et le dit ambassadeur avec luy là où il fit ses préparatifs pour sen aler en Poulongne (88).

Et quelques iours après se mit en chemin bien accompaigné où il ne demoura long tamps après la mort du Roy Charles son frère[a] parce que comme savez, après son retour il fut Roy de France, et encore durant son regne les guerres civiles ont continué par toute la France avec aussi la continuation de grans desordres qui seroient à les raconter trop longs, masseurant que ceux qui sont encore en vie en porront dire quelque chose et en porter un bon tesmoignage.

[1570] Je ne veux aussy oublier à vous dire que plustost que le siege de la Rouchelle ne fut levé les huguenots de Byarn sestoient emparès de Rabastens en Bygorre et du chasteau qui estoit bien fort de soy mesmes[b] et encore plus avec la diligense et travailh que lon y avoit apporté pour le mettre en deffance, relever et nettoyer les fossés en tel estat quils estoient tousjours remplis deaux iusques à la hauteur d'une pique; lequel ayant réparé et rendu en deffance et lougeable, un nommé le capiteine Ladoue (89) y fut commandé pour la garde dudit chasteau, et avec luy une bone trouppe de soldats qui ordineiremant fesoient de ravaiges et desordres par toute la Bygorre et lieus circonvoisins, de sorte que cella continua un fort long tamps iusques à ce que cella vint aus

---

[a] Charles IX mourut à Vincennes le 30 mai 1574, jour de la Pentecôte. Henri III à cette nouvelle abandonna précipitamment le trône de Pologne (18 juin) et arriva le 6 septembre à Lyon.

[b] D'Antras donne de beaucoup trop vagues renseignements chronologiques quand il se contente de dire : *Plustost que le siège de la Rouchelle ne fust levé.* La vérité est que Monluc reprit Rabastens aux huguenots bien avant que le siège de La Rochelle ne fût même commencé, c'est-à-dire le 23 juillet 1570. Il reste encore quelques débris des remparts en brique du château de Rabastens (chef-lieu de canton des Hautes-Pyrénées, à 19 kilomètres de Tarbes). Monluc, qui a donné tant de détails sur le siège de Rabastens, assure que c' « estoit ung chasteau le plus fort que feust en la puissance de la royne de Navarre. »

oreilles de Monsieur le mareschal de Montluc lieutenant de Roy en Guienne, par les plaintes qui luy en furent fètes de ceulx du pays de Bygorre et autres qui en estoient fort incom-modés sur quoy ledit sieur de Montluc voyant ces plaintes se delibera de laler assieger après avoir asamblé de belles troup-pes de gens de pied et de cheval.

Il arriva donc en Bygorre au dit Rabastens avec quatre ca-nons [a] quil fit à son arrivée tirer à la muraille de la ville où il fut bientost fet une breche raisonable laquelle ne fut que fort peu deffandue pour navoir moyen de tenir le tout, la ville et le chasteau, là où ils se retirèrent deliberés dy tenir bon ou de morir, de sorte que le dit sieur de Montluc fit lou-ger le canon dans la ville à la plasse près dudit chasteau le-quel il fit cerner que personne ny pouvoit entrer ny sortir et mit de gens de cheval en campaigne pour si les huguenots de Byarn leur viendroient donner secours.

La batterie fut dressée audit lieu pour batre à l'endroit du chasteau que lon pensoit le plus foible; mais les murailles es-tant si bones et fortes on ny put du commancemant rien fere et continuant toujours la batterie et les tenant de si pres, ils ne pouvoient sen desdire de se randre ou morir de quoy à leur samblant ils navoient envye de fère lun ny lautre.

Et sur ce Monsieur de Montesquiou fils dudit sieur mares-chal de Montluc et père de Monsieur le comte de Carmain, et ensamble le viscomte de Labattut (90), mon frère et moy et autres avec eulx nous alames louger contre la murailhe du dit chasteau a cousté droict doù la batterie se faisoit et y ayant demouré une partye du jour pour esperance dy entrer les premiers si la bresche eust esté raisonnable.

Et estant audit lieu il fut tiré une harquebusade entre au-tres qui blessa ledit sieur de Montesquiou près de la bouche [b],

[a] Monluc ajoute à la mention de ces quatre canons celle d' « une grande cou-louvrine » et de « deux bastardes. »

[b] On lit dans les Commentaires (tome III, p. 416) : « Mon fils le capitaine Monluc feust aussi blessé d'une arquebouzade au menton tout auprès de moi et deux soldats tués. »

lequel fut incontinent retiré et pansé et dens peu de tamps
bien guery, et continuant ladite batterie on ne peust rien
faire de ce iour iusques au lendemain. Cependant ils se deffandoient bien.

La nuict le canon fut approché et l'endemain la batterie
fort furieuse et bientost après la deliberation fut prinse daler
à lassaut où l'on ala bien avant à la brèche non pas tant quil
eust esté besoing par ce qu'il y avoit un endroit où le canon
ny pouvoit voir et les assiegés tiroient de là en hors sans cesse
qui fut cause que le dit sieur de Montluc fut blessé au
visage [a], lequel fut aussitot retiré et à mesme tamps le chasteau prins avec une belle resolution voyant nostre chef fort
blessé et le tout fut mis au fil de lespée.

Ce que ayant exécuté avec peu de butin le chasteau fut
mieulx rompu et mis hors de deffanse pour ny pouvoir les
ennemys plus louger. De quoy le pays de Bygorre et tout le
pays voisin desmourarent fort contans et soulagés qui despuys sy estant retirés et un peu reparés (91) ils en furent chas-
sés et le dit chasteau mis par terre et en tel estat qu'il nest
possible de le voir iamais reparé quand on voldret y employer
tous les moyens de la comté de Bygorre.

Monsieur de Montluc deslougea tout blessé dudit siege de
Rabastens avec toutes ses trouppes et artilherie et sen ala
louger à Marciac où il demeura trois ou quatre iours [b] à cause
de sa blessure et y layssa quelques jours les canons et après
print son chemin droict à Agen où il demeura longtamps plustost qu'il ne fut bien guéry (92).

En ce mesme tamps se fesoient de courses dun cousté et
d'autre et de Byarn aussy où il y avoit dordinère force gens

---

[a] Voir le récit de l'héroïque blessé (p. 423). On admire Blaise de Monluc en
l'entendant, tout inondé de sang, dire à M. de Goas qui voulait le soutenir :
« Laissés moi, je ne tumberay point; suivés vostre pointe. »

[b] Monluc dit (p. 433) : « Toute ceste brave noblesse print congé de moy, et
le lendemain matin, qui feust le troisiesme jour de ma blessure, Monsieur de
Leberon, mon nepveu, me fit pourter à Marsiac, qui est à deux grands lieues
de Rabastens. »

de pied et de cheval, qui occasionna Monsieur le mareschal
de Monluc de quiter sa charge accause de son indisposition
et pour ne pouvoir continuer et fere ce quil eut volu comme
devant pour le servisse du Roy et le debvoir de sa charge. A
la vérité il fut un tamps en tel estat et si indisposé que lon
le tenoit pour perdu. Toutesfois il vesquit longs iours après
en la plasse duquel sieur mareschal de Monluc fut esleu Monsieur le marquis de Villars lieutenant de Roy en Guienne où
il ne fut rien remué en ces iours demourant le tamps fort
calme qui ne dura guière.

[1573] Bientost après arriva en ce pays un sieur capiteine
Lysier des environs de Montauban (93) avec une trouppe de
soldats ou plustost voleurs tenant le party des huguenots, qui
se saisit de la ville de Seint-Sever de Rustan [a], lequel estant
lougé en ce lieu il fit si bien qu'il sy accommoda et le fortifia
et le mist en assez bon estat que de là en hors fesoit des courses sans contrediction, parce que tous les capitènes ou en
partye et aultres galans homes du pays estoient occupés en
France ou ailleurs de sorte qu'il eust un temps les coudées
franches et presque ne se doubtoit de rien.

[1574] Il pourta de grans incommodités à la ville de Tarbes et de grans ruynes de laquelle il sestoit saisy pour du tout
la ruyner qui seroit long à raconter et y eut demouré plus
longtamps sans Monsieur de Gramont Antoyne (94) qui l'en
fit deslouger avec lassistance dune grant assemblée de noblesse et bone trouppe de harquebusiers quil employa, lesquels il fit arriver au iour assigné; à quoy par ledit sieur de
Gramont je fus employé avec quelques uns de mes amys.

Et comme estant lors gouverneur de Marciac je fis venir à

---

[a] La petite ville de Saint-Sever-de-Rustan (canton de Rabastens, à 22 kilomètres de Tarbes) est bâtie sur la rive gauche de l'Arros, d'où elle tire son nom
de *Rustan, Arostang*. C'est au mois de mars 1573 que Lysier s'en empara et
pilla l'abbaye. Cette date est établie par une information du sénéchal de Tarbes
faite en 1575 et insérée dans les *Essais historiques sur la Bigorre*, de M. Da-
vezac-Macaya. L'abbaye de Saint-Sever-de-Rustan fut restaurée par les Béné-
dictins de la Congrégation de Saint-Maur, qui y établirent la réforme.

sa priere avec la permission de la ville quatre pyesses de campaigne pour rompre quelques deffanses à la recognoissance desquelles et du pont que nous avions abatu avec les dites pyesses je fus blessé à la jambe dune harquebusade doù je fus retiré et bien pansé et mercy Dieu plustost guery que je ne pansois (95).

Après estre de retour audit Marciac qui fut un bon sesjour pour moy à mes despans, incontinent après ils se rendirent et se retirarent où bon leur sambla et Monsieur de Gramont avec cette belle assamblée se retirarent aussi. Ce fut bientost après [a] que ces galans voleurs de Lysier capitène et tous furent attrapés pas les sieurs de Mun (96) et de Lubret (97) avec quelques uns de leurs amys, lesquels les trouvant en campaigne, furent chargés et mis au coulteau sans que aulcun en fut sauvé, qui fut une belle depeche et grant soulaigement pour le pays et une belle revanche de la mort de Monsieur de Baudéan (98) que ce traistre tua se promenant sans armes sur un chemin tout contre la ville de Baignères doù il estoit gouverneur qui fut fort regretté pour estre un brave et honeste gentilhome; à laquelle exécution je fus appelé, mais il ne me fut possible de my trouver parceque ie nestois encore bien guery de ma blessure de iambe, ce que iai tousjours regretté despuys en contemplation dudit seigneur de Baudéan.

En ce tamps là après avoir tant tracassé et employé une bonne partye de ma iunesse pour charcher ma fortune que ie nay peu aus despens de mon sang trouver telle que ie la desirois, ie me resolus de me marier avec l'advis et conseilh de mes bons parens et amys ce que je fis sans discontinuer lexercisse de la guerre qui estoit toujours en son regne à quoy iestois souvant appelé tant en ce pays que ailleurs, mais plustost je fis estat d'espouser ma fame qui lors estoit avec madame la viscomtesse de Labattut (99) qui sen alloit à Thoulouse

---

[a] *Bientost après*..... Il faudrait *quelques jours avant*, car la mort de Lysier avait précédé le siège de Tarbes. (Manus. Duco.)

pour accompaigner Monsieur d'Ossun, son frère (100), qui
audit lieu avoit fet dessein despouser la sienne qui estoit la
segonde fille de Monsieur de Panassac de Seyches, ce que il
fit et moy avec lui le mesme iour par compaignie comme de
bons amys, et après avoir espousé tous deux audit Thoulouse
nous y demourames despuys devant la fete de Noël iusques à ce
que lhiver fut fort avancé pour fere nostre retrete droit Cornac
et de là à Labattut et Aussun ou assistoint tousiours les dites
dames et madame de Barbachyn (101) et autres avec elles,
et nous aussy une bone trouppe avec elles, pour leur tenir
compaignie, et en ces iours nous passions bien le tamps.

Et durant nos espousailles à Toulouse Monsieur de Lava-
lette, lors lieutenant de Roy en Guiene [a], ala assieger un chasteau à la comté de Foix qui fesoit avec certains bandoliers tous
les désordres et ruynes qui se porroient dire sur le pays là où
nous fumes de Tholouse en hors, et après y avoir demouré
quelques iours et battu le print et en fit de ces gens voleurs
une belle et examplere punition (102).

Et durant le tamps que iestois gouverneur de Marciac par
commission de Monsieur le marquis de Villars lors lieutenant
de Roy en Guiene, et le bon consentement des habitans qui
me fesoient lhonneur de maymer et moy aussi à eulx, ie tas-
chois à les bien servir et conserver la ville pour le servisse du
Roy comme à la verité je le fis sans reproche fesant la guerre
de là en hors et fet de belles exécutions contre ceulx qui la
voloient troubler et surprandre.

[1575] En ceste année de mon gouvernemant de lan mil cinq
cens septante-cinq il ny avoit guiere villes en Gascogne où il y

[a] Jean de Nogaret, baron de La Valette, dont il a déjà été question. Monluc
critique ainsi la décision que prit Charles IX peu de jours avant sa mort : « Le
Roy fit un nouveau remuement fort dommaigeable à la Guyenne : ceux qui
viendront après nous se feront saiges par les fautes d'autruy : c'est qu'il departit
le gouvernement en deux, ayant donné ce qui est deça la Garonne, du cousté de
Gascogne à Monsieur de La Valette, et ce qui est delà à Monsieur de Losse. Ce
feust ung grand erreur au conseil du Roy, » t. III, p. 528.

eut de gens de guerre pour la garde que Trye [a] , là où sestoit retiré Monsieur de Sarlabous accompaigné de Messieurs du Masses (103) Desclassan son frère (104), de Sere (105), de Mont de Marrast (106) et autres de leurs amys et dens la ville d'Aux estoit le capitene Giscaro (107) avec une belle trouppe, et moy à Marciac aussi avec forse honestes gens comprins les Messieurs de la ville.

[1576] Auquel tamps le Roy de Nabarre arriva de la cour en ce pays de Gascougne [b] là où il mit en certenes villes de fortes garnisons et entre autres à Myrande et à Bassoues [c] , auxquels lieus ayant demouré les gens de guerre quil y avoit mis en repos quelques iours sans fere samblant de rien ils entreprindrent dudit Myrande en hors de sortir et venir iusques auprès de Marciac pour nous alarmer et fere prysonniers sils en eussent trouvé dehors la ville.

[1577] Ce que voyant et nous ayant fort alarmés ne nous doubtant encore de rien et nestant assurés à quelles fins le Roy de Navarre y avoit mis ces gens, nostre deliberation fut bien tost fète pour monter à cheval bien accompaignés et de certains autres de nos amys pour sçavoir ce qu'ils avoient envye de fère, les suyvimes jusques aus portes dudit Myrande où il fut tiré une pystoulade par un de nos coureurs qui estoit le capitene Mont de Lupiac (108) à un qui gaigna la porte incontinent.

Lalarme fut là dedens et les portes fermées et ne pouvant rien fere plus que de nous fere tirer harquebusades nous nous retirames le petit pas sans avoir cognoissance qu'ils nous

[a] Trie-sur-Baïse, chef-lieu de canton des Hautes-Pyrénées, arrondissement de Tarbes.

[b] Le roi de Navarre ne vint en Gascogne que dans l'été de 1576. Après la reddition de La Rochelle, il était resté avec la cour à Paris, à Vincennes, puis était allé à Lyon à la rencontre de Henry III, qu'il avait suivi à Avignon, à Reims, à Paris. Il avait quitté cette ville le 3 février 1576 pour se rendre en Anjou, d'où il gagna le Poitou, la Saintonge, le Périgord, enfin la Gascogne.

[c] Commune du département du Gers, arrondissement de Mirande, canton de Montesquiou.

volsissent suyvre et nous arrestames encore à l'Oratoire un
peu cuydant les voir que si en allant nous neussions failly le
chemin nous les eussions rencontrés qui eut esté cause que
nous nous fussions bien batus et de si près que, ie croys, ils
ne sen fussent pas mouqués.

Enfin nostre resolution fut de nous retirer attandant quelque autre meilleure occasion, mais ils ny retournarent plus.

. Et durant ceste garnison de Myrande Monsieur de Sarlabous, qui estoit à Trye comme il a esté dit [a], y avoit une entreprinse pour laquelle executer il y falloit forse gens et pour
ceste occasion il memploya pour lassister et le fus trouver au
dit lieu de Trye bien accompaigné de vingt cinq ou trente
chevaus et autant de harquebusiers et cuydant fere quelque
chose de bon nous voilà à cheval toute la nuict, mais estant
entre labbaye de Berdoues [b] et Myrande il arriva nouvelles au
dit sieur de Sarlabous de ne passer plus avant parce que il ny
avoit pas moyen de rien fere de ceste nuict. Nous voyla donc
rebrousser chemin et nous retirer attandant quelque autre
meilleure occasion et après avoir veu quil ne se falloit pour
encore attandre à ceste execution ie luy dis adieu et m'en revins à Marciac.

Desja plustost que cella narriva Monsieur de Massencon-
me (109) m'estoit venu trouver à Marciac pour me dire que
si nous volions assister les susdits habitans de Mirande, quils
estoient resolus de se saysir dune tour pour nous doner lantrée
ce que ie luy promis, et cella demoura secret entre nous deux
sans en donner cognoissance à personne. Cella demoura quelque tamps que les dits habitans nosoient se hazarder, sur quoy
nous en avions presque perdu espérance iusques à la fin quils
en advertirent ledit sieur de Massencoume luy disant quil

---

[a] Raymond de Cardaillac—Sarlabous, dont il a été déjà question, était gouverneur de Trie.

[b] L'abbaye de Berdoues de l'ordre de Cîteaux, fondée en 1134, est à 3 kil. de
la ville de Mirande sur la Baïse. Voir sur cette abbaye le *Gallia christiana*, et
surtout les *Chroniques du diocèse d'Auch*, par dom Brugèles.

estoit tamps sans plus differer et de men advertir, et que si
cette execution ne se fesoit à ce coup quil ny falloit plus
esperer ny si attandre.

De quoy mayant donné advis le dit sieur de Massencoume
à Marciac, de Moncla[a] en hors, envyron m ynuict, je fis dili-
gance dassambler tout ce qui me fut possible pour marcher
avec une bonne trouppe d'harquebusiers pour laler trouver
audit Moncla la nuict mesme où estoit le rendez vous, où ie
le trouvis tout prest pour marcher avec dix ou douze de ses
amys et sans nous arrester guière ensamble audit lieu nous
voyla droict à Mirande iusques à l'Oratoire qui estoit sur
nostre chemin où nous fimes un peu halte qui estoit à la
pointe du iour pour leur donner lalarme du cousté de l'abbaye de Berdoues avec seulemant quatre ou cinq chevaus,
et layant fet ils ne sesmeurent pas beaucoup parce que en
ces iours qui estoit sur le commansement du moys de may
il fesoit bon dormir au son du rouchyniol [b], et ceulx de la
ville nous ayant apperçus ils se saysirent de la tour qui est
du cousté du chasteau avec le signal qui avet esté donné et
arresté qui estoit de tirer quelque harquebusade de la tour
droict à la ville lequel ayant veu nous alames droit là et si
serrés en alant, que presque un lynseul eust couvert toute
nostre trouppe, avec un beau may que nous avions bien
choisi pour le planter à lantrée de la ville et contre la muraille et violons après pour commencer la danse [c].

Et estant arrivés sur le lieu quelques harquebusades nous

[a] Monclar, commune du canton de Montesquiou, à 6 kil. de Mirande.

[b] L'abbé Monlezun (page 412 du tome v de l'*Histoire de la Gascogne*) traduit ainsi cette gracieuse petite phrase : « On était au mois de mai, la garnison
dormait au doux chant du rossignol. » D'Antras commet une légère erreur : le
siège de Mirande eut lieu entre le 10 et le 24 avril.

[c] Ce *mai*, ces *violons* mentionnés avec une si bonne et si franche gaîté par
notre chroniqueur, ne donnent-ils pas raison à ceux qui ont dit qu'en notre
vieille France on courait aux plus périlleux combats comme on court aux plus
joyeuses fêtes ?

fussent tirées en récompense de ce bon office pour nous obliger et nous saluer mais pour cella sans nous arrester nos eschelles furent mises et dressées en lendroyt que nous avions deliberé près de la tour, et à mesme tamps nos gens furent sur les murailles sans nullemant sarrester qui firent quitter une guérite à ceulx de la garnison qui desja estoient arrivés audit lieu pour nous empescher ou autremant nous recevoir au festin pour nous fere bonne chere et telle que vous pouvez panser.

Cependant Monsieur de Massencoume et moy fesions fere ouverture à la porte de la dite tour qui estoit murée ce qui fut bientost fet avec forse gens, et lantrée fut libre, et voyant ceulx de la garnyson que nous estions dedans quittarent la ville et se saisirent de trois tours où ils se lougearent avec résolution de si deffandre ou avec honeur morir là-de-dans.

Nous ne perdions pour cella tamps de nous avancer jusques à la halle et y louger nostre corps de garde et gens sur les avenues affin déviter ce danger sils fussent sourtis des dites tours pour venir à nous et quils neussent peu nous surprendre sans dire qui va là, comme aussi il fut avisé à la garde de la tour de nostre antrée et aus environs et ayant remédié à tout ce que nous pouvions pour un cepandant nostre résolution fut de despécher messagiers avec lettres pour advertir tous les seigneurs et capitenes de Gascogne de venir nous donner secours, comme Messieurs de Gramont, de Gondrin, de Sarlabous, de Barannau, lors seneschal d'Armaignac (110), du Massès, de Gyscaro, de Fontenilles (111), de Sainctorens (112) et autres, lesquels ayant reçu ceste nouvelle avec nos lettres firent telle diligense que dens vingt-quatre heures ils arrivarent en la dite ville de Myrande accompaignés d'environ mille ou douze cens chevaus et mille ou douze cens harquebusiers, qui fut la plus belle assamblée qui se porroit voir arrivée en si peu de tamps de vingt-quatre heures et une brave noblesse bien montés et bien armés harquebusiers et tout.

De quoy nous fumes bien ayses de nous voir si bien accompaignés. Bientost les deux tours furent gaignées et lautre il ny eut moyen de l'avoir que par la force où le sieur de Sent-Criq qui estoit le chef de ceste garnison (113) sestoit retiré avec ses meilleurs homes. Il y fut assiegé et combien qu'on le sommat avec grans prieres de se rendre et quitter la dite tour promettant luy fere toutes les courtoisies qu'il eut seu desirer ny esperer d'autres, il ne volut pourtant rien fere pour lesperance qu'il avoit d'avoir bientost secours, ce que voyant je men allès avec la permission de tous les susdits seigneurs et capitenes chercher quatre ou cinq pyesses de campaigne à Marciac pour les en deslouger.

Pourquoy fere ie fis telle diliganse que le lendemain ie fus de retour à Myrande avec les susdites pyesses de campaigne et les ayant bracquées droit à la tour firent telle exécution que nous eussions sceu désirer, si ce nest lune qui se creva qui tua le sieur de Sent Jean dAngles (114) et le capitene Puyo (115) de Vic Bygorre et blessa un peu mon frere qui fut presque tout couvert de la poudre de la dite pyesse, mais il neust point autre mal ny danger.

Et nous estant lougés contre la muraille de la dite tour pour y antrer suyvant la resolution qui en avoit este fete les assiegés après quelques harquebusades iettarent un grant carreau entre autres pyerres qui dona sur la teste de feu Monsieur de Las de Pardiac (116) qui tomba, et encore qu'il eust un bon habillemant de teste à preuve d'harquebuse il n'arresta pour cella de luy rompre la teste et ayant esté pourté en un lougis de la ville il morut dans quatre ou cinq iours après avoir esté bien pansé par de bons cyrurgiens, qui fut un grant dommage parce quil estoit un brave gentilhome et qui estoit aussy mon bon et intime amy.

La batterie se continuet toutjours et pour cella Sent Criq

ne se vouloit point rendre iusques à lextrémité quil vit quil nen pouvoit plus et quil ny avoit remede de tenir davantage pour avoir perdu lesperance du secours que lon luy avoit promis voyant la perte qu'il fesoit toutjours et la necessité des vivres qui luy avoint manqué, il volsit tirer la teste par un trou de la dite tour pour parler de se rendre, mais un des harquebusiers qui estoient lougés aus maisons les plus pro-ches de la tour qui tiroint incessament luy douna par la teste sans pouvoir dire mot et il morut et incontinant nous entra-mes là dedans, là où il y en morut quelques uns aussi et dautres sauvés et entre autres Monsieur de Magensan (117) frère de Monsieur de Baranneau fut sauvé et bien pansé dune petite blessure qu'il eut dans la dite tour dans laquelle il se deffandoit bien.

Et après ceste execution fete voycy arriver le roy de Navarre avec de belles trouppes pour leur donner secours [a], mais il trouva qu'ils estoient prins et perdus de quoi il fut bien estonné et fort marry estant venu contre la dite tour et voyant quil ny avoit autre remede pour nestre arrivé assez à tamps il reprint le mesme chemin pour se retirer, ce que nous voyons de la ville en hors sans tirer un seul coup, les laissant passer aussi sans dire mot pour le respect que tous pour-toient à Sa Majesté [b].

Les susdits seigneurs qui estoient dans la ville de Myrande estoient quelques fois en volonté de sourtir, mais ils demou-rarent long temps sur la preference du commandement sur lequel estant resolus nous voyla en campaigne avec toutes les trouppes estant desja le Roy de Navarre bien loing.

[a] D'après les séjours et itinéraire du Roi de Navare, par Berger de Xivrey (t. II des *Lettres missives*, p. 553), le Roi de Navarre passa devant Mirande toute la journée du 24 avril 1577. Remarquons à ce sujet que dans l'édition des *Œconomies royales*, qui fait partie de la collection Michaud et Poujoulat on a eu le tort de mettre sous l'année 1576 le siège de Mirande et la venue du futur Henri IV devant cette ville.

[b] D'Aubigné, *Histoire universelle*, n'est pas d'accord avec notre chroniqueur sur les suites de la prise de Mirande; mais d'Antras est ici un témoin oculaire, et l'autorité de d'Aubigné ne saurait balancer la sienne.

Il fut suivi jusques a Jegun[a] ou il fesoit repètre sans encore avoir eu aucune alarme de nous voyant audit lieu d'assés près et en bataille il sestonna de voir une si belle trouppe ce que luy donna occasion de deslouger de ce lieu estant desja bien tart[b] qui fut cause aussi que nous nous retirames du cousté de la ville Daux ou aus environs pour chascun se separer de là en hors et moy droit à Myrande pour retirer lesdites pyesses de campaigne de Marciac où ie fis diliganse de les conduyre et les randre au mesme lieu comme iavois fet lors de lexecution de Tarbes.

Il y fut fet audit Myrande quelque peu de butin, santant de chevaus de ceulx de la garnison desquels il y en eut quelques uns de bons sans autre chose; ny les habitans ne perdirent rien, lesquels furent en ce et en tout fort respectés comme à la vérité ils aydèrent fort à la reprinse de la dite ville. Aussi cella ne se pouvoit sitost sans eulx qui y apportarent tout ce qui estoit de leur pouvoir et de bone volonté comme estant bons serviteur du Roy.

Aussy Monsieur de Massencoume et moy avec nos amys leur fimes à ce coup un bon servisse, aussy faut il ayder les amys et voysins à leur necessite, car il faut dire comme les anciens sages *pugna pro patria* et ainsi il faut vivre en ce monde. La charité nous oblige à fère les uns pour les autres. Ie puys dire pour mon particulier nen avoir iamais eu aucune récompanse ny moins en demander. Dieu soyt loué ie nay iamais tant desiré que de servyr mes amys et voysins et estre en leur bone grace et amityé[c].

---

[a] Jegun, chef-lieu de canton de l'arrondissement d'Auch, à 17 kil. de cette ville. D'après les *Séjours et itinéraire*, le roi de Navarre alla le soir du 24 avril souper et coucher à Barran, et le lendemain il soupa et coucha à Jegun, où il passa toute la journée du 26.

[b] Le roi de Navarre partit pour Fleurance, où il passa la journée du 27 avril; le lendemain il alla dîner à Lectoure et souper à Agen.

[c] Patriotisme, désintéressement, charité, dévouement; que de belles qualités d'Antras nous fait admirer en quatre lignes! l'énumération, qui serait suspecte et fastueuse sous une autre plume, n'est ici que naïve et touchante.

Et continuant ma charge au gouvernemant de Marciac il se présentoint quelquesfoys certains Byernois qui desiroient nous voir et nous fère peur pour lenvye quils avoient de surprandre la ville qui leur sambloit estre fort propre pour la commodité du pays de Byarn et fort voysine, mais ils ny approchoient guière de si près quils ne fussent repoussés et souvent battus pour ny retourner plus ou bien tart.

Il ne se perdit rien de la ville de Marciac dedans ny dehors bestailh ny dautres commodités ny fet prysonniers tant que ie y demouris gouverneur, combien que Darmaignac en hors certains pycoriens[a] entreprindrent de venir prandre quelques bestailh de Monsieur de Iulhiac (118) à sa mayson de Coutenx, sur quoy la plainte arrivee et que ledit bétailh avoit esté prins et admené fut incontinent résolu entre nous de le recouvrer ou se perdre; et nous estant assamblés et ledit sieur de Juilhac aussy, fut question de partir la nuict après qui estoit fort obscure et froide avec un fort mauvais tamps, et ayant fet le chemin de six lieues pour aler où nous pansions le trouver, la mayson fut cernée de harquebusiers et autres de nous.

Et nous ayant descouvert, lalarme fut audit lieu et par tous les voysins et après leur avoir parlé et dit ce que nous charchions voycy arriver Monsieur de Meysmes (119) et autres avec luy pour me prier de ne vouloir rien entreprandre sur ladite maison me promettant que dens lendemain ou le iour après le betailh seroit randu et mené au mesme lieu quil avoit esté prins, et parce que ledit sieur de Meysmes estoit de mes bons amys je marrestis sur sa parole, qui fut audit jour entretenue et le betailh remis (120). Ce fut la mesme nuict que après avoir delivré ce que nous cherchions la mesme route fut prinse pour nous en retourner qui fut douze lieues sans nous arrester ny repestre nous ny nos chevaus. Nous voyla donc de retour à Marciac et les habitans fort contans et ledit sieur de Juilhac aussi. Il me samble que cestoit de mon debvoir et de

---

[a] « Les picoreurs, pires ennemis, » dit Michel de Montaigne.

ma charge de fère une telle courbée pour recouvrer ce que nous avions perdu.

En ce tamps aussi je fus employé par les habitans de la ville de Beaumarchez quy estoient souvent visités, pyllés et saca-mautés[a] des huguenots du Byarn et daustres et des nostres mesmes, de les assister quelques iours, ce que ie fis avec une trouppe de mes amys pour les conserver, avec peu de despanse parce que nous estant lougés ensamble vivions à leur dis-crétion comme bons voysins et amys.

Et durant nostre assistance ils ne furent nullemant vysités ny tourmantés des uns ny des autres, qui fut un grand con-tantemant pour eulx et pour nous aussy voyant nos coudées franches; et lorsque nous voyons les ennemys aux environs nous alions droict à eux pour nous mettre sur leur chemin pour les arrester, ou les combatre, ou les contraindre de prendre autre chemin, mais ils ne volsirent iamais attandre. Ils estoient aussy de ces gens pycoriens qui estoient adonnés et propres à ce beau exercisse, mais quils[b] neussent trouvé aucune resistance. Il ne fut possible iamais de les pouvoir approcher, ils sen alloient de veue et partoient à bone heure. Ils estoient nuict et jour en campagne et quant on les pansoit en un lieu ils estoient en un autre.

Cella dura environ dix sepmenes ou deux moys que je de-meurés avec lesdits habitans de Beaumarchez qui nous firent bonne chère[c] sans autre récompanse que l'offre de leur amy-tié qui eussent bien desiré que nous eussions pu y demurer davantage, mais les alarmes et les affères que nous avions à Marciac et les avertissemans de nous prandre garde et à la ville pour éviter les surprinses des Byernois qui pouvoient y

[a] *Sacamautés* est là pour escamotés, c'est-à-dire pour gens qui sont victimes d'escamotages, de vols. La lettre initiale *e* est ici supprimée comme en revanche d'autres fois, à cette époque et même plus tard, en Gascogne, la même lettre était abusivement ajoutée devant certains mots tels que *squelette*, *statue*, etc., etc.

[b] *Mais qu'ils*, c'est-à-dire pourvu qu'ils.

[c] Bon accueil. *Bonne chère* n'a signifié que par extension un bon repas, le bon repas étant une des formes du bon accueil.

arriver en mon absance, nous en garda, combien que ie allois
et venois souvent dudit Beaumarchez à Marciac.

Et à même tamps que iassistois lesdits de Beaumarchez iob-
tins commission de Monsieur le marquis de Villars avec une
belle sauvegarde et commandemant pour ne y louger aucune de
nos trouppes tant de cheval que de pied laquelle sauvegarde
ie leur layssés, qui leur servit long tamps après iusques à la
paix. Et cepandant nous fesions merveilles à Marciac, s'antant
passer le tamps, une bone trouppe que nous estions en tous
beaux exercisses, et mesmes y fut entreprins un ramelet (121)
qui dura quelque tamps, auquel se joignirent avec nous presque tous les gentishomes voysins sans nous abandonner jusques à la fin.

Il arriva après un commandemant de Monsieur le marquis
de Villars, lors lieutenant de Roy en Guiene, à tous les capitènes de gens d'armes de laler trouver à Bourdeaux pour le
servisse du Roy[a] à quoy tous se disposèrent pour bientost
marcher et entre autres et pour cest effect Monsieur de Gramont assembla une belle trouppe, qui plus tost menvoya prier
de laler trouver à Séméac près de Tarbes[b] ce que ie fis incontinent; et layant veu me fit présent de l'honeur de son
guydon, combien que Monsieur de Bayordan (122) me l'avoit
fet presenter par Messieurs de Carbon (123) et Despuyos (124)
qui viendrent me trouver à Marciac, de quoy il ne me fut possible s'en resouldre pour ce coup, pour avoir lors la charge
que iavois, mais après avoir parlé aus dits habitans et les
ayant remonstré que les affères en ces jours nestoient poinct

[a] Cette convocation est expliquée par ce passage de la *Chronique bourdeloise* de Jean Darnal (p. 89) : « Fut donné advis par Monsieur l'Admiral de
Villars, que le Roy de Navarre et Monsieur le prince de Condé se vouloient saisir de Bourdeaux, sous prétexte d'y vouloir seulement passer. » Le chroniqueur
Darnal met ceci sous l'année 1577.

[b] Séméac est à 3 kil. de Tarbes. Cette terre appartenait anciennement à la
maison de Castelbajac, qui avait ses tombeaux dans l'église de ce lieu. Bernard,
baron de Castelbajac, vendit Séméac vers 1550 à Hélène de Clermont, vicom-
tesse d'Aster de Gramont, mère du comte de Gramont dont il est ici question.

en ces quartiers fort pressées et que bientost ie serois de retour ils eurent cella fort agréable.

Ce que je fis entandre audit sieur de Gramont qui me manda
de me préparer, car il estoit résolu de bien tost partir ª et se
mettre en chemin et quil passeroit près de Marciac, ce que
bientot il fit et ala louger à Beaumarchez là où il sesjourna
un jour seulement, auquel lieu je le fus trouver le lendemain
avec quelques uns de mes amys et passant à Plasence et aultres lieux de Rivière basse, le chemin fut prins droit à Bourdeaux où le dit sieur de Gramont ne pansoit pas arriver sans
combatre en des endroicts où il y avoit de fortes garnisons,
mais cella ne fist rien, persone ne se présanta devant nous.
Il avoit grande envye de rancontrer les ennemys et les voir de
bien près. Il en rechercha toutes les occasions et se lougea
deux foys si pres deulx quils ne sen pouvoient bonemant desdire sils eussent volu y mordre, mais il ny eut moyen pour
ce coup de se voir. Il avoit lors une des plus belles compaignies de France là où il y avoit pour le moins quatre
vingts gentishomes bien montés et armés, et presque autant
dautres braves homes. Il sambloit au long de ces Landes une
petite armée avec quelques harquebusiers à cheval que nous
avions.

Messieurs de Gondrin, de Bayourdan, du Massès et autres
sen estoient alés du cousté de Condom droict à Agen pour
prandre leur chemin le long de la rivière de Garonne, de sorte
que tous les dits sieurs et de Gramont aussy arrivarent presque à mesme tamps aux envyrons de Bourdeaux avec leurs
compaignies là où nous ne fimes pas un grant sesiour, et
ayant monsieur le marquis de Villars veu lesdites trouppes fit
resolution de deslouger dudit Bourdeaux pour aller assiéger
Mansiet ville d'Armaignac (125) avec ladvis de tous ces Messieurs qui estoient avec luý. Et sur nostre chemin il y avoit un

---

ª Voyez à l'Appendice nº I la lettre écrite à ce sujet par Gramont à d'Antras,
le 17 mai 1577.

chasteau nommé Sainct-Julien dans lequel estoit lougé un capitène avec certains pycoriens qui fesoient de grants desordres. Monsieur le Marquis fut prié de les en vouloir fère deslouger pour éviter la continuation des ruynes quils fesoient de là en hors.

Ce que il promit et Monsieur de Massès en print la charge, se mit devant avec une bone trouppe, là où estant arrivé ala iusques à la porte dudit chasteau pour les sommer de se randre, ce que luy fut refusé et voulant les y contraindre et entrer par la forse l'on luy donna une harquebusade dens le corps de laquelle il morut bientost après, qui fut un grant dommage de ce brave capitène de sestre perdu devant ceste bicoque [a] où nul autre ne receut aucun mal. Il fut bien regreté de tous. Incontinent ledit chasteau fut prins avec peu de résistance et tout ce qui estoit là dedans mys au coulteau [b] .

Et après cella alla Monsieur le marquis de Villars avec ses trouppes, print le chemin de la ville de Mansiet en Armaignac là où estant arrivé il assiégea le chasteau qui estoit bien fort et après l'avoir battu et demouré quelques iours il se rendit à composition qui fut après rompu ou en partye pour ny louger plus; cella fet ledit marquis de Villars print le chemin de Beaumont de Loumaigne [c] laquelle ville luy refusa lentrée, ce que voyant il en fut fort escandalisé comme estant lieutenant de Roy en Guyenne.

Sur quoy il se résolut plustost que de bouger de là et des

---

[a] Notons ici que M. Littré n'a cité, dans son *Dictionnaire de la langue française*, sous le mot *bicoque*, que Madame de Sévigné, Saint-Simon et Fontenelle. Il lui aurait été facile de trouver bien souvent l'expression dans les mémoires du xvi° siècle.

[b] Encore une lacune dans le Dictionnaire de M. Littré. Nous ne trouvons pas, du reste, l'énergique expression, *mis au couteau*, dans les Dictionnaires de Richelet et de Trévoux. Une telle expression où l'image est si vive, si parlante, mérite d'être recueillie.

[c] Chef-lieu de canton du département de Tarn-et-Garonne, sur la rive gauche de la Gimone. Nous aimons à saluer dans Beaumont-de-Lomagne la patrie du grand mathématicien Pierre de Fermat, une des plus belles gloires de la France méridionale, et la résidence de M. le baron Alphonse de Ruble, qui a si bien mérité de la Gascogne par son édition des œuvres de Blaise de Monluc.

environs dy entrer par la force ou autremant, et sur ce il fit
approcher les canons qui après avoir fet quelque batterie ses-
tounarent de telle fasson que avec grant difficulté après les
print à composition et à la prière des voisins il y entra sans
leur fère desplezir que seulement dy fère un peu de sesjour,
de quoy nous avions bon besoing comme estant en un tamps
fort estérile qui ne se trouvoient guières vivres pour nous ny
pour nos chevaus.

Quelques jours après il fut question de se retirer parce que
Monsieur le marquis fut mandé de sen aller en cour [a], ce que
fut avec un grant regret de toutes les trouppes et capitènes
ne pouvant rien fère plus et mesmes de Monsieur de Gramont
qui ne désiroit rien tant sur son commandemant que de se
tenir en quelque belle occasion.

[1580] Il fit estat voyant cella et qu'il ne se feroit de long
tamps rien en ce pays de sen aler au siège de La Fère [b] et
après ceste entreprinse et voulant partir l'on larresta pour
plus tost exécuter lentreprinse quil avoit sur la ville de Fon-
terrevye en Navarre [c] et pour fère ceste exécution il memploya
pour l'assister et sans quil y a tousjours de traistres et bien
souvant en telles entreprinses si elles ne se font fort secrètemant, il tenoist lentrée toute asseurée pour sen randre maistre
layant plus tost fet recognoistre par gens fort suffysans et
capables.

Monsieur de Duras (126) estoit de la partye avec luy

---

[a] Jean Darnal (*Chronique bourdeloise*, p. 91) rapporte sous l'année 1578 que
l'amiral de Villars, « estant ja vieux et cassé, » fut rappelé par Henri III et
que « Monsieur le mareschal de Biron fut mis en sa place lieutenant général
pour le Roy en Guyenne, et fut aussy esleu maire de Bourdeaux. »

[b] Le prince de Condé, « parti de Saint-Jean-d'Angely, sous un déguisement,
avait traversé Paris sans être découvert, et s'était emparé de La Fère, à l'aide
d'un stratagème habile, le 29 novembre 1579. » (*Histoire des princes de Condé*,
t. II, p. 128.) Ce fut au mois de juin de l'année suivante qu'une armée, commandée par le maréchal de Matignon, alla mettre le siège devant une des plus
fortes places de la Picardie. Nous sommes ici en pleine *guerre des amoureux*,
guerre qui dura jusqu'au traité de Fleix, 26 novembre 1580.

[c] Fontarabie, ville d'Espagne, sur la Bidassoa.

accompaigné dune belle trouppe et autres gentilshomes de ce pays comme Messieurs de Péguylhan (127), de Larboust (128), de Salerm (129), de Bazeillac (130) avec leurs amys. Et moy aussy je men alès le trouver à Bidache ᵃ avec vingt-cinq ou trente de mes amys bien montés et bien armés, de quoy il fut fort aise et au partir de là de se voir accompagné d'une si belle trouppe et si tost assamblée. A la vérité il y avoit bien de gens dexécution et bien choisis. Il nestoit question que de venir au fet et au prandre, mais le tout est de se communiquer en tels affères avec peu de gens pour nestre descouverts.

Monsieur de Castelnau de Chalosse (131) estoit dun autre cousté par mer avec forse gens et Monsieur de Baudéan (132) et un de mes frères et autres avec luy accompaigné dune bone trouppe de harquebusiers pour ensamble nous ioindre au rende vous au iour assigné. Mais il eust esté impossible pour la difficulté du cheval de mer qui ne se manie comme l'on veult que par la queue.

Enfin nostre entreprinse fut descouverte après avoir prins tant de peyne de marcher la nuict par ces montaignes et lieus fort difficiles et de voir estant arrivés pres de la dite ville de Fonterrebye la bonne garde quils fesoient et sonner de petites cloches en fesant les rondes fort espesses, ce que voyant le meilleur fut de nous en retourner par le mesme chemin.

Cestoit seulemant le jour devant quils avoient esté advertys, de quoy Monsieur de Gramont pansa morir de regret davoir failly une si belle entreprinse accause de certains traistres qui à mon advys marchoient avec nos trouppes, qui eust

ᵃ Bidache est aujourd'hui un chef-lieu de canton du département des Basses-Pyrénées, arrondissement de Bayonne, sur le Lihoury. Ce fut Claire de Gramont, petite fille de Roger, seigneur de Gramont, prince souverain de Bidache, qui, en 1525, ayant épousé Menaud d'Aure, vicomte d'Aster, lui porta, avec la souveraineté de Bidache, les terres et titres de Gramont. (*Notice historique sur la maison des ducs de Gramont*, Versailles, in-8°, sans date, p. 9.)

esté au contantement du Roy et du Roy de Navarre si elle se
fut exécutée.

Et après tout cella estant de retour il perseveret toutjours
à fère son voyaige de La Fère et me pryet fort daler avec
luy, mais il ne me fut possyble, de quoy je me repantys bien
pour certeines considérations et pour y avoir lors un affère
qui ieusse peu délivrer. Il y ala en telles enseignes qu'il nen
revint iamais et y morut, qui fut une grant perte pour moy
et pour dautres ayant perdu un si brave seigneur et bon
amy (133). Et despuis je men revins à Marciac là où nous
demouramos quelque tamps sans rien fère, jusques à la venue de Monsieur le mareschal de Byron ᵃ qui fut lors lieutenant de Roy en Guiene après Monsieur le marquis de Villars,
qui incontinent manda à tous les capitenes de gens d'armes
et autres de Gascougne de se préparer et assembler leurs
compaignies pour au premier mandemant laler joindre, ce
qu'ils firent.

Et voulant Monsieur de Barrannau, lors seneschal d'Armaignac, assambler sa compaignie de gens d'armes, me fit
prier de prandre son enseigne, ce que à la fin ie luy promis,
combien que iavois autre dessein, laquelle compaignie fut
.assemblée à Barran ᵇ lieu fort propre et pour la commodité
des chevaus, où nous demourasmes quelques jours plus tost
que de marcher jusques à ce que la compaignie fut ensamble. Monsieur de La Rocque d'Ourdan (134) estoit son lieutenant et moy son enseigne et Monsieur de Baudéan son
guidon.

Les trouppes donc de Messieurs de Gondrin de Barannau,
seneschal d'Armaignac, du Massès, de Bayordan, de Seinct

ᵃ Arnaud de Gontaut, qui était maréchal de Biron depuis l'année 1577, « fit
son entrée à Bourdeaux, comme lieutenant du Roy, le mardi 16 septembre 1578.
L'une des maisons navales preparées pour la Reyne, luy fut menée au port de
La Bastide, par deux de Messieurs les Jurats, l'artillerie rangée sur la rivière,
les habitants aussi tous en armes et en ordre. » (*Chronique bourdeloise*, p. 92).
ᵇ Commune du canton d'Auch, à 9 kilomètres de cette ville.

Ourens et autres furent prestes pour marcher. Et ayant esté mandés prindrent leur chemin vers Agen et aux environs et de là le long de la rivière de Garonne droit à Marmande[a] et à Sente-Bazeille[b] aus environs de laquelle larmée fut lougée pour l'assiéger parce que les huguenots, quelques jours devant, sen estoient saisis[c]. Et demourant là environ un moys il ne se fit batterie ny autre chose digne de mémoire que quelques petites escarmouches qui nous donnoient occasion de quelques fois monter à cheval; si ce nest quun jour le fils dudit sieur mareschal de Byron[d] volsit entreprandre de se saisir de la porte de la dite ville de Sente Bazeilhe, qui fut descouvert et estant en ceste délibération cella vint aus oreilles de Monsieur de Mont de Marrast qui sy en ala tout seul sans dire mot ny fère samblant de rien à personne, et si ainsi faut dire sans considération pour ny avoir esté appelé croyant quil seroit à tamps à lexécution; il savança si fort iusques près la porte doù ledit sieur de Byron sestoit desja retiré pour avoir esté descouvert, que le voyant à luy fut chargé par les gens de la garde qui estoient à la porte de la ville de Sente Bazeille, et ne peut si bien fère quil ny fut fort blessé.

Et se retirant et ne pouvant plus aler se mit contre une muraille où feu Monsieur d'Aussat (135) se trouva davanture

[a] Dans la *Notice sur la ville de Marmande* publiée par l'un de nous (1872 grand in-8°, p. 74, note 2), une faute d'impression a transformé, au sujet de ce passage de nos *Mémoires*, l'année 1580 en l'année 1576.

[b] Commune du canton de Marmande, à 6 kilomètres de cette ville, à 62 kilomètres d'Agen. Le siège de cette ville commença en août 1580.

[c] Ce fut en juin 1580 que Jean de Beaumanoir, sieur de Lavardin, plus tard maréchal de France, occupa la ville de Sainte-Bazeille, et ce fut le mois suivant, vers le 15 juillet, que le maréchal de Biron « fit approcher son camp pour faire faire les préparatifs pour assiéger la ville de Sainte-Bazille, occupée par les ennemys, qui furent sommés de se rendre, à quoy ils ne volurent obéyr. » Ainsi s'exprime François de Syrueilh, chanoine de Saint-André de Bordeaux, archidiacre de Blaye, dans son *Journal* si bien publié par M. Clément-Simon. (*Archives historiques de la Gironde*, t. XIII.—P. 81 du tirage à part, 1873, in-4°.)

[d] Charles de Gontaut, successivement amiral de France, maréchal de France, gouverneur de Bourgogne et de Bresse, ambassadeur extraordinaire en Angleterre, duc et pair, etc., n'avait alors que dix-neuf ans.

sans y panser, et fit si bien quil le retira de ce lieu (encore
quils ne fussent guières bons amys) en danger que les ennemis leussent achevé sur le lieu et fit un grant coup de se
pouvoir sauver soy-mesme. Ledit sieur de Mont morust bientost après bien regretté. Sur ceste alarme nous fumes bientost
à cheval et estant alés iusques près de la porte il ne se fit
rien que nous tirer des harquebuzades sans voloir sortir plus
avant, qui fut cause que chascun se retira.

Monsieur le mareschal de Byron demoura audit lieu de
Seincte-Baseille sans fère batterie ny de grans effets environ
deux moys, parce que ie croy il les pansoit avoir aultremant
et sans coups de canon. Cependant il arriva en nostre armee
une maladye generale nommee la coquelusie[a] qui nous donna
bien de la peyne à tous et à Monsieur le mareschal le premier
qui en passa et généralemant tout le reste après luy, qui fut
occasion que ne pouvant rien fère plus et le danger de ceste
maladye, larmée fut congédiée pour se retirer chascun en son
lougis. Ce fut un miracle de voir que incontinent avoir changé
dair tout le monde se porta fort bien (136) et prets à y revenir pour fère quelque bon servisse au Roy. ·

Bientost après le retour du voyage de Seinte-Baseille et siege
de ladite ville et après nous estre remis de ceste maladye qui
estoit telle que lon n'eut sçeu dire ce qui fesoit mal, mais seulemant une lassitude si très grande que ceulx qui nen sont passés,
ne le sauroient croire, ie fus employé par Monsieur de Lengros (137) de le voloir assister contre les trouppes des huguenots de Byarn qui à mème tamps que nous estions en ladite
armée et siége de Sente Baseille lavoient fet de grans affronts
et tous les désordres qui se porroient dire en toutes ses terres
et ruyné ses voysins et subjects, chose qui me fut ayzée à luy
promettre, comme bons amys que nous estions. Et nous estant assignés il me dit que lorsqu'il en seroit tamps et qu'il

---

[a] La coqueluche. Voir note 136.

auroit nouvelles des ennemis il men doneroit advis ce qui arriva plus tost que ie ne pansés.

Et nous estant assemblés à Lengros avec nos amys et quelques harquebuziers, nous voyla la nuict marcher iusques en un lieu nommé Sent Lane[a] auquel et dens un boys fut fète nostre embuscade, lieu fort propre sans une grant pluye qui nous accompaigna toute la nuict sans cesse. Je vous laysse panser si nous estions bien tristes et mesme les pauvres harquebusiers, qui neut esté en leur puissance de pouvoir le matin tirer un seul conp.

Nous demourames en ladite embuscade jusques à dix heures de matin cuydant les voir passer en ce lieu pour sen aler à Castelnau de Rivière de quoy nous avions advertissemant asseuré; sur quoy lon sestoit trompé parce que le jour devant ils estoient passés sans que nous en sceussions rien sinon comme je vous diray lheure passée de nostre embuscade. Nous en alames passer tout contre les murailles de ladite ville de Castelnau de Rivière là où persone ne dit rien ny fère aulcun samblant de tirer une seule harquebusade. Mais estant descendus à la plène de la rivière de la Dour en nous retirant les voicy sourtir de leur tanière et paroistre sur le hault de la montaigne où nous avions passé, pour venir à nous une bone trouppe de chevaus et aussy forse harquebusiers frais et gaillards beaucoup plus en nombre que nous n'estions avec les armes à la main. De sorte que Monsieur de Lengros et moy les voyant venir avec tant de gens de guerre fimes resolution de passer la rivière et les attandre sur le bord et cepandant fère retirer nos harquebusiers droict à Plasense, qui nous eussent esté inutiles pour estre si fort mouillés avec leurs harquebuses qui ne eussent peu tirer ny servir de rien que dun desordre; et après avoir prins leur chemin pour se retirer nous les attandimes sur le lieu moy sur le bord de la rivière de la Dour

---

[a] Saint-Lane, commune du département des Hautes-Pyrénées, près Castelnau-de-Rivière-Basse.

avec huit ou dix et ledit sieur de Lengros à cent ou six vingts pas derrière nous quils ne pouvoient guière voir, avec le reste de la trouppe pour nous soustenir sil estoit besoing.

Ils arrivarent dong et ne sarrestarent jusques à ce qu'ils furent tout contre le bord de la dite rivière de lautre cousté; là où estant ils nous saluarent de forse harquebusades avec deliberation de venir à nous et passer la rivière et voulant savancer avec partye de leur trouppe, et passé plus de la moytié du passaige je fis estat de leur fère une charge et les fis repasser plus vitte que le pas.

Ce nestoit pas sans nous saluer tousjours de harquebuzades qui fesoient à certains plus de peur que de mal. Les voycy encore une aultre fois quils volsirent savancer et revenir à nous par le mesme endroict. Je leur fis de mesme une recharge qui se retirant de la mesme fasson que devant sans pouvoir fere autre chose, si ce nest que sur la charge poursuyvant le capitène Hytton (138) de Byarn, je luy tuay son cheval, en se retirant et luy se jetta dens leau au milieu de la rivière qui fut secouru par leurs harquebusiers qui estoient tousjours sur le bord de la dite rivière qui nous tiroint incessamant et de fort prés de sorte que ie fus blessé à lespaule droite dune harquebusade qui encore quelle enfonsat le bord de ma cuyrasse, elle narresta pour cella de fère coup, de quoy ie ne fis aulcun samblant iusques à nostre retrette, que mon frere sen advisa. Ce fut . . . .
. . . .
. . . .

(Ici il y a une lacune de 8 feuillets, de la page **211** à la page **226** inclusivement.)

(*L'abbé Duco, auteur, comme nous l'avons dit dans notre Avertissement, d'une Histoire manuscrite de la Bigorre, a presque littéralement extrait des Mémoires de Jean d'Antras tout ce qui se rattachait à son sujet. Voici, d'après son pré-*

cieux manuscrit, les faits racontés dans les huit feuillets arrachés :)

(D'Antras est blessé à l'épaule d'un coup de mousquet.)

« ..... Cette blessure ne le mit pas hors de combat; il s'arresta avec le baron de Lengros sur le passage, duquel ils restèrent vainqueurs et d'où ils observèrent la contenance des énnemis pour voir s'ils avoient d'autre desseins. Mais voyant qu'ils tenoient la route droit à Castelnau, ils se retirèrent à Plaisance, où le gouverneur de Marciac fit panser sa blessure pendant un mois de sejour. Peu de jours après, le baron de Lengros, accompagné d'une troupe de soldats, rencontra les capitaines Larroque-Bénac (139), Gensac de Bigorre (140), Hiton et autres braves béarnois ses ennemis; d'abord il y eut un combat très vif: le baron de Lengros fut blessé à la tête, et le capitaine Gensac fut blessé au visage d'un coup d'épée, mais les Béarnois se retirèrent en désordre.

» Après ces quelques petites batailles, les ennemis arrêtèrent pendant quelque temps leur feu en Rivière-Basse, ceux du pays le rallumèrent sur la frontière, battant la contribution, et se logèrent dans l'église de Saint-Justin [a], près de Sauveterre et Auriabat [b]. Le gouverneur de Marciac [d'Antras], les seigneurs de Samazan [c] et de Juillac, touchés de la profanation de cette église et de l'oppression des habitants fidèles à leur prince et qui avoient fait leur devoir dans les précédentes guerres, vinrent à leur secours avec une troupe de soldats pour dénicher ces brigands autrement appellés croquants, de ce temps-là. L'attaque fut si vive qu'au premier assaut ces sacrilèges furent taillés en pièces sans en excepter un seul. Les Béarnois de Castelnau se saisirent peu de jours après de

---

[a] Saint-Justin, ancienne place forte, à 7 kilomètres de Marciac, bâtie, dit-on, sur l'emplacement de l'ancien *Vicus Pardiacus*, qui a donné son nom au comté de Pardiac.

[b] Ces deux communes, du canton de Maubourguet (Hautes-Pyrénées), sont situées sur la limite du département du Gers.

[c] Frère aîné de Jean d'Antras; voyez la généalogie.

l'église de Beaumarchez, d'où ils avaient projetté de gaigner la tour de Marseilhan[a] et l'abbaye de La Caze-Dieu[b] et de fatiguer la garnison de Marciac et tout le pays d'alentour. Ils ne se furent pas plustot logés dans ce poste que le gouverneur de Marciac, accompagné des seigneurs de Samazan et Juillac, vinrent avec leurs troupes pour leur donner la chasse. Ils eurent advis qu'une partie des Béarnois étoient descendus de l'église dans un vallon entre Beaumarchez et La Caze-Dieu; on les attendit sur un chemin par lequel on crut qu'ils devoient repasser pour revenir droit à leur fort; l'heure de leur retraite arrivée, les Béarnois seroient tombés en embuscade à la sortie du bois, s'ils ne s'en étoient aperçus. Pour l'éviter ils rentrèrent dans les bois, où il y eut une escarmouche avec coups de mousquets, qui dura depuis le matin jusqu'au soir. Les Béarnois, hors d'espérance de passer à cette heure-là et de joindre le gros de leur troupe à l'église de Beaumarchez, furent contraints de se rendre prisonniers de guerre. Les vainqueurs ne se crurent pas assez forts pour garder la prise qu'ils venoient de faire et attaquer en même temps le reste qui étoit dans l'église de Beaumarchez; ils appelèrent à leur secours le marquis de Campaigne, les seigneurs de Lau, Blancastets (141), Arblade (142) et d'autres seigneurs d'Armaignac. Ils se rendirent le lendemain devant l'église de Beaumarchez; les ennemis n'ayant pas assez de forces pour tenir ferme se rendirent prisonniers de guerre et tous ensemble furent conduits, du nombre de deux cent quarante, sur la frontière de Béarn. L'église fut démantelée, afin qu'a l'avenir elle ne put servir d'asile aux Béarnois. La ville de Castelnau tint toujours le parti des Béarnois, sous les ordres du capitaine Sus. Le marquis de Montespan voulut les y aller attaquer; pour les

---

[a] La tour de Marseillan, dont il ne reste plus aujourd'hui que des ruines, est à 4 kil. nord-est de Beaumarchés. Voyez la carte de Cassini.

[b] L'abbaye de La Caze-Dieu, ordre des Prémontrés, vendue nationalement en 93 et entièrement démolie depuis, était située dans la plaine du Boués, près le village de Coutens.

engager au combat il descendit avec le gouverneur de Marciac,
dans la plaine de La Dour, lieu le plus propre pour un champ
de bataille. Les Béarnois ne furent pas d'humeur de combattre,
et se tenant à couvert sur une hauteur, ils se contentèrent
seulement de tirer quelques coups de mousquets. »

[Suite du texte, page 226 du manuscrit original.]

Et après le partemant de Monsieur de Montespan en Lyonois
ie diray quil avoit une grant occasion de fère ce voyage pour
servir un tel prince que Monsieur de Nemours (143) en qualité
de son lieutenant general[a] avec une si belle trouppe qui
meritoit bien d'estre employée en de belles et grandes
occasions, comme à la verité lon lavoit bien entrepris, mais
ne pouvant reussir pour y avoir trouvé de grans empesche-
mans il faulsit se retirer au grant mescontentemant dudit
sieur de Nemours et de toute sa trouppe à quoy il espéroit fort.

Je diray bien que si ledit sieur de Montespan se fut attandu
et demouré sur le pays de Gascougne avec ceste belle trouppe
et quelque régimant de gens de pied quil eut peu fère et avec
lautorité quil avoit gaignée sur le pays il si fut bien maintenu
et randu comme maistre durant ladite guerre ou pour le moins
dune bone partye; à quoy il eut bien profité et eust esté cause
dun grant bien et soulagemant luy et Monsieur de Lau (144)
audit pays et eussent evité les grans ravaiges et ruynes qui
se firent despuys son partemant, en ayant admené lors les
plus belles forses du pays, avec lesquelles quelque temps avant
son partemant il assiegea Jegun qui encore quil fit samblant
de quelque resistance il se rangea à la fin à son obéyssance. Et
gaigna la ville de Balance en Condomoys[b], où Monsieur de

---

a Nous n'avons pu, malgré nos recherches, donner une date précise aux évène-
ments qui précèdent et à ceux qui suivent. La date de la nomination du marquis
de Montespan à la charge de lieutenant général du duc de Nemours, en Dauphiné,
nous aurait fixé sur ce point si nous avions pu la découvrir.

b Valence-sur-Baïse, chef-lieu de canton du département du Gers, arrondissement de Condom, à 9 kil. de cette ville. Voir dans la *Revue de Gascogne* (t. XI,
p. 389 et suiv.) l'intéressante étude de M. Denis de Thézan sur *Valence et ses
ulentours.*

Baudean fut plustost blessé d'une harquebusade à la main de
la bride qui luy emporta un doigt. Ce fut à une escarmouche
plus tost la reddition de ladite ville pour la recognoistre.

Il ne tarda guière après quil se fit une grant assamblee et
entreprinse en Byarn par le sieur de Suz (145) avec une bone
troupe de Byernois et autres qui de là en hors sacheminarent
en la comté de Pardiac ª pour se saysir du chasteau de Monlezun, qui estant arrivé sur le lieu secrètemant et sans alarme
il pétarda et avec une saulcisse fit une grant ouverture à la
muraille et portes dudit chasteau; et estant dedans mit dehors
ceulx qui avoient esté ordonnés pour la garde du chasteau par
Monsieur le mareschal de Matignon, qui estoit lors lieutenant
de Roy en Guiene ᵇ, et a la priere de Monsieur de Baudean ces
gens y avoient esté mys qui ne firent guière bonne garde pour
ne se doubter de rien en ces jours.

Voyla dont le dit sieur de Suz lougé audit chasteau de
Monlezun avec toute sa trouppe de là où il fesoit contribuer
tout le pays et toute la comté de Pardiac. Vous pouvez panser
si tous les voysins et moy particulièrement qui en estois si
près en estions bien ayses, pour n'avoir moyen dy entreprandre pour les en fère sourtir et deslouger que Monsieur de
Baudéan et moy avec une saulcisse, avec laquelle par un trou
que nous avions descouvert nous pansions fère execution et
fère sauter ledit chasteau ou en partye et tous ceulx qui estoient dedans.

Mais ils furent advertys par un du lieu mesme qui en eut
cognoissance ie ne sçay commant, lequel trou ils firent incontinent fermer et firent meilleure garde que de coustume. Et
voyant quil ny avoit autre remède il fut résolu entre Monsieur

ª Petit pays de l'Armagnac situé entre le Fezensac et la Bigorre. On peut consulter sur le Pardiac, au point de vue historique, l'*Art de vérifier les dates*, et au
point de vue archéologique, le *Voyage dans le comté de Pardiac*, de feu M.
Cénac-Moncaut.

ᵇ Le maréchal de Matignon fut nommé lieutenant général en 1581. Faut-il
assigner cette date à l'expédition du capitaine Suz?

de Baudéan et moy de sen aler à Tholouse pour supplyer les
messieurs de Parlemant et capitouls de voloir bailler à Monsieur de Fontenilles et à luy quatre pyesses de canon pour
battre ledit chasteau avec lattirailh et munitions requises et
nécesseres pour la batterie et compaignies pour les conduire
et fère lexécution; ce que facilement ils obtindrent, et en peu
de jours se rendirent vies et bagues saulves, et estant sortis
furent conduits iusques à la frontière de Byarn en un lieu assigné ainsi quil avoit esté promis combien quils se doubtoient
bien de quelque exécution sur eulx en chemin plus tost que
darriver audit lieu, mais ils furent conduits en assurance suivant la foy promise.

Le feu y fut mis incontinent après leur partemant par je
ne scay qui, de fasson quil est à présant en un pauvre et misérable estat et la ville aussi sans esperance de le voir jamais
remys [a] ; et despuys la prinse lesdites pyesses de canon furent
randues à Tholouse par les dits sieurs de Baudean et de Fonta-
nilles au grant contentemant des susdits sieurs de Parlemant et
de toute la ville, qui furent très ayses et contans de ladite exe
cution leur offrant encore le tout s'il estoit question dy revenir.

Ledit sieur de Baudean fut bientost après [b] pourveu en
lestat de mareschal de camp par monsieur le marquis de
Villars, lors lieutenant de Roy pour la Lygue en Gascougne (146), et sen venant pour exercer son estat et voulant

---

[a] Le château de Monlezun, à 6 kilomètres de Marciac, est aujourd'hui dans
un bien plus « pauvre et plus misérable estat. » Trois cents ans se sont écoulés
depuis que d'Antras le vit brûler, et le temps pour aller moins vite que le feu,
n'en est pas moins un terrible destructeur. Les grandes ruines de ce château
attristent de près; mais de loin leur effet est des plus pittoresques. Cette vieille
forteresse était la demeure des anciens comtes de Pardiac, du nom de Monlezun, souche des nombreuses familles de ce nom répandues dans la Gascogne.
Le gros village bâti à l'ombre du château était la capitale du comté de Pardiac.

[b] Bientost après : longtemps après eût été plus vrai, car en 1585 Géraud de
Baudéan était enseigne de la compagnie de Baratnau et vivait encore en 1587;
c'est donc après cette dernière date qu'il faut placer l'affaire de Saint-Blancard. Du reste, le marquis de Villars ne fut nommé lieutenant pour la Ligue en
Gascogne qu'après la mort d'Henri III; il faut donc reporter encore ce fait tout
au moins à l'année 1590.

assieger quelque trouppe de soldats pycoriens et voleurs qui
sestoient lougés à Saint-Blancart ᵃ fut tué d'une harquebusade, qui fut une grant perte, pour estre un brave gentilhome
qui cil eut vescu eut fet fortune. Il fut fort regretté de tous
ceux du party et dautres grans et petits et moy particulièrement ie fis une grant perte pour estre un de mes meilleurs
amys.

[1590?] Il faut encore dire quelque chose dun autre entreprinse que fit ledit sieur de Sus avec les Byernois estant lors le
sieur de Lau (147) à Marciac ᵇ. Il partit de Byarn avec cent
ou six vingts chevaux et environ trois cents harquebusiers
pour le venir voir, de quoy il ne fut jamais adverty que sur
lheure de son arrivee ou peu près, et comme il passoit à Saint-
Justin iestois à Cornac ᶜ où lalarme arriva à la veue de forse
gens.

Et les voyant passer par le chemin dudit Saint-Justin droit
à Marciac je montis à cheval et men allant le long de la
Serre ᵈ pour voir le chemin quils voloient prandre, je pansis
les rencontrer sur le haut, et sans quelques arbres desquels
ie me couvris ils mussent apperceu et incontinent chargé
croyant quils mussent fet desplezyr, combien que iestois bien
monté et non pas armé, car ie nestois plus loing deux que de
cent cinquante pas. Et comme ils furent passés je reprins un
autre chemin pour aller à la ville de Marciac trouver le dit sieur

ᵃ Commune du département du Gers, canton de Masseube. Sur le beau château de Saint-Blancard, qui appartient à M. le marquis de Gontaut-Biron, voir
dans la *Revue de Gascogne* de mai 1867, l'étude publiée par l'un de nous sur
l'amiral Bertrand d'Ornezan, baron de Saint-Blancard.

ᵇ C'est-à-dire gouverneur de Marciac. Il faut donc reporter aux guerres de
la Ligue cette expédition du capitaine Suz; 1590-1594. Jacques de Lau, enragé
ligueur, était alors gouverneur de Marciac pour la Ligue. (Voir note 147.)

ᶜ Le château de Cornac, près Marciac, était l'habitation de d'Antras. Il était
seigneur de cette terre du chef de sa femme Françoise de La Violette, dame de
Cornac. Voyez la généalogie.

ᵈ *La Serre*, vient de l'espagnol *sierra*, chaîne de montagne. D'Antras suivai
la crête des coteaux : « pour voir le chemin qu'ils voloient prandre, je pansis
les rencontrer *sur le haut.* »

de Lau qui estoit desja en alarme avec fort peu de gens
ayant long tamps devant quil ne sestoit veu si mal accompaigné.

Et après luy avoir dit ce que j'avois veu et descouvert de la
dite trouppe, nous alames luy et moy seuls du cousté ou nous
pansions quils viendroient desçandre. Nous voyla les rencontrer hure hure où il ny avoit quun grant chemin entre deux.
Cestoit César lieutenant dudit sieur de Sus, avec dix ou douze
coureurs bien montés et bien armés. A la vérité cils fusçent
venus à nous qui estions seuls et désarmés ils nous eussent
fet du mal ou nous fère retirer en diligense. Il y eut certains
propos entre nous toutesfoys fort courts.

Ils fesoient cepandant desçandre leurs harquebusiers par
les vignes et la trouppe à leur queue. Et nous nous retirames
droict à la porte de la ville où nous ne fumes sitost arrivés
que les voicy venir en bon ordre, cabalerie et tout, comme
cils euscent volu attaquer ou assiéger la ville, jusques à ce
quils furent à environ deux cens pas des murailles doù ils firent un grant salve de harquebusades et les gens de cheval
en bataille pour voir si personne sortiroit; mais ledit sieur de
Lau ne se santant assez fort pour navoir que fort peu de
gens, il ne fit samblant de rien, que cil eut esté adverty de
ceste venue, je masçeure quil y eut pourveu pour les voir de
plus pres.

Il ny eut rien de mort ny de blescé quun cheval près de la
porte qui estoit audit sieur de Lau, lequel monsieur de Tourdun (148) montoit ce jour, ny de lautre cousté auscy de
la muraille en hors, encore que l'on tiroit incescement et
comme ils virent quil ny avoit autre moyen de fere autre
chose ils se retirarent par le mesme chemin quils estoient
venus.

Vous avez entandu par mes precedens discours comme
après la bataille de Moncontour et apres le siège de Sent Jean
Dangely, il y eut un pourparler de paix qui dura quelque

tamps sans pouvoir réusçir ny venir au point, jusques à la
fin, par les longues alées et venues des deputés fut conclue et
arrestée, durant laquelle paix il se fit une entreprinse à la
comté de Foix par les catholiques qui se saisirent de la ville
du Carla [a], de quoy lon salarma fort, et mesmes les huguenots qui firent estat de sen revancher.

[1579] Et surtout les Byernois qui firent autre entreprinse
sur la ville de Marciac, lesquels après avoir fet une grant assemblée la surprindrent de nuict lorsque lon ne fesoit poinct
de garde, accause de la dite paix, chose qui estoit fort facile
et aisée ne trouvant à leur arrivée un qui va là? sur la muraille. Que si lon eut esté advertis seulement demy heure devant il nestoit pas en leur puisçance dy entrer.

Ceste entrée leur fut un sesjour de sept ou huict moys, la
où il se fit quelque désordre aux églises [b], non pas tant que
lon eut pansé, où ils firent bone chère et fere contribuer les
environs jusques à ce que ils furent commandés de quitter et
d'en sourtir par la diligense de ceulx qui sen employarent,
non sans une bone some dargant pour ranson. Le bruit fut
apres leur sourtie que sils y eussent demouré jusques au len-

[a] Carla-le-Comte, commune du département de l'Ariège, arrondissement de
Pamiers, canton du Fossat, patrie de Pierre Bayle.

[b] C'est le 22 février 1579 que la ville de Marciac fut surprise. Cette date nous
est donnée par l'inventaire des titres de la maison de Lons, rapporté par M. le
baron de Cauna dans le tome III de l'*Armorial des Landes*. Il y est fait mention à l'article de Jehan de Lons du titre suivant : « Les seigneurs de Lons et
de Begolle capitaines de la garnison de Marciac, s'étant emparés le 22 fevrier
1579, de ladite ville par escalade, firent un traité avec le syndic d'icelle, le
28 avril suivant, par lequel ils promirent de l'évacuer après l'engagement pris
par ledit syndic de leur payer 2,000 écus. » Il faut donc écarter la date de 1578
donnée par d'Aubigné, et adoptée par M. l'abbé Canéto (*Revue de Gascogne*,
numéro de janvier 1870, p. 39).

M. l'abbé Canéto (*Revue de Gascogne* de janvier 1870, p. 37) a été trahi par
sa mémoire quand il dit, au sujet de la surprise de Marciac par le baron de Lons
et par Begole : « Dans ses Mémoires, le chevalier d'Antras, qui s'était réfugié
à Saint-Justin, pour maintenir au pouvoir des catholiques cette place voisine,
raconte que l'église de Saint-Pierre ne conserva que le porche avec la voûte
qui le couronnait. »

demain ils nen fuscent deslougés de long tamps, suivant un
commandement qui leur arriva pour nen deslouger, qui leur
fut un indissible desplesyr, où je croy quils eussent fet une
segonde Rouchelle[a].

Les chefs de ceste exécution et entreprinse estoient les
sieurs de Lons (149) et de Bégole (150) et autres des principaux de Byarn qui estoient bien accompaignés. Aussi y
avoit il alors plus de gens dexecution que apresant et de bons
soldats, et estant lesdits Byernois à Marciac ma retrette fut à
Saint Justin avec certains de mes amys, mes frères et autres,
Auquel lieu il ne fut rien entreprins tant que nous y demourames que par quelques escarmouches. Que si nous eussions
esté mieulx accompaignés que nous nestions les eussions veus
plus souvent, combien quils fesoient bone garde et dans la
ville une forte garnison.

Les pauvres habitans de Saint Justin estoient aussi en grant
alarme et fesoient bone garde et nous aussy avec eulx pour
avoir les ennemys si près. Ils nous fesoient bonne chere et
de bon cœur sans rien espargner, comme estant gens de
bien et bons amys et voysins, qui sexposoint volontiers à tout
fère. Auscy les soulagions nous en tout de toute nostre puisçance.

Et après le deslogement des huguenots Byernois de la ville
de Marciac, peu de tamps après, Monsieur de Parrabère (151)
avoit fet un beau régiment de gens de pied pour aler trouver
le Roy de Nabarre en quelque lieu assigné. Et voulant passer
par le pays Darmaignac droict à la ville de Sos, Monsieur de
Monluc (152) en fut adverty qui fit une belle asçamblee de
gentishomes du pays et quelques harquebusiers pour laler
attaquer et le combatre, où il nestoit pas, si ce nest les capi-

_____

[a] La comparaison est quelque peu ambitieuse et fait penser à cette exclamation, qu'un naïf historien du Quercy n'a pas craint de placer dans la bouche de
Jules César, s'écriant en face de la ville de Cahors, Divina Cadurcorum : *Je
vois une autre Rome !*

tenes de son régiment qui estoit fort beau et de bons
homes.

Et sans le retardemant de demy heure seûlemant il les eut
gardés de gaigner les vignes et autres lieux difficiles pour aler
gaigner le pont de la dite ville de Sos et le pasçage de la
rivière, ce que ne fut possible. Il est vray que aux derniers
qui sourtoient des vignes il leur fit une charge luy devant
tous, que son cheval luy fut tué et luy par terre qui fut bientost relevé, et le reste furent chargés jusques à ce quils eurent gaigné le pont qui fut leur gaing de cause, parce que la
ville et le chasteau tenoient pour eulx qui aussy de la en hors
tiroient incesçemant, et accause de quoy Monsieur de Monluc
en fut bien marry parce quil desiroit se fère voir en quelque
belle occasion sur son commansemant qui navoit encore jamais porté les armes.

A la vérité il n'arresta pour cella de se mesler parmy ces
harquebusiers qui le tuarent son cheval, que cils eusçent esté
rencontrés plus tost que dentrer ausdites vignes et autres
lieux difficiles pour les approcher où il y avoit une belle
campaigne, nous nous fusçions bien battus.

Javois lhoneur destre de la trouppe avec ledit sieur de
Monluc pour avoir esté adverty et employé par Monsieur de
Campaigne (153) qui lavoit prié de men advertir pour me
trouver à ce beau festin, qui ne fut pas si bien appresté
come nous pansions. Je vous diray bien que ce regimant fit
tout ce qui se pouvoit, et grant diligense pour se retirer devant une si belle trouppe.

Ledit sieur de Parrabère que je vis despuys ce rencontre
me demanda ce quil men sembloit. Je luy respondis que je
ne luy en pouvois rien dire que tout bien et que les gens de
son regimant avoient fet tout ce qui se pouvoit en gens de
guerre. Je vous puis asçeurer que ce jour là ledit sieur de
Monluc estoit bien accompaigné et dune aussy belle trouppe
que iaye veu il y a longtamps pour avoir esté asçamblée *in*

promptu qui se sépara aussy tost qui fut de retour. Aussy arriva-t-il en ces jours un bruit de paix santant de ces paix fourrées que nous avons veu de ce tamps. . . . .

[Fin de la page 236 du manuscrit original, où se termine ce qui reste de ces Mémoires.]

NOTES DE L'AVERTISSEMENT

(1) On peut rapprocher de ceci le passage de l'*Introduction* à la *Chronique d'Isaac de Pérès*, où M. A. Lesueur de Pérès, ancien conseiller à la Cour d'appel d'Agen, décrit le lamentable état dans lequel on trouva le manuscrit du journal rédigé, à la fin du xvıe siècle et au commencement du xvıı*, par un de ses aïeux (*Revue de l'Agenais,* livraison de janvier et février 1879, p. 25). Pour ne pas sortir du sud-ouest, rappelons que le manuscrit original des précieux *Mémoires de Jean de Fabas, premier vicomte de Castets-en-Dorthe,* donnés par M. H. Barckhausen dans le tome ı des *Publications de la Société des Bibliophiles de Guyenne* (Bordeaux, 1868), a été également retrouvé incomplet aux archives du château du Carpia.

(2) M. Curie Seimbres *(Monographie du château-fort de Mauvezin, Hautes-Pyrénées,* Tarbes, in-8°, 1868), a signalé (p. 39) l'importance de ce qui nous reste des « épaves, » comme il s'exprime de la *Vie du pauvre capdet de Gascougne.*

(3) Voir sur ce manuscrit, dont une copie se trouve aux archives du séminaire d'Auch, la *Préface* des *Essais historiques sur le Bigorre,* par M. A. d'Avezac (Bagnères, in-8°, 1823, t. ı, p. x). Notre éminent compatriote, alors âgé de vingt-trois ans seulement, préluda par cet excellent ouvrage aux beaux travaux qui devaient faire de lui un des plus renommés membres de l'Institut, et qui honoreront à jamais sa mémoire.

(4) Paris, imprimerie de Guirandet et Jouaust, 1847, in-8°, notes. M. de Fezensac ne nous fournit malheureusement aucun renseignement sur la source où ont été puisées les citations que nous lui empruntons. On voit seulement par le titre donné, dans son livre, aux fragments des *Mémoires* reproduits par lui d'après une ancienne copie, que le manuscrit était autrefois conservé au château de Cornac, où, comme nous l'apprend la lettre de M. Clausade, on l'y possédait encore en 1815. D'après Larcher *(Glanages,*

t. xvi, p. 302), la *Vie d'un pauvre capdet de Gascogne* était, au xviiie siècle, « entre les mains de M. de Gardères, de Marciac. »

(3) A la Bibliothèque nationale (Cabinet des titres), on n'a, dans le dossier d'Antras, qu'une notice d'une insigne maigreur. A la Bibliothèque de la ville de Tarbes (Glanages Larcher), on conserve une généalogie moins insuffisante, mais où, nous osons le dire, les renseignements ne sauraient être comparés, ni pour la précision, ni pour l'abondance, avec les renseignements réunis par celui de nous qui a fait une étude spéciale de l'histoire de la noblesse gasconne.

(6) L'abbé Monlezun *(Histoire de la Gascogne,* t. vi, 1849, p. 610) regarde le manuscrit des *Mémoires* de d'Antras comme « d'autant plus précieux, qu'à part Monluc, mort au commencement du règne de Henri III, aucun écrivain ne nous a conservé le récit de ce qui se passa dans le diocèse d'Auch, durant les guerres de religion. » Avant que M. le baron A. de Ruble eût si bien publié les œuvres complètes de Blaise de Monluc, M. A. Curie Seimbres avait eu l'intention de reproduire les *Mémoires* de d'Antras à la suite d'une édition des *Commentaires.* L'idée était des plus heureuses, car les deux écrivains se complètent l'un l'autre sur bien des points en ce qui regarde l'histoire des luttes civiles en Gascogne. On s'étonne de ne trouver pas une seule fois dans les *Commentaires* le nom du seigneur de Cornac. En revanche, on verra combien de détails les *Mémoires* de ce dernier nous fournissent, sinon sur Blaise de Monluc, du moins sur plusieurs membres de la famille du grand et glorieux guerrier.

NOTES DE LA BIOGRAPHIE DE JEAN D'ANTRAS.

[Nota]. Nous avons retrouvé dans les archives de M. le comte A. d'Antras une seconde notice biographique beaucoup plus étendue que celle que nous avons donnée. Cette bonne fortune nous est venue, hélas ! trop tard, le premier travail était déjà tiré. Cette seconde notice, rédigée comme la première au siècle dernier, avant la mutilation du manuscrit des Mémoires, a pour auteur M. Daragon, notaire du St-Puy, chargé de dresser les preuves de noblesse de Marc Isabeau d'Antras, pour entrer dans les pages du Roi. L'auteur a suivi pas à pas le texte des Mémoires, enregistrant soigneusement chaque fait, nous nous en sommes convaincus, en comparant son travail avec ce qui nous reste des récits de d'Antras; il est même facile de voir, en rapprochant son style de celui des Mémoires, qu'il a souvent employé les mêmes expressions et les mêmes tournures de phrases. Quelle reconnaissance ne devons-nous pas à ce bon notaire gascon ! Grâce à lui, nous connaîtrons du moins la trame de ces récits perdus de la vie du cadet de Gascogne. Nous donnerons, dans des notes successives, toute la partie de cette Notice qui correspond à ces récits; malheureusement le travail s'arrête au mariage de Jean d'Antras.

(1) Le collège d'Auch, que dirigeaient les Jésuites, jouissait en ce temps-là, ainsi que dans les deux siècles suivants, d'une éclatante célébrité. Il serait facile de signaler parmi les élèves de cet établissement bien des hommes remarquables. Un des plus illustres, sans contredit, est Pierre de Marca, le grand historien du Béarn. Voir

sur l'ancien collège d'Auch divers articles publiés dans la *Revue de Gascogne* par le rédacteur en chef de ce recueil, notre savant ami M. Léonce Couture, et notamment un article du t. VIII, 1867, p. 438. Voir aussi la *Notice historique sur le collège et le lycée d'Auch, 1543-1873,* par M. Cl.-Hipp. Masson, *Revue de Gascogne* d'août 1873, p. 347-353.

(2) Ce *bidet de six écus* nous remet en mémoire le *gentil coursier,* qui ne devait pas valoir beaucoup plus, qu'enfourcha le futur maréchal de Gassion quand son père « l'envoya à la guerre. » Sa bourse était pour le moins aussi maigre que celle de Jean d'Antras. « Il y a apparence, dit Tallemant des Réaux, que le jeune homme n'estoit guères mieux pourveu d'argent que de monture. » Voir sur le *vieux courtaud* du héros béarnais les *Historiettes* de Tallemant des Réaux (édition de M. P. Paris, t. IV, p. 177).

(3) Raimond de Beccarie de Pavie, baron de Fourquevaux, né à Toulouse en 1509, fut ambassadeur du roi de France auprès du roi d'Espagne en 1563. Il fut nommé gouverneur de Narbonne en 1557 et mourut dans cette ville en 1574. Il a publié une *Instruction sur le fait de la guerre* (1553, in-4° et in-8°). Son fils, François, né au château de Fourquevaux (à 19 kilomètres de Toulouse) vers 1561, et mort en 1611, est l'auteur des *Vies des plus grands capitaines françois* (Paris, 1643, in-4°), où l'on trouve un si bel éloge de la fertilité de la Gascogne « en bons hommes de guerre, et en courages propres pour la recherche de l'honneur. »

(4) Est-ce un propos de Gascon ou une vérité? Malgré nos recherches dans les archives de la maison d'Antras, nous ne pouvons trancher la question. Nous n'avons pas trouvé mention d'une alliance quelconque entre les deux nobles maisons. Il se peut cependant que notre Gascon ait songé en ce moment à sa cinquième ayeule(!), Louise de Pardaillan-Panjas, mariée en 1390 à Nicolas d'Antras, seigneur de Samazan. Le baron de Fourquevaux était petit-fils de Jeanne d'Isalguier, fille de Jean d'Isalguier et de Catherine de Pardaillan. La parenté était bien vieille! Ceci nous rappelle ce gentilhomme gascon qui se présenta au cardinal de Fleury comme son cousin pour lui emprunter de l'argent. Le cardinal dut remonter à Adam pour retrouver la parenté.

(5) Le village de Lattes, sur le Lez, est l'ancien port de Montpellier, à 6 kilomètres de cette ville, au-dessous des canaux de Lunel et de Cette. Voici, d'après la seconde Notice biographique, le résumé du récit des *Mémoires* sur le combat de Lattes, et ce que fit d'Antras

jusqu'au jour où il s'embarqua pour Madère, avec Peyrot de Monluc : Jean d'Antras « partit de Narbonne et fut aux environs de
Montpellier, où les huguenots avoient une forte garnison. Sa compagnie s'arrêta dans un village appelé Lates, à une lieue de distance
de ladite ville, que l'on s'occupa pendant deux ou trois nuits de for-
tifier par des retranchements. Ce village étoit environné d'eau et à
peu de distance de là se trouvoit un moulin qui servit beaucoup à
l'entretien de la troupe. En attendant M. de Joyeuse, lieutenant de
Roy en Languedoc, les huguenots fesoient tous les jours quelques
sorties avec des gens de pied et de cheval et se repandoient jusques
au quartier où la compagnie s'étoit retranchée; et enfin un jour sur
l'alarme venue que les ennemis alloient fondre sur eux, le sergent
Ayguemorte commanda dix huit ou vingt soldats, et étant sortis vinrent au devant d'eux dix ou douze chevaux précédant leur troupe,
pour les reconnoitre. Tous s'arrêtèrent à certaine distance à l'exception d'un seul, qui s'étant avancé, Samazan lui tua son cheval d'un
coup d'arquebuse, qui fut son premier coup d'essai, et le cavalier fut
percé de coups. La guerre du Languedoc finie et les troupes catholiques séparées et retirées, il accompagna M. de Brassac, sénéchal de
Castres (1), à Béziers, qui alloit se plaindre aux sieurs de Crussol et
d'Assier frères, de la ruine et du dommage qu'ils lui avoient causé
pendant la guerre, en sa maison de Brassac. Samazan revint ensuite
en garnison à Narbonne avec M. de Fourquevaux, où il fesoit ses
exercices avec d'autres jeunes gens. Messieurs de Joyeuse et Fourquevaux étant venus à Toulouse, le dit Jean d'Antras et autres y
vinrent avec eux, et quelques jours après il se retira en sa maison,
dans le comté de Pardiac, où il demeura jusques après le mariage
de noble Bernard d'Antras, seigneur de Samazan, son frère aîné,
avec d^lle Jeanne de Rivière, fille de messire Jean de Rivière, vicomte
de Labatut. » Voir sur le combat de Lattes de nombreux détails dans
l'*Histoire de la guerre civile en Languedoc et particulièrement à
Montpellier,* par Jean Philippi, imprimés dans le tome II des *Pièces
fugitives pour servir à l'Histoire de France,* du marquis d'Aubais,
et dans la collection Michaud et Poujoulat.

(6) Voici le résumé du récit de d'Antras sur le voyage de Madères.
Nous reprenons la *Notice biographique* au point où nous avons
fermé les guillemets, dans la note précédente : « Mais ayant accom-

(1) Jean de La Palu, seigneur de Brassac, près Castres, mourut d'une pleurésie
à Castres le 12 juillet 1565.

pagné Messire Antoine de Rivière, vicomte de Labatut (frère aîné de
Jeanne de Rivière) en Quercy, il rencontra plusieurs jeunes gentilshommes cadets de Languedoc et de Gascogne, qui alloient joindre
le capitaine Monluc à Bordeaux, qui devoit s'embarquer pour aller
faire quelque expédition à La Floride. Son courage se ranima et il
conçut de suite le dessein de se joindre à eux. Malgré toutes les
oppositions du vicomte de Labatut, de Madame d'Ossun et de bien
d'autres personnes de considération, il part seul, arrive à Bordeaux,
rencontre le capitaine Laval de Languedoc (1), qu'il connoissoit déja
depuis la dernière guerre, qui lui témoigna beaucoup de satisfaction
de le revoir, et le loua beaucoup sur son désir de faire le voyage de
La Floride. De Bordeaux ils partirent pour Talamon, lieu situé entre Bordeaux et Blaye, où ils trouvèrent le capitaine Monluc occupé
à pourvoir d'eau les vaisseaux, qui fut très content de les voir et
surtout à luy, quoique fort jeune alors. Monluc et ses troupes s'em-
barquèrent et cottoyèrent la mer jusques à Royan, en attendant le
reste des troupes. Les vaisseaux pourvus et ravitaillés et l'embarquement de toutes les troupes ayant été fait, le signal du départ fut
donné. Ils restèrent quatre mois sur mer; ils y coururent différends
dangers et surtout au cap du Finisterre. Etant arrivés à Porto-Santo,
Monluc descendit avec cinquante ou soixante arquebusiers, mais les
habitants allarmés desertèrent leurs maisons à ce point qu'il ne luy
fût pas possible de rencontrer ni homme ni femme, et après s'être
pourvus d'eau fraiche ils repartirent et firent route pour l'isle de Madère, où étant arrivés et ne leur étant pas possible de descendre au
port de la ville, qui étoit garni de pièces d'artillerie, ils furent prendre terre à un petit port un peu loin de là. M. de Monluc fit descendre environ cent arquebuziers, commandés par le capitaine Laval, et
le reste des troupes devoit également débarquer et suivre de près.
Le capitaine Laval eut ordre de prendre les devants avec les soldats,
du nombre desquels ledit d'Antras étoit, et marchant droit à la ville,
ils découvrirent beaucoup de gens qui en sortoient et venoient vers
eux, tenant des croix et des armes en main; mais leur ayant fait une
ferme contenance et après avoir tiré quelques canonades, ces gens
se dispersèrent, les uns s'en allant du côté de la montagne et les
autres rentrant dans la ville et droit au château qui étoit assez fort.

(1) Bertrand de Guers, seigneur de Laval, fils de Pierre de Guers, baron de Castelnau, Laval, au diocèse d'Agde. Il était en 1565 capitaine d'une compagnie des
ordonnances. Voyez l'*Histoire de la guerre civile en Languedoc*, par Jean Philippi,
collection Michaud et Poujoulat, page 633.

Les troupes entrèrent cependant dans la ville sans empêchements et se rafraichirent de l'eau qui couloit de la montagne. M. de Monluc ayant parcouru les rues sans rencontrer personne et s'étant un peu reposé sur le perron de l'église, se resolut de former l'attaque du château; en conséquence les troupes s'avancèrent vers une grande place, au bout de laquelle ledit château se trouvoit élevé, et ayant vu qu'il étoit fort, il commanda à quelqu'un d'aller le reconnoitre; mais impatienté de la lenteur qu'il mettoit à exécuter cet ordre, il s'avança luy seul, vers la porte du château; alors il fut blessé d'un coup de mousquet tiré d'une des tours, qui luy cassa la cuisse. Le château fut cependant pris, mais au bout de sept jours Monluc mourut des suites de son accident. Les troupes ayant demeuré un certain temps dans l'isle et Monluc n'ayant point communiqué à personne son dessein sur cette expédition, il fut délibéré par les principaux, qu'on s'en retourneroit en France. Arrivé à Bordeaux Jean d'Antras et ses camarades prirent le parti de se retirer à pied chacun chez eux; il arriva ainsi chez luy après trois ans d'absence. »

Nous ne pouvons que répéter ici ce que nous avons déjà dit dans notre *Avertissement* : « Que de regrets doit exciter la perte du récit de cette expédition ! »

Pierre-Bertrand de Monluc, né probablement en 1539, n'avait que vingt-sept ans quand il périt à Madère. Il s'était marié, en juillet 1563, avec Marguerite de Caupenne, fille unique de François de Caupenne et de Françoise de Cauna. Rappelons, au sujet de la mort du conquérant de Madère, les enthousiastes éloges que lui donne Blaise de Monluc (*Commentaires*, édition de M. de Ruble, t. I, p. 387; t. II, p. 192-193; t. III, p. 75). Rappelons encore ce que Michel de Montaigne (*Essais*, livre II, chap. VIII) raconte de la douleur du père en une page que Madame de Sévigné (Lettre du 6 octobre 1679) avait bien raison de trouver singulièrement touchante. Sur le jeune capitaine et sur sa malheureuse expédition, on lira avec intérêt et avec profit un travail de M. Paul Gaffarel, professeur à la faculté des lettres de Dijon, intitulé *Peyrot Monluc*, travail qui a paru dans la *Revue historique* de mars-avril 1879 (p. 273-332).

L'embarquement se fit à Bordeaux, le 23 août 1566. Ce fut aussi de Bordeaux que partit, le 2 août 1567, la petite poignée de braves gens qui, sous les ordres de l'héroïque capitaine Dominique de Gourgues, alla venger à la Floride l'insulte de la France. Voir la *Reprise de la Floride* publiée par l'un de nous dans le tome I du *Recueil de la Société des bibliophiles de Guienne* (1867, in-8°, p. 30).

NOTES DES EXTRAITS MONTESQUIOU.

(1) Antoine de Pardaillan, baron de Gondrin et de Montespan, chevalier de l'ordre du Roi, capitaine de cinquante hommes d'armes, commandait l'infanterie française, que François Ier envoya en 1519, au secours de Christian II, roi de Danemark. Voyez dans les *Mémoires* de Martin du Bellay (édition Poujoulat, page 130), le récit de cette glorieuse expédition suivie d'une désastreuse retraite, où nos gascons eurent à lutter contre le froid, la neige, la glace, la misère et l'ingratitude d'un prince qu'ils avaient fait triompher. Gondrin servit en Italie, et fut pris à la bataille de Pavie en 1525; était en 1526 enseigne, puis lieutenant de la compagnie du roi de Navarre; gouverneur et sénéchal d'Albret; se trouva sous Odet de Foix, vicomte de Lautrec, au siège de Naples en 1528; puis à la conquête d'Urbin avec Thomas de Foix, seigneur de Lescun; servit sous Charles IX, dans les guerres de religion; secourut la ville de Toulouse contre les huguenots. Monluc, blessé au siège de Rabastens, le choisit pour chef de son armée, « comme plus ancien capitaine et de la meilleure maison ». Lachenaye-des-Bois, cite le fait suivant sans indiquer la source où il l'a puisé : « Un jour que Gondrin était à la procession du Saint-Sacrement, un huguenot le salua sans saluer le Saint-Sacrement, il lui donna d'un bâton ferré sur le ventre et l'ayant renversé par terre lui dit : Malheureux, as-tu bien l'audace de rendre à la créature ce que tu refuses au Créateur? » Il avait épousé en 1521 Paule d'Espagne, dame de Montespan, fille d'Arnaud, seigneur de Montespan, et de Madelaine d'Aure. Il mourut en 1572. Voyez sur lui tous les Mémoires ou Histoires du xvie siècle et en particulier Monluc, du Bellay, Brantome, du Pleix, Aubigné, etc., etc. Voyez aussi les *Grands officiers de la couronne, Lachenaye-des-Bois.*

(2) Jean de Nogaret, seigneur de La Valette, de Cazaux et Caumont, capitaine de cinquante hommes d'armes des ordonnances du Roi, et lieutenant-général en Guyenne, père du fameux duc d'Eper-

non, mourut le 18 décembre 1575. Voir sur lui des détails biographiques très complets dans la *Vie du duc d'Espernon*, par Girard. Il avait épousé, le 17 septembre 1551, Jeanne de St-Lary-Bellegarde, fille de Pierre de St-Lary, baron de Bellegarde, en Astarac, et sœur du maréchal de Bellegarde. Brantome *(Grands capitaines Français*, édition de M. Ludovic Lalanne, t. v, p. 212) dit de La Valette : « Lequel a esté un très bon, vaillant et sage capitaine, et surtout l'a-t-on tenu pour un des dignes hommes pour commander à la cavalerie légère ». A la page suivante le chroniqueur périgourdin parle ainsi de la compagnie de La Valette : « Il avoit lors une compagnie de gens d'armes et à la bataille de Jarnac; mais quelle compagnie étoit-ce? composée de aussi honnestes gentilshommes, jeunes et vieux et tout, et riches, de la Gascoigne, qu'on eusse sceu voir, tant à l'envy étoient ils désireux de ce pays-là, d'estre soubs ce bon capitaine, qui leur donnoit tous les jours de très bonnes leçons et pratiques; au reste tous la pluspart montez sur de beaux et nobles chevaux d'Espaigne ou de Gascoigne. » Le château de Caumont, canton de Samatan (Gers), où naquit le duc d'Epernon, est un de nos plus beaux monuments de Gascogne.

(3) François de Devèze, seigneur d'Arné, en Magnoac, chevalier de l'ordre du Roi, « estoit ung des plus gentils cappitaines et des plus vaillans et de qui nous avions autant d'estime que de cappitaine qui feust en Gascougne; » c'est Monluc qui parle, le gascon se connaissait en bravoure. Arné était en 1560 guidon de la compagnie du roi de Navarre; Charles IX l'envoya en Guyenne près de Monluc; il y servit en qualité de maistre de camp en 1562, de capitaine d'une compagnie de gendarmes en 1566. Au mois de novembre 1567 il reçut commission du Roi de lever une compagnie de cinquante hommes d'armes de ses ordonnances. Fait prisonnier par les protestants aux environs d'Estampures en Pardiac, il fut conduit à Bagnères-de-Bigorre, où il mourut de ses blessures deux jours après, 13 octobre 1569. (Manuscrit de l'abbé Duco, *Hist. de la Bigorre,* aux archives du séminaire d'Auch.) François de Devèze laissait de Catherine de Sède deux enfants en bas âge, Jacques et Françoise, qui furent placés sous la tutelle de messires Baptiste de Lavedan et Méric de Sariac, seigneur de Sariac (Minutes des notaires de Castelnau-Magnoac.) Françoise fut mariée en 1593 à noble André de Sariac, seigneur de Canet; et Jacques épousa en 1596, Souveraine de Comminges, fille de Roger, baron de Péguilhan, et de Jeanne de St-Etienne.

(4) Hector de Pardaillan-Gondrin, seigneur de Montespan, conseiller d'Etat, capitaine de cinquante hommes d'armes des ordonnances, capitaine des gardes du corps du roi, très connu par la
bataille de Moncrabeau, où il défit l'armée du comte de Gurson,
composée de 25 maîtres et 950 hommes de pied. Les comtes de
Gurson et de Fleix et un chevalier de Malte, leur frère, restèrent sur
le champ de bataille. Les historiens ne sont pas d'accord sur la date
du combat de Moncrabeau. De Thou le reporte à l'époque du siège
de Nérac, par Biron, en 1580; du Pleix le fixe à l'année 1586 et
d'Aubigné à l'année 1587. M. Berger de Xivrey, *Recueil des lettres
de Henry IV*, a adopté la date de de Thou. Notre opinion est que la
bataille fut livrée en 1584-1585, et nous l'appuyons sur ce passage
du récit de du Pleix où il dit que le fils de Gondrin, « Montespan y
fut blessé au visage, n'ayant point d'habillement de tête, et quoiqu'il
ne fut *âgé que de vingt-deux ans,* se montra dans cette occasion
hardi cavalier et brave capitaine. » Montespan étant né en 1562,
(Voyez le P. Anselme, la Chenaye-des-Bois, etc., etc.), avait 22 ans
en 1584. Mais comme nous ignorons le jour où Montespan accom-
plissait sa 22° année, et qu'il se peut que ce fut à la fin de 1584,
adoptons pour le combat de Moncrabeau, jusques à plus précise indication, la date de 1584-1585. Hector de Pardaillan mourut en 1611,
âgé de 80 ans, ayant servi sous six rois, d'Henry II à Louis XIII.
Après la mort d'Henry III il se rangea sous les drapeaux d'Henry IV.
Brantome le loue de la manière dont il agit en cette circonstance.
« J'ay veu fort louër, dit-il, le seigneur de Montespan, très brave et
» vaillant gentilhomme de Gascogne, d'un trait qu'il fit en cette ligue,
» lequel ayant pris conclusion, comme les autres, de descendre à son
» Roy et le reconnoistre, alla trouver Monsieur de Nemours duquel
» il estoit lieutenant au païs qu'il tenoit, et luy gardoit trois ou quatre
» bonnes places; après luy avoir remontré sa resolution d'aller trou-
» ver le Roy, et qu'il [Nemours] estoit resolu de ne le reconnoistre
» point, qu'il le priait de ne point trouver mauvais qu'il le quittast,
» mais non pourtant qu'il luy voulust faire faux ny lasche tour de
» trahizon pour ses villes, car il les luy remettait toutes entre ses
» mains, ce qu'il fit avant de partir; et puis ayant pris congé honora-
» blement de luy, il s'en part sans aucun reproche et avec beaucoup
» de louange que Monsieur de Nemours luy donna. Cette memoire
» d'honneur luy dura pour jamais et m'assure que le Roy l'en a
» estimé davantage comme il fait; se servant de luy très bien en ces
» guerres espagnoles (*Mémoires de Brantôme,* en la vie de Léon

» Strozzi, édition Sambix, t. ii, p. 359). » Son fils Antoine-Arnaud de Gondrin et son neveu Jacques du Lau n'imitèrent pas sa conduite; ils prirent le parti de la ligue. Gondrin en fit ses excuses à Henry IV dans une lettre publiée par l'un de nous, dans la *Revue de Gascogne,* t. xv, p. 282.

(5) Michel de Narbonne, vicomte de St-Girons. Il avait épousé, en 1544, Marguerite de Pardaillan-Gondrin, fille d'Antoine. Gondrin avait donné les charges de sa compagnie à son fils et à ses deux gendres, St-Girons et du Lau.

(6) Carbon du Lau, seigneur et baron du Lau, Estang, Tachouzin, Caumont, Tarsac, Nolens, etc., etc., avait épousé Françoise de Pardaillan-Gondrin, fille d'Antoine. Il était fils de Bertrand, baron du Lau, qui dénombra ses biens nobles devant le sénéchal d'Armagnac, le 18 mai 1555, et déclara posséder les terres du Lau, Caumont, Tarsac et Castaignet avec justice basse, Tachouzin et Estang en toute justice, et la maison noble de Nolens en Fezensac en toute jurisdiction; pour lesquels fiefs il était taxé au ban et arrière-ban à un homme et demi, chevau léger. [*Glanage Larcher,* archives de Tarbes.] Carbon du Lau était mort avant 1572, époque à laquelle Jacques son fils était placé sous la tutelle de sa mère. [*Ibid.*] On trouvera à la fin de ces notes des détails sur Jacques du Lau. Consultez sur la maison du Lau le *Glanage de Larcher,* aux archives de Tarbes; ce précieux recueil renferme un inventaire généalogique de cette vieille race gasconne. Consultez encore l'article publié par l'un de nous dans la *Revue de Gascogne,* t. xviii, p. 41.

(7) Voir (*Commentaires,* t. iii, p. 89 et suivantes) Monluc, qui prétend avoir en vain averti la cour de la future levée de boucliers des réformés, et qui pour ses prétendues alarmes avait été surnommé *corneguerre.* Il se glorifie (p. 115) d'avoir étouffé dans son germe la révolte des huguenots de Guyenne.

(8) Jean du Lyon, chevalier de l'ordre du roi, capitaine de 50 hommes d'armes, seigneur de Bidonet, de Grisolles et de La Bastide. Monluc dit que Bidonet était neveu de Terride : il l'était à la *mode de Bretagne;* sa mère, Antoinette de Bar de Villemade, était fille d'Anne de Lomagne-Terride, sœur de Georges de Lomagne, père du vicomte de Terride.

(9) Alain-Frédéric d'Ornézan, seigneur et baron d'Auradé, était fils de Jacques-Claude d'Ornézan, baron d'Auradé, chevalier de l'ordre du Roi, gentilhomme ordinaire de la Chambre, et capitaine de cinquante hommes d'armes, qui périt au siège de Metz en 1552

8

d'un coup d'arquebuse au genou. Bertrand de Salignac, dans son
récit du *Siège de Metz, par l'empereur Charles-Quint, en l'an 1552*,
édition Michaud-Poujoulat, page 561, place le baron d'Auradé au
« nombre des princes, seigneurs et gentilshommes qui vinrent pour
leur plaisir au siège. » Il n'est pas, du reste, le seul gascon qui
figure dans la liste, et surtout, hélas ! dans celle qui a pour titre :
« Nombre des capitaines et autres gens de nom qui sont morts audit
siège. » Nous trouvons dans cette dernière, outre « le baron d'O-
radé, » les seigneurs de Paliez, de Fonterailles, le capitaine Favars,
maistre de camp, etc., etc. La mère d'Alain-Frédéric, Brunette de
Cornil, se remaria avec Gilbert, seigneur d'Hautefort, aïeul de la
célèbre Marie de Hautefort, dame d'honneur de la reine Anne
d'Autriche.

(10) Galliot de La Tour, seigneur et baron de Limeuil, chevalier
de l'ordre du Roi, capitaine de cinquante hommes d'armes des
ordonnances et gentilhomme ordinaire de la Chambre, était l'aîné
de neuf enfants. Il mourut en 1591, laissant tous ses biens à Henri
de La Tour, vicomte de Turenne, son cousin-germain. Galliot était
fils de Gilles de La Tour, baron de Limeuil, mort en 1566, et de
Marguerite de La Cropte. Puisque nous venons de nommer une
ancêtre de la charmante et pieuse comtesse de Soissons, Uranie de
La Cropte, que le comte de Soissons, frère aîné du fameux prince
Eugène, épousa malgré l'opposition de toute la maison de Savoie,
rappelons que ce mariage et la singulière consonnance du nom de
la comtesse donnèrent lieu à cette mauvaise épigramme :

> Pauvre Uuranie, hélas ! tu n'es pas assez sotte
> Pour quitter à regret le nom de ta maison.
> En dépit du bon sens, sans rime et sans raison,
> Un prince savoyard aujourd'hui te *décrotte*.

Voyez sur ce mariage les propos un peu lestes que Madame de
Sévigné tint au comte de Bussi, dans sa lettre du 23 décembre 1682.

(11) Le baron de Mimort était Pierre de Bonlouix (Alias Boulouix
et Bouloutche), seigneur de Mimort *(de Homine Mortuo)*, dans le
canton d'Aignan (Gers), second fils de Bernard, seigneur de Boulouix.
Il épousa le 1er mai 1540 demoiselle Frise de Nasse, dame de Mimort,
fille de noble Pierre de Nasse, seigneur de Mimort, et de N. de
Rivière La Palhère, fille de Jean de Rivière, seigneu de La
Palhère; le contrat de mariage fut retenu par Claude Baudouin,
notaire de Vic-Fezensac, en présence de nobles Jean du Faur, seigneur de Pujos et de Roquebrune, et de Claude de Jaulin, sei-

gneur de Gayan. *(Glanage Larcher*, aux archives de l'Hôtel-de-Ville de Tarbes.) Il est dit dans le contrat de mariage que Jean de Rivière était mort en Espagne pendant un voyage à St-Jacques de Galice; il avait hérité, en 1490, du dernier de cette race illustre et généreuse des La Palhère, dont un membre, Géraud, avait porté les armes avec tant d'éclat sous l'étendard de Jeanne d'Arc. — M. Paul La Plagne-Barris a consacré dans la *Revue de Gascogne*, t. XVII, p. 49, un intéressant article à Géraud de La Palhère; mais tout n'est pas dit encore sur cet intrépide gascon, compagnon de Xaintrailles et de La Hire. Son père Jean, fils de noble Odet, seigneur de La Palhère, avait épousé, par contrat du 11 août 1401, retenu par Jean Lana, notaire de Barcelonne, demoiselle Balérine de Lau, fille aînée et héritière de Géraud de Lau, seigneur de Daunian et de Gé. Géraud avait donc à peine vingt-trois ans, lorsqu'en 1424, il enleva si glorieusement le fort d'Ivry aux Anglais ! Sa mère Balérine de Lau testa le 9 octobre 1468, devant Dargelos, notaire de Cahuzac, et institua son héritier universel son petit-fils, Carbonel de La Palhère, fils de Géraud. Carbonel, seigneur de La Palhère, Espas, Daunian, Gée, etc., mourut sans postérité de son union avec Catherine de Lupé, laissant tous ses biens à Jean de Rivière, seigneur de Sarraute, de la maison des vicomtes de Labatut. On nous pardonnera cette digression sur les La Palhère, dans un volume consacré à relever les gloires militaires de la Gascogne.—Revenons au baron de Mimort; il testa le 14 décembre 1610 et mourut le jeudi 3 mai 1612, âgé de plus de cent ans. Il laissait quatre enfants : Auger, seigneur d'Ardens; Catherine, mariée à Bernard de Tauzia, seigneur de La Bastide; Madeleine, qui épousa messire Jean d'Antras, seigneur de Flourés, et Béraut l'aîné, héritier de Mimort. Il fut marié le 13 septembre 1589 avec Diane de Batz, fille de noble Jean-Jacques de Batz, *seigneur d'Antras* et de Labadie. Béraut fut tué en duel le 25 juillet 1603. La rencontre eut lieu à Dému, près Castillon-de-Batz; ses meurtriers furent nobles Frix de Bourrouillan, seigneur de Laborye; Antoine de Médrano de Mauhic, sieur de La Berayette; Jean d'Armau, seigneur de Pouydraguin; Bertrand du Coussol, seigneur de Marsan, et les sieurs d'Antras et de Laterrade. Ils obtinrent des lettres de grâce au mois de février 1606.

Nous devons aussi une mention au frère aîné du baron de Mimort, Béraut, seigneur de Bonlouix, lieutenant des gens d'armes de la compagnie de Terride, qui portait, du vivant de son père, le nom de M. de Bonnefont. Il épousa, le 23 juin 1565, Françoise de Faudoas,

fille de Guy, seigneur d'Avensac, et de Anne de Bilhères, et veuve
de Thomas de Podenas, seigneur de Marembat. Il en eut un fils
nommé Pierre, qui fut tué dans les guerres de religion, combattant
pour le parti catholique, sous les ordres du seigneur de Gondrin,
« ainsi qu'il conste par un *dire par écrit* qui est à Bonlouix. » (*Glanage Larcher,* ibid.)

(12) Nous trouvons dans l'*Inventaire généalogique* des titres de
la maison Péguillan-Larboust, dressé par Chérin, le rôle de cette
compagnie « fort belle : »

François d'Arney, capitaine;
Jean de Bezin, seigneur de Lacassaigne, lieutenant;
Georges de Monlezun, seigneur de Saint-Lary, enseigne;
Jean de Montesquiou, seigneur de Devèze, guidon;
Gaspard de Sarp, seigneur dudit lieu, maréchal-des-logis.

HOMMES D'ARMES.

Guillaume de Vic, seigneur de Maucaban;
Louis d'Andouins, de Bigorre;
Philippe de Monlezun, seigneur de Saint-Pesserre;
Jean de La Roque, de Castelnau-Magnoac;
François de Peguillan, seigneur de Belbèze;
Arnaud de L'Abbadie, résidant à Belbèze;
Charles de Lupé, seigneur du Garrané;
Thomas de Lamezan, seigneur de Savignac;
Bertrand de Lacassaigne;
Géraud de Montauban, seigneur de Montajan;
Pierre de Beaurepaire;
Bertrand de Saint-Pastou, seigneur de Salerm;
Gabriel de Monlezun, seigneur de Sigalas;
Jean et Pierre de Lamarque, de Castelnau-Magnoac;
Bertrand de Monlezun, seigneur de Las; etc., etc., etc.

Le même *Inventaire* fait encore mention du « Role du paiement
qui a esté fet au camp de Chinon de 42 hommes d'armes et 58 archers, de la compagnie de 50 lances du Roy sous la charge et con-
duicte de M. d'Arney, le xx janvier 1569. » Suivent les mêmes noms,
et au-dessous : « Extrait du volume IV des titres scellés du cabinet
de l'ordre du Saint-Esprit. » [Archives de M. le comte de Péguillan-
Larboust, château de Betbèze-Magnoac.]

(13) Jean de Vezin, seigneur de La Cassagne, dans la commune
de Saint-Avit, près Lectoure. D'Antras confond avec la terre de

Cassagne, près Condom, qui appartenait à l'évêque de Condom; Monluc blessé s'y reposa en revenant du siège de Rabastens. La Cassagne était gouverneur de Lectoure, lorsque le capitaine Arné lui offrit la lieutenance de sa compagnie; il hésita un instant entre sa charge de gouverneur et celle de lieutenant. Monluc le décida à accepter cette dernière; il lui écrivait le 20 novembre 1627: « Vous adviserez ce que devez faire en ce faict, car je vois que la compagnie du dit Arné est asseurée et le gouvernement incertain, de tant que la Reyne de Navarre taschera par tous moyens à ce que la ville sois remise soubs son auctorité. » Voyez dans le Monluc de M. de Ruble, *passim*, des détails biographiques sur La Cassagne. Il était fils de Pierre de Vezin, seigneur de La Cassagne, et de Marguerite de Thieuras-Lachassagne. Il eut de sa femme Charlotte des Essarts de Laudun, Bertrand, qui figure parmi les hommes d'armes de la compagnie dont son père était lieutenant, et Jeanne, qui fut mariée, en 1582, à noble Carbon de Lupé, seigneur du Garrané. Jeanne fut héritière des terres de La Cassagne, Saint-Avit, etc., etc. Son fils aîné, Jean-Bertrand de Lupé-Garrané, chevalier de Malte, grand-prieur de Saint-Gilles, a laissé des *Mémoires et Caravanes*, publiés par M. le comte de Lupé, chez Aubry.

(14) Georges de Monlezun, seigneur de Saint-Lary, Betplan, Haget, etc., etc., gouverneur pour le Roi à Lavardens. Il avait épousé en 1562 Anne de Lauzières La Chapelle; son fils aîné, Marguerin, épousa le 17 août 1600 la fille unique de Bernard d'Antras, seigneur de Samazan, frère aîné de l'auteur de ces Mémoires. (Voyez la Généalogie, Appendice II.) Georges de Monlezun, enseigne, et Jean de Montesquiou, guidon de la compagnie d'Arné, avaient épousé deux sœurs, Anne et Eléonore de Lauzières La Chapelle.

(15) Jean de Montesquiou, seigneur de Devèze en Magnoac, chevalier de l'ordre du Roi, capitaine de 50 hommes d'armes, et plus tard gouverneur du Rouergue. Il était fils d'Antoine de Montesquiou, seigneur de Devèze et Marsac, marié en 1541 avec Hélène de Voisins d'Ambres. Jean fut le dernier de sa branche. Il n'eut de son union avec Eléonore de Lauzières La Chapelle qu'une fille, Marguerite, mariée en 1596 à Benjamin d'Astarac-Fontrailles. (Arch. du château de Marsac, en Lomagne.) Nous recommandons aux archéologues le vaste et beau château de Marsac, canton de Lavit, Tarn-et-Garonne. Une inscription gravée sur une pierre, taillée en cartouche, y rappelle le souvenir d'Hélène de Voisins d'Ambres, mère du guidon de la compagnie d'Arné.

(16) Gaspard de Camplong, seigneur de Bonrepaire, Sarp, etc., etc., est celui que Monluc appelle *Sart* et d'Antras *le petit Bounrepaire,* parce qu'il était seigneur de Bounrepaire et probablement petit de taille. Lorsque Monluc fut blessé à Rabastens, le comte de Grammont, qui assistait de loin au combat, lui envoya « un sien gentilhomme, nommé Monsieur de Sart, » pour lui demander l'autorisation de le visiter. Monluc ajoute : « Ledit seigneur de Sart est catholique. » Gaspard de Sarp avait épousé Françoise d'Appas, dame de Sarp, près Saint-Bertrand de Comminges; son fils, Pierre de Camplong de Beaurepaire, est au nombre des hommes d'armes de la compagnie. [*Glanage Larcher,* archives de Tarbes.] Nous ne savons si c'est à Gaspard de Sarp ou à son fils Bertrand que l'on doit rapporter les provisions de gouverneur de la ville de Saint-Bertrand de Comminges signées par le maréchal de Matignon, le 27 août 1595, et dont suit la teneur :

Au sieur de Sarp salut : ayant advisé de pourvoir a la seureté et conservation de la ville de Saint-Bertrand, attendant que Sa Magesté ait commandé son intention sur la dernière reprinse faicte d'icelle par le sieur de Luscan (Géraud de Gémit, seigneur de Luscan) et autres durant que le sieur vicomte de Larboust qui en avoit la charge estoit près de notre personne, asseuré de vos sens, suffisance, etc., vous avons commis, établi, etc., pour commander en ladite ville de Saint-Bertrand et lieu appellé le Sceptre, et la maintenir et garder en l'obéyssance de Sa Majesté, sans introduire ny recevoir en icelle ceux qui ont assisté à la dite reprinse ny pareillement ledit sieur vicomte de Larboust, ny personne de quelque ordre et qualité quil soit, et pour cet effect nous vous avons ordonné le nombre de soixante soldats, etc. Fait à Saint-Sulpice le xxvij jour d'apvril 1595. Matignon. — Par monseigneur le maréchal, Surrinault. [Arch. de Tarbes.]

(17) Savaric de Vize, seigneur de Sayas, ne vivait plus en 1575; il avait épousé Anne d'Ozon, dame de Ponsan-Soubiran, Tournous-Debat, etc., etc. Le 7 mai 1575 « dans la maison seigneuriale de Sayas, jugerie de Rivière-Verdun....., establie Anne d'Ozon, dame de Sayas et de Pounssan et aultres lieux, comme mère tutrisse et légitime administreresse de la personne et bien de noble Jean de Vize, son fils, et de noble Savaric de Vize, quand vivoit seigneur de Sayas et *lieutenant de la compaignie du sieur de Labalette,* etc., etc., donne procuration à Raymond Duclos, notaire de Chateauneuf-Magnoac. » [Archives de M. le marquis de Moleville, au château de

Ponsan]. Savaric de Vize était fils de Jean de Vize, seigneur de Sayas, et de Jeanne de St-Lary; il laissait un fils, Jean, et une fille, Madeleine, qui épousa Gaspard de Marestang, seigneur de Lagarde-Noble en Astarac; leur fille unique, Anne de Marestang, fut mariée en 1592 à messire Pierre-André de Lasséran-Manssencome, auteur des Manssencome, marquis de Lagarde-Hachan, Monluc et Ornano. Savaric de Vize figure parmi les hommes d'armes de la compagnie du roi de Navarre, sous le nom de « Savary de Sayas. » Revue faite à Condom le 10 juillet 1552 [Monlezun, *Histoire de Gascogne*, t. vi, p. 158.]

(18) Philippe de Preissac, seigneur de Gavarret (Gabarret est la prononciation gasconne), était en 1552 archer de la compagnie du roi de Navarre. Voyez le rôle de cette compagnie dans le t. vi de l'*Histoire de Gascogne* de Monlezun, p. 158. Gabarret avait épousé en 1554 Brandelisse de St-Julien-Bouvés.

(19) Bompart de Mélignan, seigneur de Trignan, en Condomois, se distingua aux batailles de Dreux, Jarnac, Moncontour, et aux sièges et prises de La Charité, Brouage et Issoire. Henri III le créa chevalier de l'Ordre en 1574 et le nomma gouverneur et commandant de la ville et Chateauneuf de Bayonne, en remplacement d'Adrien d'Aspremont, vicomte d'Orthe. Il fortifia la ville et la défendit avec valeur en 1576 et 1577. La collection des *Lettres de Henry IV,* par Berger de Xivrey, renferme plusieurs lettres adressées par ce prince à Bompart de Mélignan. Il fut remplacé au gouvernement de Bayonne par Jean-Denis de Polastron La Hillère [d'Aubigné, *Hist. universelle*, liv. iii]. Trignan suivit le duc d'Epernon dans son expédition de Provence. [*Vie du duc d'Espernon*, par Girard, du Pleix, etc.] Il fut nommé gouverneur de Sisteron, où il mourut en 1592. Antoine du Puget fait mention dans ses *Mémoires* de la mort de Trignan : « Le 26 avril, audict an 1592, le sieur de Trignan, gouverneur de Cisteron morut; le sieur de Ramafort [Charles d'Espagne, baron de] alla demander le gouvernement au sieur Alphonse, qui le lui accorda et dépécha commission pour ce fait. » [Edition Michaud et Poujoulat, p. 743.]

(20) Nous n'avons pu découvrir le nom de ce maréchal-des-logis. Il y a en Gascogne, dans la commune de Valence-sur-Baïse, un fief du nom de Rouquettes qui était possédé au xvie siècle par une famille de Boyer (Boyer de Tauzia), et qui appartient aujourd'hui à une branche de la maison de Galard. Ce Rouquettes pourrait être alors noble Jean de Boyer, marié en 1556 avec demoiselle Gratiane de

Pégousse. Peut-être encore faudrait-il quitter la Gascogne et aller chercher en Guyenne messire Raymond de Carles, seigneur de Roquettes, qui était au 20 mars 1569 enseigne de la compagnie du capitaine Chollet? [Voyez *Nobiliaire de Guyenne et Gascogne*, t. II, p. 98.]

(21) François, baron de Montesquiou, gentilhomme de la maison du duc d'Anjou, dernier de la branche aînée des Montesquiou; il fut tué sur la brèche au siège de St-Jean-d'Angély en octobre 1569. Il avait épousé le 25 juin de la même année Catherine d'Ornézan-Auradé. Nous reparlerons longuement de lui dans une note, un peu plus bas, n° 36.

(22) Gensac de Comenge est un Mauléon, seigneur de Gensac, près Boulogne, dans l'ancien diocèse de Comminges. On verra plus loin dans le texte des mémoires la triste mort du malheureux Gensac. Il était sans doute père ou frère de messire Carbon de Mauléon, baron de Gensac, qui assiste en 1577 au mariage de demoiselle Madeleine de Mauléon, fille de *feu* Pierre de Mauléon-Gensac, sieur de Sédillac, et de demoiselle Catherine de Labarthe, avec noble Jean de Maigné, seigneur de Salleneuve. [*Glanage de Larcher.*] Peut-être ce *feu Pierre* est-il le Gensac dont parle d'Antras?

(23) Il est peut-être difficile de désigner le Lamezan dont il est ici question, plusieurs membres de cette vieille maison ayant, à cette époque, porté les armes avec distinction. Toutefois, le nom de Lamezan, *nommé seul,* nous paraît désigner le seigneur de la vicomté de Lamezan, d'après l'usage qui donnait toujours au gentilhomme le nom de son fief. Ce serait alors Bernard, seigneur vicomte de Lamezan [canton de l'Isle-en-Dodon, Haute-Garonne, sur la limite du département du Gers], fils aîné de Jean, vicomte de Lamezan, et de Catherine de Montpezat-Carbon, gentilhomme ordinaire de la chambre du Roi, chevalier de son ordre et gouverneur du Commin-ges. Il épousa vers 1540 demoiselle Sybille de Saint-Pastou-Bon-repos, et en eut un fils unique, Baptiste de Lamezan, lieutenant de la compagnie du seigneur Francisco d'Est, gentilhomme ordinaire de la chambre et chevalier de l'ordre, ainsi qualifié dans son contrat de mariage avec Françoise de Bazillac, du 25 février 1577, et dans une quittance dotale de 1580. [Archives de Madame la comtesse de Raymond, à Agen.] Baptiste succéda à son père dans la charge de gouverneur du Comminges, et ne vivait plus en 1589. [Voyez Mon-lezun, *Histoire de Gascogne*, t. v, p. 457.] Il laissait de son mariage un fils, Bernard, et une fille, Catherine, qui porta les terres de La-

mezan dans la maison de Béon du Massés, par son mariage avec Jean-Pierre de Béon, seigneur du Massés, fils de Pierre, tué au siège de Saint-Justin, ainsi que nous le dirons plus loin.

La branche cadette des Lamezan, seigneur de Juncet, a fourni au xvie siècle un vaillant capitaine, qui portait comme son aîné le nom de Baptiste. Il fut un « de ces quarante-cinq diables, coupe-jarrets et assassinateurs gascons » qui poignardèrent le duc de Guise aux états de Blois, en 1588. Voyez dans l'*Histoire de Gascogne,* t. v, p. 451, le récit de Lamezan sur ce qui se passa dans le conseil où fut décidée la mort de Guise... « Lors le pouvre Roy promena tout seul, parla à plusieurs, puis se tut. A quelque moment dela vint à moy et me dit : Quy me defaira de ces maulvais gens de Guise s'ils viennent icy? Lors de suite je luy repondis : Ceux qui n'ont pas paour, Sire; les trente-trois Gascons de la compagnie de mon cousin Themine! Ainsy dit ainsy fut fait, etc. » Ce seigneur de Lamezan-Juncet était aussi chevalier de l'ordre.

(24) Monfaucon était le seigneur de cette terre, près Maubourguet, département des Hautes-Pyrénées. Nous n'avons pu découvrir son nom, nous savons seulement qu'au xvie siècle, cette terre appartenait aux Lavedan de Sauveterre, et qu'elle passa, au siècle suivant, par une alliance, dans une branche de la grande maison d'Antin.

(25) Voyez dans la généalogie la mention du mariage de demoiselle Gensibe de Montesquiou, avec Bertrand d'Antras, co-seigneur de Pallane et des Litges. Le baron de Montesquiou était petit-fils de Jacquette du Faur de St-Jory; on peut voir dans la généalogie que plus d'un lien rattachait Jean d'Antras à l'illustre famille des du Faur. Il pouvait dire en toute vérité du baron de Montesquiou : « comme il estoit de notre maison. »

Nota (page 5).

Entre le paragraphe auquel se rapporte la note qui précède, et celui qui commence par ces mots : « *A meme temps furent decouverts,* » il y a une lacune indiquée par les quelques points qui suivent les phrases coupées. Voici, d'après la Notice biographique dont il a déjà été question, les faits racontés dans ces feuillets perdus : « Les troupes s'étant assemblées aux environs d'Agen, il fut arrêté que l'on

prendroit la route de Lymoges, où l'on croyoit que l'armée
du Roy se trouveroit. Six milles Suisses arrivèrent à Meaux;
ils conduisoient le Roy à Paris, et le prince qui avoit dessein
de les attaquer ne le put exécuter. Les huguenots se saisirent
en même temps de St-Denis et d'Orléans; il y eut une
bataille entre Saint-Denis et Orléans, mais Samazan n'avoit
pas encore joint l'armée du Roy. Les troupes de Guyenne
et de La Rochelle arrivent, les ennemis ont dessein d'affamer
Paris, et d'assiéger Chartres; Lansac envoye des troupes en
Allemagne pour empêcher que les Allemants ne viennent au
secours des huguenots. Monsieur, frère du Roy, chef des
armées catholiques, poursuit les huguenots jusques en
Lorraine; donne ordre au sieur de La Valette, dans la compagnie duquel Samazan étoit, d'aller le joindre; les troupes
françaises catholiques s'assemblent à Troyes en Champagne.
Le sieur de Gondrin eut son quartier à la bataille, et la compagnie de chevaux légers où étoit Samazan faisait l'avant-
garde, allant droit à l'ennemi, qui fuyait au-devant d'eux,
brulant et saccageant les églises. Samazan et sa compagnie
assaillirent une troupe de huguenots qu'ils défirent entièrement. Ayant ensuite *decouverts une troupe d'arquebusiers
huguenots*, etc. » Voyez le texte, page 5.

(26) Le copiste, qui a relevé dans le manuscrit des Mémoires les
extraits relatifs à la maison de Montesquiou, a lu *Samazan* partout
où il y avait *Lamezan*. Cette erreur maintenue dans l'imprimé rend
le texte incompréhensible. Nous avons retrouvé dans les archives
de Monsieur le comte de Lamezan, une copie de ce passage écrite
de la main du chevalier d'Antras, qui nous a permis de rétablir le
vrai nom. La lettre suivante accompagnait la copie : « Le jour même
où j'eus l'honneur de vous voir, Monsieur le comte, j'ai été atteint
d'une douleur au pied et à la jambe qui m'a empêché et qui m'em-
pêche encore de sortir de ma chambre. Contrarié que je suis, j'ai
fouillé les vieilles paperasses de ma maison et j'ai trouvé des notes
qui ramènent à l'histoire des guerres de l'année 1566. J'y lis qu'un
de vos ancêtres fut grièvement blessé. (*Suit le texte.*) Vous voyez,
Monsieur le comte, que nos aïeux se battaient aussi bien que nos

libéraux, et certes, ils n'étaient pas républicains. Recevez, Monsieur, l'expression de mes sentiments les plus distingués.

» Chevalier D'ANTRAS.

» Ce 19 juin 1841. »

(27) Armand de Clermont, sieur de Piles, gentilhomme Périgourdin, fut une des victimes de la Saint-Barthélemy. Blaise de Monluc *(Commentaires*, t. III, p. 468) célèbre en ces termes le grand ouvrage de ce redoutable adversaire : « Comme aussi vostre victoire de Moncontour [le discours est adressé à Henri III] feust arrestée par le choix que vos ennemys firent du cappitaine Pilles laissé dans Saint-Jean [d'Angély], et la valeur de ce chef qui sceut bien deffendre la place, mit sus les afferes des huguenots. » M. de Ruble *(Ibid.*, p. 175) a consacré une intéressante note à ce « héros de nos guerres civiles. »

NOTA (page 6).

Suite des mémoires d'après la Notice biographique. — Blessure de Lamezan..... L'armée marche du côté de Chalons; le capitaine Bolzus (?), huguenot, est défait. L'armée se porte sur Moulins en Bourbonois; Ponsenac est battu (1) par la compagnie de Samazan et celle de Monsalès. Les ennemis furent toujours suivis de près; les reîtres se joignent aux huguenots; l'armée de France va en Lorraine et l'armée ennemie se retire en Bourgogne. Les ennemis poursuivis en flanc ont dessein de passer par l'Auxerrois et le Gatinois. Châtillon et les Italiens jettent des chausses trapes pour enclouer les chevaux des ennemis. Deux compagnies d'Italiens sont battues par les ennemis, qui s'emparent des environs d'Auxerre, et veulent assiéger Crevant; ils sont repoussés. La Valette charge et défait un parti de maraudeurs. Les huguenots marchent droit à Chartres et ont dessein de l'assiéger. Les troupes catholiques sont mises en garnison.

(1) Jacques de Bouci, seigneur de Ponsenac, en Bourbonais, périt dans la bataille. Castelnau raconte dans ses Mémoires (édition Michaud et Poujoulat, p. 526) que le corps de Ponsenac fut déterré quelques jours après par les catholiques et percé de mille coups.

Monsieur, frère du Roy, part pour la cour. Les vicomtes
de Paulin, de Moncla, de Bruniquel assembloient des forces
en Guyenne, pour les conduire à l'armée, et les sieurs d'Assier et Mouvant en Languedoc, Provence et Dauphiné; mais
avant leur arrivée à Orléans, ils furent battus avec perte, par
MM. de Brissac et de La Valette, au point que leurs chevaux
n'en pouvoient plus et qu'ils étoient sur les dents. Le chevalier d'Ensgarrebaque (1) fut tué et il y mourut beaucoup de
leurs gens. On gagna sur eux quelques enseignes et le sieur
de Samazan en eut une, toute rompue, en combattant pour
l'enlever à un brave soldat; mais celui qui la portoit fut tué.

L'armée des catholiques reçut du secours de Guyenne, et
M. de Nevers, en combattant quelques troupes ennemies sur
son chemin, fut blessé à la jambe, qu'on fut obligé d'amputer, et de la remplacer par une jambe de bois.

Après la prise de Blois, les huguenots résolurent d'assiéger
Chartres. Monsieur y envoya de la cavalerie et de l'infanterie
pour la garde de la ville. L'armée ennemie s'avança, et malgré la résistance de ceux de dedans, il approcha son artillerie. M. de La Valette avec son régiment de chevau légers,
étoit à portée, et nuit et jour à cheval. Le siège est poussé
avec vigueur. Monsieur donne ordre à La Valette de porter
secours dans la ville, ce qu'il avoit entrepris de faire avec sept
à huit cents chevaux; mais il ne put parvenir à son dessein,
et se vit obliger de faire sa retraite, qui fut très belle et de
laquelle il fut très fort loué du Roy, de la Reine et de Monsieur, et comme Samazan étoit avec M. de La Valette et quatre ou cinq autres gentilshommes avec lui, il en fut regardé
de bon œil, et en reçut de petites caresses; il en étoit d'au-

(1) Esgarrebaque est un Sainte-Colomme (ou Colombe), seigneur d'Esgarrebaque
en Béarn. Cette maison a fourni au XVIe siècle deux grands capitaines, Jacques,
lieutenant de Lautrec en 1521, gouverneur de Plaisance (Italie), maire de Bayonne,
et Jacques, son fils, dont le nom se rencontre partout dans les guerres de religion.
Voyez son héroïque défense d'Oleron contre le baron d'Arros (*Hist. de Gasc.*, t. V
p. 329).

tant plus flatté qu'il espéroit que François d'Antras, le dernier de ses frères, qui étoit dans la compagnie des gens de pied du régiment des gardes, commandé par M. d'Arné, auroit été son enseigne; mais il fut tué.

Le Roy, ennuyé de cette guerre, envoya devers M. le prince de Condé, et après des propositions de paix elle fut faite le 13 mars 1569.

Après la paix Sabaillan donna son enseigne à Samazan, mais après six mois il se retira à la sollicitation du baron de Montesquiou.

Tiers trouble et guerre civile en France, commansé au mois d'apvril de l'an 1569.

Au mois d'avril suivant, la guerre se ralluma, les huguenots prirent les armes. Monsieur, général de l'armée catholique, veut savoir quelle est leur intention en s'assemblant de toutes parts et s'emparant des villes dans toutes les provinces. MM. de La Valette, de Gondrin et d'Arné rappelés. Le prince de Condé assemble des troupes en Poitou. La Reine de Navarre va à La Rochelle avec son fils; 20,000 hommes de troupes se joignent aux huguenots.

Monsieur, frère du Roy, reçoit aussi beaucoup de toutes parts. MM. de La Valette et d'Arné et leur régiment ou compagnie de chevau légers vont joindre l'armée; Samazan part avec eux.

Monsieur, frère du Roy, s'en va en Poitou. Les armées s'étant rencontrées, il n'y eut que quelques escarmouches. Le frère de Samazan y fut blessé et son cheval reçut un coup d'arquebuse au col, blessure dont il fut bientôt guéri.

Les deux armées se trouvoient fort rapprochées, et *Monsieur le prince de Condé les voyant aller de si près*, etc. (Voyez le texte, page 6.)

(28) Denis de Mauléon, seigneur de Saballan, gouverneur de Casteljaloux et du Mas-Grenier, commandant des pays de Comminges, Rivière-Verdun, comté de l'Isle-Jourdain et vicomté de Gimois, capitaine de cinquante hommes d'armes, chevalier de l'ordre. Il était fils de Jacques de Mauléon-Labastide, seigneur de Saballan, qui servit avec distinction en Italie, sous Monluc; il l'appelle dans ses Mémoires « *Labastide, père des Savaillan,* » un des plus vaillants gentilshommes qui fut en son armée. Jacques mourut en 1558. Ses fils, *les Savaillan* de Monluc, étaient : Denis, Arnaud, capitaine de trois cents hommes de pied, Jacques, chevalier de Malte, et Jean-Jacques.

(29) Louis Ier de Bourbon, prince de Condé, septième fils de Charles de Bourbon, duc de Vendôme, était né le 7 mai 1530 et allait être tué en cette même bataille de Jarnac (13 mars 1569) dont Jean d'Antras va nous raconter divers épisodes. Nous empruntons à l'*Histoire des princes de Condé,* par Mgr le duc d'Aumale (t. II, 1864, p. 69-70), l'émouvant récit de la triomphante charge du prince de Condé : « Il demande ses armes. Comme on lui présentait son casque, le cheval de La Rochefoucauld lui brisa d'une ruade un os de la jambe; déjà il s'était froissé un bras dans une chute. Domptant la douleur, il se retourne vers les gens d'armes, et montrant tantôt ses membres meurtris, tantôt la devise : *Doux le péril pour Christ et la patrie,* que sa cornette faisait flotter au vent : *Voici, noblesse françoise,* s'écrie-t-il, *voici le moment désiré! Souvenez-vous en quel état Louis de Bourbon entre au combat pour Christ et la patrie!* Puis, baissant la tête, il donne avec ses trois cents chevaux aux huit cents lances de Monsieur. Une charge qu'il conduisait était irrésistible : tous les escadrons qu'il rencontre sont renversés, et le désordre fut tel un moment parmi les catholiques que beaucoup d'entre eux crurent la journée perdue. »

(30) Antoine d'Ossun, fils aîné du vaillant Pierre d'Ossun et de Jeanne de Roquefeuil. Brantome raconte dans la vie du maréchal de Termes qu'on disait en Piémont : « *Sagesse de Termes et hardiesse d'Aussun;* l'Espagnol de même en disoit autant : *Dieu nous garde de la sagesse de Monsieur de Termes et de la prouësse du sieur d'Aussun.* » Les fils de Pierre d'Ossun soutinrent la réputation de leur père. Ils étaient deux à Jarnac dans les rangs de l'armée catholique Antoine et Hector, tous deux très jeunes, presque des enfants, n'ayant que dix-huit et quinze ans. Hector resta sur le champ de bataille, et nous verrons tout à l'heure Antoine mourir à Libourne

des suites de ses blessures. Sur le vaillant gascon Pierre, baron d'Ossun, voyez tous les auteurs qui ont écrit sur les guerres de la première moitié du xvıᵉ siècle.

(31) Nous avons déjà fait remarquer l'erreur et indiqué la position géographique du fief de La Cassagne, dont Jean de Vezins portait le nom. Voyez note 13.

(32) C'est-à-dire disposé à chamailler, à combattre. On sait qu'autrefois le *chamaillis,* qui n'est aujourd'hui qu'une dispute bruyante, était un sérieux combat. Nous disons en Gascogne, dans le langage familier, d'un homme querelleur, que c'est un *chamailleur.* On trouve dans le *Dictionnaire* de M. Littré le mot *chamaillard,* qui n'a pas été admis dans le *Dictionnaire de l'Académie française.*

(33) Jean-Jacques de Montesquiou, seigneur de Pompignan, frère cadet du baron de Montesquiou. Il mourut au château du Saumont, en Agenais, 1570, des suites d'une dyssenterie contractée au siège de Saint-Jean-d'Angély. Voyez les présents *Mémoires,* page 35 et 42. Il était devenu baron de Montesquiou après la mort de son frère aîné. Avec lui s'éteignit la branche aînée des barons de Montesquiou, seigneurs de Montesquiou, tout au moins depuis le xᵉ siècle, et barons de la baronnie d'Angles, qui comprenait Estipouy, Riguepeu, Bazian et Castelnau-d'Angles. Il laissait une sœur dont nous parlerons plus loin.

(34) Le capitaine Lignères était en effet un brave gentilhomme, parent du marquis de Villars. Castelnau le cite dans ses *Mémoires* parmi les prisonniers faits à Jarnac. Au siège de Saint-Quentin, en 1557, il commandait une compagnie de l'armée de Coligny, et se conduisit en brave. (Coligny, *Relation du siège de Saint-Quentin.*) Lorsque d'Antras, blessé, fut arrivé à Jarnac, ramené sur un brancard par MM. de Saint-Lary et de Las, « le marquis de Villars, parent de son prisonnier, vint le trouver pour traicter de la rançon; il le relacha moyennant 400 écus. » La notice biographique place ce fait avant la mention de la mort du prince de Condé; ce qui indique encore une lacune entre le paragraphe qui finit par ces mots : « *Je fus... fort bien pansé, mais fort débile,* » et le suivant.

(35) Michel d'Astarac, baron de Fontrailles et de Marestaing, vicomte de Cogotois, était alors capitaine des gardes du prince de Condé (Mémoires de Castelnau). Brantome parle ainsi de ce glorieux blessé dans sa Notice sur le colonel général des Albanais : « Bref, ce bon capitaine gascon (père de Fontrailles) a esté fort estimé de son temps. Nous autres qui avons veu de ses enfants ou petits enfants,

que je ne mente (M. de Monluc en parle dans son livre), pouvons juger quel a esté le père, car ils ont été très braves vaillans. L'aisné est M. de Fonterailles, qui vist encore aujourd'hui et est gouverneur de Lectoure (Michel). Il eut, à la bataille de Coignac [Jarnac est à 14 kilomètres de Cognac], une jambe blessée et coupée, mais pourtant il n'a laissé pour cela à très bien faire en tous les bons lieux où il s'est trouvé. » Michel de Fontrailles avait un frère (Monluc l'appelle le *jeune Fonterailles*) qui, avec son beau-frère Solan, mit en émoi tout le pays de Foix à Pamiers par ses brigandages. Voyez la longue lettre que Monluc écrivit au Roi à ce sujet, le 14 février 1567 (*Monluc*, édition de Ruble, t. v, p. 77). Ce Solan a-t-il quelque rapport avec le capitaine que La Popelinière appelle *Lalou beau-frère de Fonterailles?* Il commandait l'avant-garde de l'armée des princes avec Guittinières, au siège de Lunel, en 1570. Castelnau de Guers le surprit dans la nuit du 31 mars au 1er avril, et passa au fil de l'épée toute l'avant-garde. Lalou fut trouvé mort sous un arbre où il s'était endormi. Voyez La Popelinière, *Histoire universelle*, siège de Lunel, 1570. Ce Lalou a dérouté la sagacité de l'annotateur de l'*Histoire des guerres du comté Venaissin de Provence*, etc., par Pérussis. Le marquis d'Aubais déclare qu'il a fait inutilement des recherches sur la famille de Lalou. (Pièces fugitives, tome i, p. 296.) Michel d'Astarac mourut en 1604 et fut enseveli dans l'église de Castillon, au diocèse de Lombez.

(36) D'Antras ne nomme pas ce *brave gentilhomme de Gascogne*, son silence s'explique facilement, car c'était son intime ami, le baron de Montesquiou. Rapprochons de ces deux discrètes lignes ce passage d'un chroniqueur qui n'avait aucun motif pour glisser aussi rapidement sur le crime du 13 mars 1569. Nous voulons parler de Brantome : « Sur ceste entrefaicte arriva le baron de Montesquieu, brave et vaillant gentilhomme, qui estoit capitaine des gardes des Suysses de Monsieur, frère du Roy, qui ayant demandé qui c'estoit, on luy dist que c'estoit M. le Prince. Tuez! Tuez! Mort-Dieu! dit-il, et s'approchant de luy deschargea sa pistolle dans la teste et mourut aussitost. » (*Grands capitaines françois*, t. iii, p. 346-347.) Monsieur le duc de Fezensac, dans le trop court volume qu'il a intitulé *Histoire de la maison de Montesquiou*, examine à quel Montesquiou l'on doit attribuer le meurtre du prince de Condé à Jarnac. Il pense, avec raison, que ce ne peut être qu'à François de Montesquiou, quoique d'Antras ne l'ait pas désigné. On connaît les motifs de son silence. M. le duc de Fezensac s'appuie sur le témoignage

de Brantome, qui nomme formellement le *baron de Montesquiou*.
Ajoutons Davila, de Thou et d'Aubigné, qui disent également M. de
Montesquiou, capitaine des gardes du duc d'Anjou. (D'Aubigné,
comme il le déclare dans ses *Mémoires,* assistait à la bataille de
Jarnac.) Michel de Castelnau et François de La Noue, qui assistaient
également à la bataille, appellent dans leurs Mémoires le meurtrier
Montesquiou tout court, comme aussi Pierre de l'Estoile, dans son
Journal, et bon nombre d'autres chroniqueurs. Les auteurs qui ont
accusé Antoine de Montesquiou, seigneur de Sainte-Colombe, sont
évidemment dans l'erreur. Cet Antoine n'a jamais été appelé que
Sainte-Colombe; il était jeune en 1569, n'avait pu encore, comme
François, donner des preuves de bravoure et d'habileté militaires
capables de le faire arriver au rang déja élevé de capitaine des gardes suisses. Nul n'aurait pu le nommer *baron* de Montesquiou,
puisqu'il ne possédait pas cette terre; ni même M. *de Montesquiou,*
d'après l'usage qui désignait toujours le gentilhomme par le nom de
son fief; enfin, déjà il était attaché à la maison de Navarre, qui ne
cessa de le combler depuis lors de toutes sortes de faveurs, et de
l'employer dans maintes expéditions militaires. Voici, d'ailleurs, une
preuve sans réplique : Brantome, qui connaissait bien le Montesquiou meurtrier de Condé, pour lui avoir sauvé la vie huit jours
avant la bataille de Jarnac, dit que ce baron de Montesquiou fut tué
peu après, au siège de Saint-Jean-d'Angély, d'une grande harquebusade, les huguenots disant que c'était par permission et punition
divine. Voyez, page 34 des présents Mémoires, le récit de sa mort et
de ses funérailles. Le texte de Brantome, rapproché de celui de
d'Antras, tranche définitivement la question. Il faut donc décider
que ce

« Barbare Montesquiou, moins guerrier qu'assassin, »

fut réellement François de Montesquiou, dernier baron de Montesquiou.

(37) On lit dans des *Heures,* qui sont au château d'Ossun : « L'an
1569 et le 4 avril mourut Antoine d'Ossun, blessé d'un coup de lance
à la tête et d'un coup de pistolet au-dessous de l'épaule droite, à la
bataille de Jarnac. Son corps repose devant le grand-autel de l'église
des Cordeliers de Libourne, à l'âge de 18 ans, au grand regret du
Roy Charles IX qui l'avoit nourri au nombre de ses enfants d'honneur. » [*Glanage Larcher.*]

MANUSCRIT AUTOGRAPHE.

Nota (page 9).

Entre ce dernier alinéa des extraits Montesquiou et le commencement du texte du manuscrit autographe, il manque peu de chose; la Notice biographique ramène par une simple phrase d'Antras au siège de Poitiers. « Etant arrivé chez lui, Samazan fut prendre les eaux de Baignères qui le guérirent entièrement de ses blessures. Après quoi il fut rejoindre sa compagnie, et se trouva au siège de Poitiers avec son frère, enseigne dans le régiment de Sarlabous. »

(1) Voir le *Siège de Poitiers* par Liberge, édition annotée par H. Beauchet-Filleau, de la Société des Antiquaires de l'Ouest (Poitiers, 1846, in-8°). Ce volume, enrichi par le savant éditeur de tous les éclaircissements désirables, dispense de recourir aux principaux ouvrages où le siège de Poitiers a été raconté, notamment aux ouvrages d'Agrippa d'Aubigné, de Davila, de la Popelinière, du président de Thou. M. H. Beauchet-Filleau s'est surtout servi, dans son *Avant-propos* et dans ses *Notes*, des *Honnestes loisirs de messire François le Poulchre, seigneur de la Mothe-Messemé* (Paris, 1587). Ce poète, né à Mont-de-Marsan en 1546 (voir *Vies des poètes gascons, par* Guillaume Colletet, 1866, p. 100), fut, comme d'Antras, un des vaillants défenseurs de la cité Poitevine, et il est curieux de comparer les récits de ces compagnons d'armes. Ajoutons, pour compléter, en passant, les éloges donnés à le Poulchre par le bon Colletet et par son commentateur, que l'historien des *princes de Condé* a souvent invoqué, dans ses deux volumes, le témoignage de celui qui fut plus exact narrateur que poète harmonieux.

(2) Ce pré, dit M. Beauchet-Filleau (p. 226), était ainsi nommé parce qu'il faisait partie du domaine particulier de l'Abbesse de

Sainte-Croix de Poitiers. L'on y remarque encore quelques débris de tours et de murailles. Ce pré est situé dans la partie nord-est de la ville de Poitiers, sur la batterie dressée contre le Pré-l'Abbesse (voir le *Siège de Poitiers*, par Liberge, p. 53, 70, 71, etc.)

(3) Voir sur cette sortie du 12 août, ainsi que sur l'attaque du faubourg de Rochereul (1er septembre), un peu plus bas, le récit de Liberge, pages 62 et 102; et aux notes, le récit de Le Frère de Laval, pages 238-240.

(4) Gaspard de Coligny, né le 16 février 1517, avait été nommé amiral de France en 1552. On s'est beaucoup occupé, en ces derniers temps, du noble vaincu de Dreux, de Saint-Denis, de Jarnac et de Moncontour. Nous citerons notamment les monographies que voici : l'*Amiral Coligny, étude historique*, par JULES TESSIER, docteur ès-lettres, professeur d'histoire au lycée de Poitiers (Paris, 1872, in-8º); *Gaspard de Coligny, amiral de France, d'après les contemporains*, par le prince EUGÈNE DE CARAMAN-CHIMAY (Paris, 1873, in-8º); l'*Amiral de Coligny*, par l'ABBÉ BUYAT, vicaire général de Belley (Bourg, 1876, in-8º); *Gaspard de Coligny, amiral de France*, par le comte JULES DELABORDE (Paris, in-8º, t. I, 1879).

(5) François III du nom, comte de la Rochefoucauld, prince de Marsillac, chevalier de l'ordre du Roi, devait être lui aussi une des victimes de la Saint-Barthélemy. Les rédacteurs du *Dictionnaire* de Moréri (édition de 1759), rappellent qu'il se signala au siège de Poitiers, comme il s'était déjà signalé au siège de Metz en 1552. On le retrouve auprès de Coligny à la bataille de Saint-Quentin, comme à celle de Dreux, et à la bataille de Jarnac comme à celle de Moncontour. Blaise de Monluc écrit ainsi le nom de ce beau-frère du prince de Condé (*Commentaires*, t. I, p. 343) : « Monsieur de La Rochefocquau, » Ailleurs (t. III, p. 57, 166), il écrit : « La Rochefoucault. »

(6) Jacques de Crussol, baron d'Acier, fut longtemps le chef du parti protestant en Languedoc. Il abjura le calvinisme après la mort de son frère aîné, le duc d'Uzès (1573), et mourut en 1586. Monluc (t. I, p. 177) l'appelle « Monsieur d'Acier. » Liberge (p. 76) signale « le sieur d'Acier le jeune » comme « l'un des principaux gentils-hommes et chefs de l'armée ennemye. »

(7) Henri Ier de Lorraine, troisième duc de Guise, n'avait pas encore dix-neuf ans, étant né le 31 décembre 1550. Voir sur la belle défense de Poitiers par le *Balafré*, l'*Histoire des ducs de Guise*, par M. RENÉ DE BOUILLÉ (t. II, 1849, p. 433-445). Le fils aîné de

François de Lorraine était entré dans Poitiers, le 22 juillet, de grand matin, avec « environ huict cens bons hommes de guerre, » comme s'exprime Liberge.

(8) Charles de Lorraine, marquis, puis duc de Mayenne, était né le 26 mars 1554. Voir ce que dit M. de Bouillé (ouvrage déjà cité, t. II, p. 434) de ce prince « âgé de quinze ans, cohéritier de la valeur, du mérite paternel, associé à son aîné dans une ardeur martiale, dans des animosités communes, et qui obtient, pour la première fois, la liberté d'aborder la carrière des armes. »

(9) Guy de Daillon, comte de Lude, chevalier des ordres du Roi, sénéchal d'Anjou, etc., était gouverneur de Poitiers depuis l'année 1557. Fils de Jean de Daillon, gouverneur de la Guyonne, il s'était déjà distingué à la défense de Metz, comme dans les guerres d'Italie. Voir sur ce capitaine, mort le 11 juillet 1585, outre le *Discours* de Liberge, le *Monluc* de M. de Ruble, le *Brantome* de M. Lud. Lalanne, etc.

(10) Liberge l'appelle *Bourg* et raconte ainsi sa mort (p. 113) : « En ces jours mourut le capitaine Bourg, des plus anciens du régiment du feu sieur de Brissac, et de grande expérience au faict de la guerre. Il mourut de maladie naturelle, mais qui s'estoit bien augmentée par le continuel travail qu'il avoit supporté en ce siège. Car tout malade qu'il estoit ne failloit jamais à ce trouver aux brèches et lieux dangereux, toutes les fois qu'on pensoit que l'ennemy viendroit aux mains. Il estoit en très grande reputation en toute l'armée d'excellent et vaillant capitaine. »

(11) Timoléon de Cossé, comte de Brissac, grand Pannetier et grand Fauconnier de France, tué au siège de Mucidan en 1569, d'un coup d'arquebuse, en reconnaissant la brèche, âgé de 26 ans. Il était capitaine et gouverneur du château d'Angers et il avait déjà donné des marques de sa valeur à la bataille de St-Denis et au combat de Jarnac.

(12) François de la Noue, né en 1531 près de Nantes, fut mortellement blessé au siège de Lambasse (4 août 1591). Henri IV a résumé d'une façon admirable la vie entière d'un de ses plus dévoués capitaines, en le proclamant *un grand homme de guerre,* et encore plus, *un grand homme de bien.* Si de ces paroles nous rapprochons le passage des *Essais* où Michel de Montaigne a si éloquemment vanté « sa constante bonté, doulceur de mœurs et facilité consciencieuse, » on conviendra que jamais homme n'a été aussi bien loué.

(13) La Noue ne dit rien dans ses *Mémoires* de la mission qui

lui fut confiée par Coligny. Puisque nous avons l'occasion de citer ses *Mémoires*, empruntons à son récit du siège de Poitiers (édition du *Panthéon littéraire*, p. 326-328) cette appréciation de la conduite du duc de Guise et du marquis de Mayenne : « M. de Guise et son frère acquirent grand renom d'avoir gardé une si mauvaise place, estant encore si jeunes comme ils étoient; et aucuns ne prisoient moins cest acte que celuy de Metz. » La Noue, en ce même chapitre, critique l'imprudence commise par l'amiral de Coligny, lui appliquant le proverbe *qui trop embrasse mal estraint*.

(14) Liberge dit (p. 114) : « Le mercredy septiesme du mois, un peu après midy, tout leur camp fut levé, et s'en allèrent en grande haste vers ledit Chastelleraud. » Rappelons que Châtellerault est à 32 kilomètres de Poitiers.

(15) D'Antras se trompe quelque peu. Le siège dura moins de deux mois. Ecoutons Liberge (p. 114) : « Dieu sçait la joye que toute la ville eut de ce deslogement, pour y avoir sept sepmaines jour pour jour, deppuis la reddition de Luzignan jusques à ce mercredy, que Poitiers estoit assiégé : car de ceste journée-là, ils avoyent faict des courses jusques aux portes, et occupé toutes les advenues, jaçoit que le dimanche suyvant, ils avoyent commencé à se monstrer en gros, et camper autour de la ville, depuis lequel jusques au jour qu'ils s'en sont allés il y a six sepmaines trois jours. »

(16) La Noue dit la même chose (p. 328) : « L'armée de Monseigneur fit beaucoup d'honneur aux huguenots quand elle vint assaillir Chastelleraud; car ce leur fut une légitime occasion de lever le siège, qu'aussi bien eussent-ils levé, pour ce qu'ils ne sçavoient plus de quel bois faire flèches; et croy que ceux de dedans n'estoient pas moins empeschés. »

(17) Sébastien de Luxembourg, duc de Penthièvre et d'Etampes, marquis de Beaugé, vicomte de Martigues, baron de Berre, était fils de François de Luxembourg et de Charlotte de Brosse. Il fut tué au siège de Saint-Jean-d'Angély, le 19 novembre 1569. Deux mois auparavant, Henri III avait érigé pour lui en duché-pairie le comté de Penthièvre. Voir l'article que Brantome lui a consacré dans les *Couronnels françois* (édition déjà citée, t. VI, p. 36-53). Voir encore, dans la *Revue de Marseille et de Provence* de janvier 1880, la Notice de M. L.-P. Desvoyes sur *Berre, ses barons, sa commune et ses armoiries*, p. 36-41.

(18) Louis de Bourbon, duc de Montpensier, prince de La Roche-sur-Yon, né le 10 juin 1513, mort le 22 septembre 1582, était alors

gouverneur de l'Anjou, de la Touraine et du Maine. Petit-fils, par sa mère, du connétable de Bourbon, il allait devenir (1570) le beau-frère du duc de Guise par son second mariage avec Catherine-Marie de Lorraine, qui devint si célèbre par le rôle qu'elle joua dans la Ligue. Voir sur lui l'ample et curieuse Notice de Brantome.

(19) Armand de Gontaut, baron de Biron, né vers 1524 au château de Biron, en Périgord, fut tué au siège d'Epernay, le 26 juillet 1592. Grand-maître de l'artillerie (1569), maréchal de France (1577), lieu-tenant-général pour le Roi en Guyenne (1578), Armand de Gontaut, considéré soit comme personnage politique, soit comme personnage militaire, fut un des hommes les plus remarquables de son temps. Et pourtant on ne lui a pas encore consacré une de ces monogra-phies qui ne laissent rien ignorer de la vie de tant d'hommes moins illustres que lui! Espérons que la Gascogne, à qui il alla demander une de ses plus nobles filles en mariage, Jeanne d'Ornesan, laquelle eut pour père un des plus glorieux hommes de mer du XVIe siècle, l'amiral Bertrand d'Ornesan, baron de Saint-Blancard, espérons, disons-nous, que la Gascogne donnera au grand capitaine un bio-graphe digne de lui.

(20) Il serait trop long d'indiquer tous les récits que nous possé-dons de la bataille de Moncontour. Les principaux de ces récits ont pour auteurs les mêmes historiens que ceux qui ont été mentionnés plus haut au sujet du siège de Poitiers : d'Aubigné, Davila, La Po-pelinière, le président de Thou. Joignons-y l'*Ample narration de la bataille de Moncontour* mise par Liberge à la suite de son *Discours* (p. 157-177 de l'édition de M. Beauchet-Filleau), et toujours, comme pour le siège de Poitiers, la brève mais excellente relation de La Noue. (*Panthéon littéraire*, p. 328-330.)

(21) Ludovic de Nassau, frère de Guillaume I de Nassau, le gen-dre de Coligny, était venu apporter à ses coreligionnaires de France le secours de sa vaillante épée. De retour en Hollande, il ne laissa pas cette épée oisive : ce fut lui qui surprit la ville de Mons en 1572. Il périt, le 14 avril 1574, dans un combat près de Gravelines.

(22) Claude de Vaudré, seigneur de Mouy, en Picardie, fut assas-siné quelques jours après par un gentilhomme de Brie, François de Lauviers de Maurevel. Mouy vivait intimement avec ce Maurevel qui était un des capitaines de sa compagnie, même table, même bourse, même lit. Le soir de la déroute de Moncontour, Mouy s'était retiré à Niort suivi de son déloyal ami. Apprenant deux jours après qu'une partie de l'armée royale passe dans le voisinage de Niort,

Mouy y court avec sa troupe pour lui donner la chasse; mais dans le temps qu'il met pied à terre dans un jardin « pour ses nécessités, » Maurevel lui décharge son pistolet dans les reins, saute sur son cheval et court rejoindre l'armée royale. Ce lâche avait reçu 10,000 écus pour assassiner Coligny; n'ayant pu arriver à son but, il tua son ami. Mouy alla mourir de ses blessures à La Rochelle. Brantome fait l'éloge de ce capitaine qu'il appelle sage et vaillant et qui, ajoute-t il, s'était fait signaler bien fort dans les guerres étrangères. Arthur de Vaudré vengea la mort de son père; il attaqua Maurevel dans une rue de Paris au milieu de ses gardes, non par derrière, mais en face et avec sa bonne épée qu'il lui enfonça dans le corps, au défaut de la cuirasse. [*Recueil des choses mémorables,* etc., *sur l'an 1569.*] Voyez aussi le récit de ce combat dans les Mémoires journaux de Pierre de l'Estoile [édition Jouaust, t. II, p. 121-123]. Un soldat de Maurevel déchargea son pistolet dans la tête du jeune Mouy et le tua; Maurevel mourut la nuit suivante.

(23) Voyez note 22 des extraits Montesquiou. Est-ce à un membre de la même famille, au père de ce Gensac, que l'on doit rapporter l'historiette suivante racontée par Brantome en son livre *des duels ?* Après avoir raconté la querelle de Gramont avec *Mauléon,* il ajoute : « Surquoy il me souvient d'un conte du feu seigneur de Gensac, gentilhomme Gascon, brave et vaillant et qui estoit escuyer du feu Roy Henry II, François second et Charles IX en la grande escuyerie et fort bon homme de cheval et de pied et mourut au siege de Bourges aux premières guerres [1562] ayant une compagnie de gens de pied. Il estoit bravache et haut la main selon son pays. Un jour ayant pris querelle contre le sieur d'Avaret, brave gentilhomme aussi, et luy donc prest de mettre la main à l'épée, survint par cas fortuit un gentilhomme que je ne nomme point, et qui est aujourd'huy un très bon capitaine et grand seigneur, lequel dist : Tout beau, tout beau, Gensac, je ne souffriray pas que mon compagnon se batte que je ne m'en mesle; parquoy arrestez-vous. A quoy promptement et sans s'estonner répondit Gensac : Et comment, n'a-t-on jamais veu un homme seul se battre contre deux? Et mort Dieu les histoires en sont toutes pleines, et pourquoy n'en feray-je tout autant ? Ça, ça, venez donc vous deux! Mais ainsi qu'ils estoient à en venir là, ils furent separez, en quoy on loüe la rodomontade dudit Gensac, aller faire telle allégation d'histoire, etc. Et quand on luy demanda ce qu'il pensoit faire, après estre separez et sur l'accord, il repondit naifvement : Et mort Dieu je me voulois faire mettre dans les chroniques. »

(24) Selon le *Dictionnaire de Trévoux*, Rubican est « une couleur du poil du cheval, lors qu'ayant du poil bai, alezan ou noir, il y a du poil gris ou blanc, semé fort clair sur les flancs, en telle sorte néanmoins que ce blanc ou gris ne domine pas. » M. Littré qui, dans son *Dictionnaire de la langue française,* donne sous le mot *Rubican* une citation du *Théâtre d'Agriculture* d'Olivier de Serres, tire ce mot de l'adjectif bas latin *rubricantem,* rougeâtre.

(25) Claude de Lorraine, duc d'Aumale, troisième fils de Claude de Lorraine, duc de Guise, avait été nommé général de la cavalerie en 1549. Il fut tué d'un coup de canon au siège de La Rochelle le 14 mars 1573. Il s'était signalé au siège de Metz et, hélas! aussi au carnage de la Saint-Barthélemy. Voir sur lui, comme sur presque tous les capitaines renommés que mentionne notre narrateur, les *Commentaires* de Monluc et les *Œuvres* de Brantome.

(26) C'était le comte Charles de Mansfeld, frère du colonel des reistres Wolrath de Mansfeld. Le président de Thou nous apprend (livre XLVI) que dès la première décharge des batteries si habilement placées par le baron de Biron sur des hauteurs d'où les ennemis furent écrasés, Charles de Mansfeld fut mortellement atteint avec trois autres cavaliers allemands.

(27) Le futur Henri IV, alors âgé de seize ans, et Henri de Bourbon, prince de Condé, qui n'avait qu'un an de plus que son cousin, n'étaient point à La Rochelle à l'époque indiquée par d'Antras. En toute l'année 1569, le roi de Navarre ne vint à La Rochelle qu'après la défaite de Moncontour; il y passa, auprès de sa mère, une douzaine de jours compris entre le 6 et le 18 octobre.

(28) Wolfgang, duc de Deux-Ponts, avait, en février 1568, amené au prince de Condé sept mille *reîtres* (ou cavaliers) et six mille *lansquenets* (ou fantassins) qui lui étaient envoyés par l'Electeur Palatin. On sait que le duc de Deux-Ponts, qui était un insigne buveur même parmi les Allemands, expia par une fièvre mortelle le tort d'avoir trop aimé les vins de France.

(29) François de Bourbon, fils de Louis de Bourbon, duc de Montpensier, dont il a été fait mention plus haut, portait du vivant de son père le titre de prince dauphin d'Auvergne. Il mourut à Lisieux le 2 juin 1592, après avoir vaillamment servi la cause de Henri IV dans les plaines d'Arques à la tête de l'avant-garde de l'armée.

(30) Nous empruntons à M. H. Beauchet-Filleau, l'excellent éditeur des opuscules de Liberge, sa note sur ce personnage : « François Le Roy, seigneur de Chavigny et de la Baussonnière en Loudunais,

descendait d'une famille illustre par ses alliances; fut capitaine des gardes du corps du roi après son père, créé comte Clinchamps; arrêta le prince de Condé en 1560. Peu de jours auparavant, le duc de Guise l'avait fait nommer lieutenant général pour le roi en Anjou, Touraine et Maine, sous l'autorité du duc de Montpensier. Il fut plus tard fait par Henri III gentilhomme ordinaire de sa chambre, capitaine de 50 hommes d'armes de ses ordonnances, et chevalier du Saint-Esprit, pour le récompenser des bons services qu'il avait rendus dans les guerres de religion. »

(31) Liberge (p. 165) l'appelle comte de Vuistembourg. Le traducteur de l'*Histoire* de J.-A. de Thou l'appelle comte de Vesterbourg.

(32) Liberge signale (p. 165) la présence dans l'armée royale des deux comtes Reingraff frères (Jean-Philippe, comte de Salm, né en 1545, et Frédéric, né en 1547). Davila raconte ainsi la mort de l'aîné des fils du Rhingrave Philippe-François (*Histoires des guerres civiles de France,* livre v, p. 365 du tome I de la traduction française, 1751, in-4°) : « L'Amiral, qui ne se ménageoit pas davantage, et faisoit les fonctions de général et de soldat, s'attacha au comte Rhingrave, qui l'avoit chargé à la tête de sa cavalerie. Celui-ci le blessa à la joue d'un coup de pistolet, qui lui cassa quatre dents : l'Amiral lui en tira une dans la visière de son casque, et l'étendit mort sur la place. Il ne cessa pas pour cela de combattre, quoique le sang qui couloit de sa blessure baignât tout son casque et son hausse-col. »

(33) Christophe II, baron de Bassompierre, seigneur d'Harouel et de Baudricourt, colonel des reîtres qui étaient au service particulier du roi, mort en 1596, fut le père du célèbre François de Bassompierre, colonel général des Suisses et maréchal de France. Voir ce que disent de Christophe II de Bassompierre les *Mémoires* de son fils, mémoires qu'il faut consulter surtout dans l'excellente édition donnée pour la Société de l'Histoire de France par le marquis de Chantérac (t. I, 1870, p. 18-32). Fr. de Bassompierre rappelle (p. 21) que le *Reingraf* tué à Moncontour avait épousé la cousine-germaine de Christophe de Bassompierre, lequel fut estropié du bras droit d'un coup de pistolet en cette bataille, comme il avait été estropié du bras gauche d'un autre coup de pistolet à la bataille de Jarnac.

(34) Raymond de Cardaillac de Sarlabous, chevalier de l'ordre, gouverneur d'Aigues-mortes, se distingua au siège de Rouen, en 1562, où il commandait les compagnies du duc de Guise. Il fallait emporter le fort Sainte-Catherine, défendu par de bons et braves soldats. Le

duc de Guise y envoya ses hommes « conduits par le jeune Sarlabous, autant digne de commander aux gens de pied et surtout de
mener les arquebusiers qu'on ayt veu de son temps, et il le montra
bien... » Le fort fut pris, et Sarlabous y perdit un bras. « Je le vis
blesser, poursuit Brantome, et menant ses gens vaillamment, aussi
c'estoit un vaillant et gentil capitaine, et le fit mestre de camp et son
régiment ordonné pour le Languedoc. » De 1563 à 1569, Sarlabous
fit, sous le maréchal de Damville, les guerres en Languedoc. Voyez
pour les détails l'*Histoire des guerres du comtat Venaissin et de la
Provence*, par Louis de Perussis (ouvrage que l'on devrait bien pu-
blier *in-extenso* d'après le manuscrit autographe qui est conservé
dans la bibliothèque d'Inguimbert, à Carpentras). En 1568, Sarlabous,
alors colonel d'un régiment de gens de pied, met le siège devant
Montpellier. (*Histoire de la guerre civile en Languedoc*, dans les
Pièces fugitives du marquis d'Aubais, tome II, p. 19.) La même année, le Parlement de Toulouse l'envoie en Bigorre pour mettre ce
pays en état de défense. Il réunit les trois ordres des Etats dans l'é-
vêché de Tarbes, le 18 septembre 1568, prononce un discours violent
contre les protestants qui, « sous pretexte de la Religion qu'aulcuns
soy disants vouloir reformer icelle, ont bien osé prendre les armes
pour défendre leurs hérésies, lorsqu'elles aboutissent au mespris et
contemnement de l'honneur de Dieu, infraction de ses commande-
ments, anéantissement des Saincts Sacrements, rebellion contre l'autorité royale, trouble du repos public et mille aultres fins très perni-
cieuses, etc...; » fait nommer les barons d'Antin et de Bazillac pour
« défendre, régir et gouverner la Bigorre, » et enjoint aux Etats de
leur jurer obéissance « pour le service de Dieu et du Roy. » (Manuscrit de l'abbé Duco.) En 1569, il quitte la Gascogne et va grossir
avec son régiment l'armée du duc d'Anjou; est blessé au siège de
Mucidan (25 avril) où périt le comte de Brissac. (Pérussis, ibid.)
Raymond de Sarlabous et son frère aîné, Corbeyran, prirent une
part active à la Saint-Barthélemy; ils forcèrent, avec Bême et Caussens, la demeure de Coligny (d'Aubigné, *Hist. universelle*, t. II,
p. 543). Bême frappe l'amiral, et Raymond de Sarlabous fait jeter
son corps par la fenêtre. (Manuscrit de Duco.) Il était, en 1575, gouverneur d'Aygues-morte et accompagnait Henri III dans son voyage à
Avignon. Voir dans ces Mémoires la suite des exploits de Sarlabous.
Son frère aîné, Corbeyran de Cardaillac, seigneur de Sarlabous, était
chevalier de l'ordre du Roi, gouverneur de Dunbar en Ecosse et du
Havre-de-Grâce, chambellan du duc d'Alençon, conseiller d'Etat, etc.

Malgré tous ces titres, Brantome estimait plus le cadet que l'aîné. « Ces deux frères Sarlabous, dit-il, ont eu l'estime d'avoir esté deux fort bons capitaines de gens de pied, mais l'on estimoit plus le jeune. » Corbeyran périt au siège d'Oleron, en 1586, et Raymond mourut à Bagnères, en 1591.

(35) Nous ne pouvons dire quel est ce capitaine La Barthe. Est-ce un membre de la grande maison de La Barthe? Nous ne le croyons pas, il eût été désigné par un nom de fief. Est-ce Ogier de La Roche, seigneur de La Barthe, en Magnoac (cadet des La Roche-Fontenilles), qui reçoit en 1558 ordre du sénéchal d'Armagnac de se tenir prêt à partir pour le service du roi? (Archives du château de La Roche, près Castelnau-Magnoac.) Ce La Barthe, vieux capitaine, puisqu'il commandait un régiment d'arquebusiers, est évidemment celui que Brantome appelle *le gros La Barthe,* et qu'il dit avoir été avec Mun et Aunous (deux Gascons) mestre de camp du régiment de Piémont qui avait pour colonel Monsieur de Brissac. Il ne vivait plus à l'époque du siège de La Rochelle, où se trouvèrent trois vieux régiments, dit Brantome, « celui de Cossains des gardes, de Goüas, et de Monsieur du Gua, qui avoit eu la place de Guarrières, qui avoit eu celuy-là de La Barthe mort. » Castelnau dans ses Mémoires fait également mention à la bataille de Moncontour de « la cavalerie italienne, couverte de deux mille arquebusiers, commandez par La Barthe et Sarlabous. »

(36) Les deux Isles étaient Jean et Claude de l'Isle-Marivaux. Deux braves capitaines, deux frères, dont les noms se rencontrent à chaque page dans les Mémoires de la seconde moitié du xvi⁰ siècle. Jean fut tué en duel en 1589, sous les murs de Paris, par Claude de Marolles. Voir sur ce célèbre duel les Mémoires journaux de Pierre de l'Estoile, et tous les historiens d'Henry IV. Brantome cite « les deux Isles frères, » parmi les « bons et braves capitaines, qui tous seroient aujourd'huy dignes d'estre généraux d'armées, non pour garder ou conquérir un Piedmont, mais tout un grand royaume. »

(37) Onous était un brave mestre de camp des vieilles bandes de Piémont, il s'appelait Antoine de St-Jean, seigneur d'Honnoux, en Lauraguais. En 1558 il faisait la guerre de Piémont sous le maréchal de Brissac, en qualité de capitaine des bandes françaises; le 26 septembre 1558 il tente de pénétrer dans Montcalve, assiégée par les ennemis; le jeune Lioux, fils de Joachim de Monluc, périt dans cette tentative. (*Boyvin du Villars,* édition Michaud et Poujoulat, p. 305).

Brissac le propose au roi pour le commandement d'une compagnie.
(Ibid.) A l'époque du siège de Poitiers, Onoux avait déjà une grande
réputation; d'Aubigné l'appelle « un des meilleurs hommes de siège
qui fut en France. » Le 20 juin 1569, le comte de Lude avec Onoux
et Puygaillard (Jean de Léaumont, seigneur de) met le siège devant
Niort; les réformés l'obligent à le lever; il court alors se renfermer
dans Poitiers après avoir « placé Onoux dans St-Maixent avec deux
canons et deux bastardes. » (D'Aubigné, t. II, p. 410). Coligny va
assiéger le comte de Lude dans Poitiers; à cette nouvelle Onoux fait
jeter ses canons dans un puits, choisit six cents de ses meilleurs
soldats et quitte St-Maixent avec le projet de percer les lignes et
d'entrer dans la ville. L'amiral envoie à sa rencontre le capitaine
Blacons avec une compagnie de gardes pour l'arrêter; mais Onoux
fait neuf lieues en six heures, fausse les gardes de Blacons, gagne
les portes de la tranchée, où Jarrie qui y commandait lui donne la
main et entre dans la place. (Aubigné, id.). Ce siège devait être fatal
au vaillant mestre de camp. Quelques jours après, Onoux voulut
briser un retranchement avancé que les assiégeants avaient fait
pour y loger une batterie. Il donna résolûment avec sa troupe, mais
il « ne put remporter autre chose qu'une arquebusade en la teste, »
dont il mourut. (Aubigné, id., Castelnau). Brantome dit de lui :
« Fut mestre de camp des vieilles bandes de Piedmont M. d'Aunous,
qui mourut au siege de Poictiers. Digne homme certes de sa charge
et le montra bien lorsqu'il partit de St-Maixant et s'alla jetter dans
Poictiers qui vint bien à propos et y entra en depit de l'ennemi qui
le tenoit tout environné. »

(38) Gaspard de Saulx de Tavanes, né à Dijon en mars 1509, était
fils de Jean de Saulx et de Marguerite de Tavanes. On le retrouve
sur tous les champs de bataille, à Pavie, à Cérisoles, à Renty, à Jarnac, à Moncontour. Il fut successivement lieutenant général du roi
en Bourgogne, en Dauphiné, en Provence, maréchal de France (novembre 1570), amiral des mers du Levant, etc. Il mourut au château
de Sully (Saône-et-Loire), le 19 juin 1573. Ses *Mémoires*, rédigés en
grande partie par son fils cadet Jean, vicomte de Tavanes, renferment un important récit de la bataille de Moncontour. Voir les deux
récents ouvrages de M. L. Pingaud : *Les Saulx-Tavanes, études
sur l'ancienne société française* (Paris, 1876, grand-in-8°, p. 1-123);
Correspondance des Saulx-Tavanes au XVIe siècle, dans le t. IV de
la 3e série des *Mémoires de l'Académie des sciences, arts et belles-
lettres de Dijon* (1877, in-8°, p. 1-288).

(39) L'hommage rendu par d'Antras à la bravoure du futur Henri III est confirmé par tous les témoignagnes contemporains. Il faut d'autant plus remarquer cet accord, que l'on croit trop généralement, de nos jours, sur la foi de certains romans historiques, que ce prince fut, toute sa vie, le plus vil des efféminés.

(40) On sait que l'escopette était une arme à feu faite en forme de petite arquebuse, qu'on portait avec une bandoulière et dont se servait surtout la cavalerie. L'*escoupetterie* était la décharge de plusieurs de ces arquebuses. Le mot est souvent employé par d'Aubigné. *Escopetterie* se rencontre dans les *Mémoires* de Saint-Simon, et, au sens figuré, dans les *Mémoires* du cardinal de Retz.

(41) Arthus de Cossé, comte de Secondigny, seigneur de Gounord (suivant l'orthographe adoptée par M. C. Port dans son savant *Dictionnaire historique, géographique de Maine-et-Loire*), était l'oncle de Timoléon de Cossé, comte de Brissac, dont il a été déjà question ici, et le frère de Charles de Cossé, comte de Brissac, connu sous le titre de maréchal de Brissac. Arthur de Cossé, né vers 1512, mourut en son château de Gonnord le 15 janvier 1582. Il reçut le bâton en 1567 et devint, à partir de cette époque, pour tous ceux qui ont parlé de lui, le maréchal de Cossé. Il était gouverneur de Metz lors du siège de 1552, et il s'y fit remarquer entre tous. Gouverneur de l'Orléanais en 1570, il était au siège de La Rochelle en 1573, et, après une disgrâce qui dura quelques années, il fut nommé chevalier de l'ordre du Saint-Esprit (1er janvier 1579).

(42) On lit dans l'*Histoire des princes de Condé* (t. ii, p. 92) : « Dans la journée de Moncontour (30 octobre 1569, *sic*, une faute d'impression ayant changé 3 en 30), après avoir pris rang à la tête de la *bataille*, ils durent se retirer subitement, *non sans larmes et sans regrets*, ajoute l'historien protestant [d'Aubigné], *et avec encore plus de dommage à l'armée, car il se trouva tant de gens qui se convièrent à leur escorte qu'elle en fut affoiblie.* »

(43) Léonor d'Orléans, duc de Longueville et d'Estouteville, grand chambellan de France, gouverneur de Picardie, etc., était né en 1540 et mourut à Blois en 1573, ayant, quoique si jeune encore, eu le temps de donner neuf enfants à sa femme, Marie de Bourbon.

(44) C'est Honorat de Savoye, marquis de Villars, comte de Tende et de Sommerive, fils de René de Savoye, comte de Villars, et d'Anne de Lascaris. Il fut maréchal et amiral de France, gouverneur de la Guyenne, et mourut en 1580, après avoir reçu, le 1er janvier 1579, le titre de chevalier de l'ordre du Saint-Esprit. Le *Moréri* de

1759 signale sa participation à la bataille de Moncontour. Blaise de Monluc et Pierre de Bourdeille le mentionnent avec éloges. On trouvera diverses lettres d'Honorat de Savoye dans les *Documents inédits relatifs à l'histoire de l'Agenais* publiés et annotés par l'un de nous (1874, in-8°, p. 116-118), et dans *Les vieux papiers du château de Cauzac. Documents inédits,* que le même travailleur ne tardera pas à mettre au jour.

(45) Nous empruntons cette fois encore à M. Beauchet-Filleau une de ses intéressantes notes. Voici ce que cet érudit nous dit de Carnavallet (p. 292) : « François de Kernevenoy, dont par corruption on a fait Carnavallet, d'une des premières familles de Bretagne, fut premier écuyer de Henri II, gouverneur de Henri III, chef de son conseil, surintendant de sa maison, lieutenant de la compagnie de cent hommes d'armes, gouverneur d'Anjou, Bourbonnais et Forest, chevalier de l'ordre du roi en 1560, mourut en 1571, et fut inhumé en l'église de Saint-Germain-l'Auxerrois. Ajoutons que ce fut sa veuve, Françoise de La Baume, qui, comme le rappelle M. Ludovic Lalanne (*Dictionnaire historique de la France,* 1877), acquit du fils du président de Ligneris le célèbre hôtel dit de Carnavalet, construit à Paris par Androuet de Cerceau, orné de statues par Jean Goujon, et qui, au XVIIᵉ siècle, fut habité par Madame de Sévigné. »

NOTA.

D'après la Notice biographique, voici le contenu des deux feuillets 141-142, 143-144 [voyez page 32, *ad calcem*] :

..... Le Prince d'Orange fit la retrette fort brave et en bel ordre, nous le suivimes jusques à ce que la nuict nous sépara.

Et après avoir longtemps poursuivi les ennemis, M. de La Valette, ayant laissé sa troupe en arrière, se retira pour aller rejoindre Monsieur qui, le voyant, l'embrassa, le caressa beaucoup, le toucha de son épée et le fit chevalier ainsy qu'à six gentilshommes qui accompagnoient M. de La Valette, parmi lesquels étoit Samazan.

Se trouve au siège de Saint-Jean-d'Angély où le baron de Montesquiou..... (Voyez le texte, page 33.)

(46) Charles IX, alors âgé de dix-neuf ans, accompagné de sa mère, Catherine de Médicis, arriva devant Saint-Jean-d'Angély le 26 octobre. Liberge nous apprend (p. 184) que le roi logea à Landes, Et M. Beauchet-Filleau ajoute (p. 302) que Landes était un château situé à une lieue au nord de Saint-Jean-d'Angély. D'après le *Dictionnaire des communes de France,* de M. Adolphe Joanne (1864), on voit dans la commune de Landes les ruines de ce château.

(47) François d'Aydie, seigneur de Guittinières, fils de Geoffroy d'Aydie, seigneur de Guittinières, et de Cécile de Rodarel. M. de Ruble a été induit en erreur quand il a dit dans une note de sa belle édition de Monluc [tome III, p. 31] que Geoffroy d'Aydie était protestant. Nous avons sous les yeux le contrat de mariage de sa fille Anne avec le baron de Pordéac, Bernard de Vicmont, dans lequel il est spécifié que le mariage « sera célébré en face notre mère la sainte Eglise catholique. » Anne était fille d'honneur de la reine, qui donne son consentement à ce mariage, en considération duquel le roi et la reine d'Espagne font à la mariée un don de 12,000 livres [11 juillet 1565]. Si Geoffroy d'Aydie eût été protestant, il n'eût point mis la clause susdite dans le contrat de sa fille; Catherine de Médicis, et surtout le roi d'Espagne, n'auraient pas accordé leurs faveurs à la fille d'un ennemi. Geoffroy est-il le Guittinières signalé parmi les morts de l'armée de Condé à Jarnac? Son fils François lui succéda, et ne vivait plus le 3 janvier 1584; à cette date, son fils Antoine était sous la tutelle de Clinet d'Aydie, vicomte de Carlus, chevalier de l'ordre. Il est cependant sûr qu'à cette époque il y avait un Guittinières dans le camp protestant; Monluc, La Popelinière, Philippi et bien d'autres le citent. Nous ferons remarquer que la branche de Riberac a porté pendant quelque temps le titre de seigneur de Guittinières, bien que cette terre eût été donnée en apanage à Odet, père de Geoffroi, et frère cadet du vicomte d'Aydie-Riberac.

(48) Nous avons déjà parlé du baron de Montesquiou, notes 21 et 36 des Extraits Montesquiou. Brantome signale, parmi les gentilshommes qui firent en 1566 le voyage de Malte avec Strozzi et Brissac, le baron de Montesquiou, « que j'aymois fort, dit-il, depuis le voyage de Malte, qui au partir de là fut la première fois qu'il vint et se produisit à la cour par le moyen du comte de Brissac, qui le prit en amitié pour estre brave et vaillant gentilhomme, et qui estoit bon homme avec cela; et ledit comte le fit aymer à Monsieur, et luy fit donner cette charge [capitaine des gardes]. »

(49) Adrien d'Aspremont, vicomte d'Orthe, au sujet duquel nous

renvoyons à une prochaine publication de l'un de nous, qui sera formée de lettres inédites du gouverneur de Bayonne, accompagnée d'une Notice biographique et de divers éclaircissements.

(50) Le capitaine Caussens [Jean de Monlezun], auquel M. de Ruble n'a pas consacré la plus petite note, est nommé deux fois par Blaise de Monluc, une fois dans les *Commentaires* (t. I, p. 36), où son désintéressement est vanté; une autre fois dans les *Lettres* (t. v, p. 194), où, à la date du 18 juillet 1569, il est question d'une mission confiée au vaillant Gascon par le duc d'Anjou « pour aller en court devers Leurs Majestez. » Nous reparlerons tout à l'heure de lui.

(51) Voici comment d'Aubigné raconte ce fait [*Histoire universelle*] : « Le lendemain troisiesme décembre, cinq cents hommes de pied et quatre-vints chevaux qui sortoient de la ville furent devalisez et grand nombre tuez dans le faux bourg de Motha, quelque diligence que le duc d'Aumale fist au contraire, en criant et remonstrant qu'une perfidie à la veuë du Roy ne s'effaceroit jamais. » L'histoire a flétri cette sauvage violation d'une chose aussi sacrée qu'un traité de capitulation, mais elle a remarqué (voir notamment J.-A. de Thou, livre XLVI) que le futur maréchal de Biron et le capitaine Caussens unirent leurs plus généreux efforts à ceux du duc d'Aumale pour épargner à l'armée royale la honte qui s'attache au mépris de la sauvegarde donnée.

(52) Charles de Lorraine, né à Joinville le 17 février 1524, archevêque de Reims à l'âge de quatorze ans (1538), avait été revêtu de la pourpre romaine en 1547. Il mourut à Avignon le 26 décembre 1574.

(53) Ne faudrait-il pas lire plutôt « *Sansac?* » Les mémoires de cette époque écrivent tantôt Sansay, tantôt Sansac. Nous ne saurions dire si ces deux noms désignent le même personnage. Nous serions porté à le croire, et notre opinion semble être confirmée par ce passage de l'*Histoire universelle* de d'Aubigné, où il dit qu'avant d'aller en Berry *Sansac* et *Gouhas* allèrent mettre le siège devant Vézelai. La place se défendit si bien qu'ils furent obligés de se retirer après y avoir perdu 1,400 hommes de pied et près de 400 hommes de cheval. Sansac serait Louis Prevost de Sansac. Nous devons dire cependant qu'il y a dans le Poitou une terre de Sansay, dont les seigneurs portaient le nom de comte de Sansay, et qui a appartenu à la maison de Villedon.

(54) Jean de Biran, seigneur de Gohas, mestre de camp d'infanterie, capitaine de 50 hommes d'armes des ordonnances, capitaine

d'une compagnie de lanciers de la garde, vacante par la mort de Coligny, chambellan du duc d'Anjou, chevalier de l'ordre du roi. Il n'avait jamais été blessé et vint mourir à La Rochelle (1573) d'une arquebusade à la jambe, où la gangrène se déclara. Gohas était compagnon et intime ami de Caussens, un de nos plus fameux Gascons, déjà nommé, et dont nous parlons plus bas, qui mourut au siège de La Rochelle. Brantome, après avoir raconté la mort de Caussens, ajoute : « Hélas ! tous deux [Caussens et Gohas] n'eurent pas grand loisir de jouir du butin beau qu'ils avoient fait [à la Saint-Barthélémy], car comme j'ay dit Gouas y mourut, dont certes ce fut un grand dommage, car c'estoit un très bon capitaine et digne pour les gens de pied. Monsieur de Monluc luy avoit mis les armes en la main et le loue fort en son livre. Il fut un des lieutenants de M. de Pienne au voyage d'Italie. Il n'était pas si *piaffant* ni si bravasche comme Cossains son compagnon, mais il estoit aussi mauvais garçon et feu Monsieur de Guise l'estimoit fort. » Gohas avait épousé la fille de Blaise de Pardaillan, seigneur de Lamothe-Gondrin, lieutenant du duc de Guise en Dauphiné, massacré d'une manière si tragique à Valence en Dauphiné, le 29 avril 1562. (*Hist. des guerres du comtat Venaissain*, dans les *Pièces fugitives du marquis d'Aubais*.) Il avait encore deux frères du nom d'Antoine. Le premier, tué au combat de Saint-Valéry, avait épousé Marguerite-Françoise de Monlezun; c'est de lui que sont descendus les Gohas-Biran, seigneurs de Lamothe-Gohas. Le second, Antoine dit *le jeune*, mestre de camp et capitaine de la garde du roi, fut égorgé à Pau, le 24 août 1569, avec les compagnons de Terride, par les ordres de Mongonmery et au mépris de la foi jurée à Orthez.

(55) M. C. Port (*Dictionnaire historique, géographique et biographique de Maine-et-Loire*, t. I, 1874, p. 40), nous apprend que Charles IX, qui avait fait sa première entrée dans Angers le 6 novembre 1565, y revint encore en 1567 et en 1570, et cette dernière fois séjourna les deux mois de janvier et de février, et assista au mariage du duc de Montpensier, dans l'église de Saint-Aubin.

(56) Jeanne d'Albret, née à Pau le 7 janvier 1528, morte à Paris le 9 juin 1572, non empoisonnée à l'aide d'une paire de gants, comme on l'a trop répété, mais frappée d'apoplexie, fit de nombreux et durables séjours à La Rochelle en 1569, 1570 et 1571. On trouvera certainement de curieux détails à ce sujet dans le travail que nous a promis M. le baron de Ruble sur le rôle joué par cette princesse au milieu des troubles du XVIᵉ siècle, travail que le monde savant attend

10

avec impatience et qui sera le digne pendant du remarquable volume intitulé : *Le mariage de Jeanne d'Albret* (Paris, Ad. Labitte, 1877, grand in-8°.)

(57) Gabriel de Lorges, comte de Mongonmery, né vers 1530, mourut sur l'échafaud, à Paris, en place de Grève, le 26 juin 1574, avec la réputation d'avoir été le plus habile de tous les chefs du parti huguenot. D'Antras écrit le nom de l'heureux adversaire de Blaise de Monluc comme on l'écrivait alors généralement et comme on l'écrit encore généralement de nos jours, mais M. de Ruble a établi (*Commentaires,* t. II, p. 324, note 4) que, d'après la signature de l'involontaire meurtrier du roi Henri II, il faut adopter la forme Mongonmery. L'un de nous a constaté (*Trois lettres inédites de Bertrand d'Echaus, évêque de Bayonne,* Auch, 1879, p. 32) que le vicomte d'Echaus, père du prélat, dans une lettre à Jeanne d'Albret du 3 septembre 1570, donnait au nom du terrible capitaine la même orthographe que le capitaine lui-même.

(58) Antoine de Lomagne, baron de Terrides, mourut à Eauze chef-lieu de canton du département du Gers, arrondissement de Condom, à 29 kilomètres de cette ville, à 50 kilomètres d'Auch), vers le milieu d'octobre 1569, deux mois environ après avoir capitulé dans Orthez (13 août). Voir sur le baron de Terrides et sur Mongonmery les *Commentaires* de Blaise de Monluc *(passim),* et l'*Histoire de la Gascogne* de l'abbé Monlezun, où (t. v, p. 325-381) ont été rapprochés des renseignements fournis par Monluc ceux que nous donnent J.-A. de Thou, d'Aubigné, Scipion Du Pleix, Favin, Olhagaray, Poeydavant. Voir encore sur le malheureux capitaine plusieurs des *Sonnets exotériques* de Gérard Marie Imbert, notamment les sonnets LXIV, LXVI, LXVIII, LXX (édition de 1872, p. 49-52).

(59) Terrides, à l'approche de l'armée de Mongonmery, avait levé, le 6 août, le siège de Navarrenx (département des Basses-Pyrénées, à 22 kilomètres d'Orthez), et s'était en toute hâte réfugié à Orthez. Ce fut le 7 août que Terrides fut attaqué dans Orthez par Mongonmery. La ville fut forcée le jour même de l'attaque, et le château, mal approvisionné, ne devait résister que six jours.

(60) Bernard Roger de Cominges, vicomte de Bruniquel, faisait partie de ce groupe de déterminés capitaines protestants qui se rendirent si célèbres sous ce nom : *les vicomtes.* Voir sur le vicomte de Bruniquel et sur ses six compagnons d'armes (Bertrand de Rabasteins, vicomte de Paulin, Antoine de Rabasteins, vicomte de Montclar, Géraud de Lomagne, vicomte de Sérignac, le vicomte de

Caumont, le vicomte de Montaigu, le vicomte de Rapin), les *Commentaires* de B. de Monluc, l'*Histoire de Montauban* déjà citée, l'*Histoire générale de Languedoc* (t. v), etc.

(61) Antoine de Gélas, seigneur de Léberon, en Armagnac, fils de François de Gélas de Léberon et de Anne de Monluc, sœur du maréchal. Voyez les détails de sa vie dans les *Commentaires de Monluc.* Son fils, Lysander de Gélas, marquis de Léberon et d'Ambres, fut aussi un vaillant soldat. Voyez dans l'*Histoire* de Du Pleix (règne d'Henry III, p. 122) comment en 1585, âgé seulement de 23 ans, il défit à lui seul trois gendarmes et trois arquebusiers à cheval commandés par un sieur d'Estignos, et quelle générosité il montra après le combat. Quelque temps après, chevauchant en Périgord avec Jean-Bernard de Gohas de Biran, il tomba dans un groupe d'ennemis conduits par le fameux Piles; les deux Gascons jouèrent si bien de l'épée, qu'au dire de Du Pleix, ils renversèrent la cavalerie sur l'infanterie, tuèrent cinq ou six soldats, en blessèrent plusieurs, entre autres Piles de deux coups d'épée et reprirent leur route à toute bride. Le fils de Lysander, Hector de Gélas de Léberon, marquis d'Ambres, épousa la fille aînée et l'héritière du célèbre Bertrand de Vignoles La Hire. Cette race vaillante des Gélas-Léberon-d'Ambres s'est montrée digne de porter en seconde ligne le nom de Vignoles dont se souvenait sans doute le marquis d'Ambres lorsqu'il passait si bravement le Rhin à Tholus :

> « La Salle, Béringhen, Nogent, d'*Ambres*, Cavois
> Fendent les flots tremblant sous un si noble poids. »

Boileau lui rend cette justice, et c'est le seul Gascon qu'il ait nommé dans ses vers.

(62) Voir, à ce sujet, une lettre de Jean des Cars, comte de la Vauguyon, à Catherine de Médicis, datée du 11 décembre 1569, et publiée dans les *Documents inédits relatifs à l'histoire de l'Agenais,* 1874, in-8°, p. 104-105.

(63) Henri Ier, comte de Damville, puis duc de Montmorency, né le 15 juin 1534 à Chantilly, mourut à Agde, le 2 avril 1614. Fils cadet du connétable Anne de Montmorency, il avait obtenu, en 1563, sur la démission de son père, le gouvernement du Languedoc, qu'il devait garder si longtemps. Maréchal de France en février 1567, il fut nommé connétable en décembre 1593.

(64) François de La Valette, seigneur de Cornusson, allait être nommé, un peu plus tard (1576), sénéchal de Toulouse, charge en

laquelle lui succéda son fils, Jean de La Valette. François fut fait chevalier des ordres du roi le 31 décembre 1583, et mourut le 16 février 1586.

(65) D'Antras se rend coupable ici d'un léger anachronisme, car nous lisons dans l'*Art de vérifier les dates : «* Troisième paix faite le 15 août, à Saint-Germain-en-Laye. Cette paix fut appelée *la paix boiteuse et mal assise parce que...* » (Nous supprimons une explication qui traîne partout.)

(66) Nous avons déjà parlé de Jean-Jacques de Montesquiou, seigneur de Pompignan, frère cadet du baron de Montesquiou. La terre de Pompignan lui venait de sa grand'mère, Jeanne du Faur de Saint-Jorry, dame de Pompignan. Sa tante, anne de Montesquiou, avait épousé, le 8 novembre 1540, Alain de Béarn, seigneur du Saumont en Armagnac. C'était donc chez sa tante, au château du Saumont, que Pompignan se reposa quelques jours en revenant malade du siège de Saint-Jean-d'Angély. Le château du Saumont est dans la commune du même nom, département de Lot-et-Garonne, canton de Nérac, à 11 kil. de cette ville. Voir sur le château du Saumont et sur les anciens possesseurs la savante et curieuse étude publiée par M. Jules de Bourrousse de Laffore sous le titre : *Notice historique sur des monuments féodaux ou religieux du département de Lot-et-Garonne,* dans la *Revue de l'Agenais* de mars et avril 1879, p. 147-150.

(67) Anne de Montesquiou. L'auteur de l'*Histoire des grands officiers de la couronne* et La Chenaye-des-Bois se trompent en donnant au baron de Montesquiou et à son frère de Pompignan deux sœurs du nom de Anne; ils n'en avaient qu'une, veuve après un an de mariage de François de Lupé, deuxième fils de Raymond, seigneur de Lupé, Tieste, etc., en Armagnac. Cette querelle dont parle d'Antras, faite à Anne de Montesquiou par ses parents, est conforme à l'esprit de l'époque. Le droit ancien féodal n'admettait pas la succession féodale dévolue aux filles; cela se comprend, femme ne pouvait tenir ni servir fief. On en verra un exemple dans la généalogie de la maison d'Antras, à la fin de ce volume. Jean d'Antras, n'ayant eu qu'une fille de son union avec Jeanne d'Armagnac, laisse par son testament du 3 janvier 1544 tous les fiefs de la maison d'Antras au fils aîné de son frère cadet, ne réservant que la légitime de sa fille. Mais qu'importait *la coutume* à d'Antras? Son épée fut l'avocat de la dame et gagna la cause.

(68) Anne de Montesquiou épousa Fabien de Monluc, tué

en septembre 1573, à la barricade de Nogaro [aujourd'hui chef-lieu de canton de l'arrondissement de Condom], laissant pour fils unique ce célèbre Adrien de Montesquiou-Monluc, connu sous le nom de comte de *Cramail*, parce qu'il était comte de Caraman par sa femme, Jeanne de Foix. Il ne laissa qu'une fille, mariée au marquis d'Escoubleau de Sourdis, qui vendit la baronnie de Montesquiou au duc de Roquelaure. La fille de Roquelaure épousa Alain-Bretagne de Rohan-Chabot, qui devint par son mariage baron de Montesquiou. Sa succession vendit cette baronnie à Pierre-Paul de Bombarde de Baulieu, riche financier, dont la fille épousa, en 1739, Pierre de Montesquiou-Artagnan. La baronnie de Montesquiou a été possédée jusqu'à la révolution par cette branche de la maison de Montesquiou.

(69) Nous n'avons rien trouvé sur la querelle apaisée qu'eut Fabien de Monluc à la cour, pendant que, comme on lit dans les *Commentaires* (t. III, p. 519), « toute la France jouit de la paix et du repos. » Nous avons pourtant consulté la plupart des recueils qui semblaient pouvoir nous fournir quelque éclaircissement à ce sujet, notamment les Mémoires sur l'*Etat de la France sous Charles IX*, l'Histoire de J.-A. de Thou, celle de d'Aubigné, les Mémoires de Tavannes, de Vieilleville, de Condé, etc., sans omettre les Œuvres de Brantome où (Discours sur les duels) il n'est question que d'une leçon donnée sous le règne de François II, à la cour et à Saint-Germain, par le premier duc de Guise à Blaise de Monluc qui avait eu à se reprocher quelques imprudences de langage, mais que du reste, ajoute le chroniqueur, « M. de Guise aymoit fort, comme il luy monstra despuis en plusieurs endroicts que je dicts en sa vie. »

(70) Notre narrateur commet ici deux anachronismes, un bien gros, car il met en 1571 le drame affreux de la Saint-Barthélemy qui, comme tout le monde le sait, appartient à l'année suivante, et un bien petit, car il donne la date du 24 août au mariage du roi de Navarre et de Marguerite de Valois, mariage qui avait été célébré six jours auparavant, le 18 août.

(71) Monluc n'y était pas non plus, et du cri de joie que d'Antras pousse, en quelque sorte, ici, nous rapprocherons ces lignes des *Commentaires* (t. III, p. 52) : « Tout le monde fut fort estonné d'entendre ce qui estoit advenu à Paris, et les huguenots encores plus, qui ne trouvoient assés de terre pour fuyr... *Je ne leur fis poinct de mal de mon costé...* »

(72) D'Antras est, en ce passage, trahi par sa mémoire : Blaise de Monluc n'était plus, à cette époque, *lieutenant de Roy en Guiene.*

C'est lui-même qui nous l'apprend en ces termes (*Commentaires*, t. III, p. 520, sous la date de 1571) : « Or, quoyque je ne feusse lieutenant de Roy, si est-ce que toute la noblesse et tous les trois états de la Guyenne me pourtoient tousjours beaucoup d'honneur et me visitoient. » Monluc, à la page précédente, faisant à mauvais jeu bonne mine, se réjouit ainsi de son remplacement : « Estant plus ayse d'estre deschargé du gouvernement, que si ce pesant faix me feust demeuré sur les espaules. Monsieur le marquis de Villars, qui en est chargé, s'en acquittera comme ung vieux chevalier et grand cappittaine doibt faire. » Le marquis de Villars prit possession du gouvernement de Guyenne à la fin de l'année 1570. Venant du Quercy où sa présence est attestée par un document du 22 novembre, il fit son entrée dans Bordeaux le 4 janvier 1571 (*Chronique bourdeloise*, continuation par Jean Darnal, 1666, in-4°, p. 80).

(73) Beaumarchais, commune du département du Gers, arrondissement de Mirande, canton de Plaisance, à 48 kilomètres d'Auch. Voir dans le *Bulletin d'Auch* (t. II, seconde partie, p. LI-LIV), divers extraits relatifs à Beaumarchais et aux localités voisines, du manuscrit de l'abbé Duco. M. l'abbé P. Larroque avait déjà reproduit en ces pages quelques-unes des citations que nous donnons nous-mêmes.

(74) Bernard, seigneur et baron d'Arros, fut un des principaux acteurs dans les guerres civiles du Béarn au XVIe siècle, et devrait à ce titre trouver un biographe. Monsieur Soulice, bibliothécaire de la ville de Pau, s'est occupé de lui dans une brochure qui a pour titre : *Documents pour l'histoire du protestantisme en Béarn, Bernard, baron d'Arros, et le comte de Gramont, 1573.* (Pau, 1875, grand in-8°). Voici d'après Du Pleix, d'Aubigné, Olhagaray, Poeydavant, d'Antras, et les archives de Pau, le *sommaire* de sa biographie : 1566, le baron d'Arros est présent avec son père Roger, aux Etats de Béarn qui se tinrent à Pau. — 1568, il arme tout le Béarn, passe des revues et fait couper le pont du Gave à Bérens pour empêcher les ennemis d'entrer dans le Béarn; préside les Etats à Pau, au nom de la reine de Navarre; fait voter une levée de soldats et va assiéger Oloron qui tenait pour les catholiques; use inutilement de trahison pour surprendre la ville, défendue par le vieil Esgarrebaque et son fils, est obligé de se retirer. — 1569, nommé lieutenant général du Béarn par Jeanne d'Albret, il va se jeter avec ses deux fils dans Navarrenx, où Terride l'assiége; délivré par Mongoméry, il l'accompagne dans ses courses, pille les églises, met Tarbes à feu et à sang. — 1571, il dirige les délibérations du synode

général tenu à Pau; rend une ordonnance qui porte : « Avons ordonné et ordonnons que sic anihilat, cassat et banit tout exercice de
la religion romane, etc. » — 1573, il insurge les protestants du Béarn
contre le roi de Navarre qui avait rendu un édit pour le rétablissement de la religion romaine, surprend à Hagetmau Gramont chargé
d'opérer ce rétablissement [Voir à ce sujet dans l'*Histoire universelle* de d'Aubigné (t. ɪɪ, livre II, p. 114-115), le récit de la scène
dramatique qui se passa entre le vieux baron d'Arros « vieil seigneur
qui ayant passé quatre-vints ans, estoit devenu aveugle, et son fils
Bernard]; convoque les Etats à Navarrenx et fait rendre une ordonnance pour procéder à la vente immédiate de biens fonds de l'Eglise,
afin d'éteindre ainsi l'espoir de son rétablissement; fait mettre lui-
même aux enchères les biens de l'évêque de Lescar. — 1874, il s'empare de Lourdes, qu'il met aux pillage; les vallées se soulèvent contre
lui et l'en chassent; conclut un armistice avec les barons de Bénac
et de Castelbajac, députés de Tarbes; viole l'armistice et fait de nouveau saccager Tarbes; craignant le mécontentement du roi de Navarre, se démet de sa charge de lieutenant-général, lève une compagnie, se jette dans la Bigorre, ravage Castelnau-de-Rivière et Plaisance, menace Marciac; repoussé par d'Antras, il s'enfuit avec sa
troupe dans l'Agenais, où il reste. — 1580, étant gouverneur de
Clairac, il veut attaquer du Bouzet-Roquepine dans Tonneins; sa
troupe est taillée en pièce, il reste parmi les morts! Ses deux fils, tués
sans doute à la guerre, ne laissent point postérité; des deux filles
qu'il avait eues encore de Béarnaise de Barzun, l'aînée, Elisabeth,
épouse Pierre de Gontaud, seigneur de Rebenac, qui prend le titre de
baron d'Arros, fanatique huguenot, qui complota une Saint-Barthélemy de catholiques dans le Béarn en 1594; la seconde, Isabelle,
épousa Jean-Paul de Massolin.

(75) Nous avons déjà donné quelques indications sur le siège de
La Rochelle. Ajoutons ici ce passage de l'*Histoire des Rochelais* par
M. L. Delayant (La Rochelle, 1870, grand-in-8°, t. ɪ, p. 257) : « C'est
au 10 de ce mois [décembre 1572] que les auteurs placent l'ouverture
du siège. C'est le 13 qu'eut lieu la première escarmouche à portée
des remparts. » Dans cette escarmouche apparaît tout d'abord le
baron de Biron, grand-maître de l'artillerie, qui allait être devant La
Rochelle ce que fut dans la ville même l'admirable La Noue, c'est-à-
dire un modèle de courage, d'activité, de vigilance et de dévouement.

(76) On lit dans les *Commentaires* (t. ɪɪɪ, p. 525) : « Voilà tout le
monde à La Rochelle; je feuz appellé au festin comme les autres, et

comme je veux que Dieu m'ayde, quand je prins ma résolution de m'y en aller, je fis estat d'y mourir, et que ce seroit là mon tombeau. Ce siège feust grand, long et beau, mais à bien assailly mieux deffendu... » M. de Ruble a cité (*ibid.*, note 1) une lettre de Fabien de Monluc, en date du 26 décembre 1572, où il annonce que son père va se mettre en route pour rejoindre le duc d'Anjou.

(77) Jean de Berrac, seigneur de Cadreils, était archer de la compagnie du roi de Navarre en 1552 (montre du 10 juillet, *Hist. de la Gascogne*, t. VI). Homme d'armes de la compagnie de Lamothe-Gondrin en 1560 (*ibid.*). La même année il fut choisi par Jean de Monluc, chevalier de Malte, pour être son lieutenant. (*Hist. de la maison de Galard*, par M. J. Noulens, t. III, p. 8.) Lieutenant de Fabien de Monluc en 1572. Il assiste en 1596 au mariage d'Agesilas de Narbonne avec Henrie-Renée de Galard, avec le titre de chevalier de l'ordre du roi. (*Ibid.*, p. 119.) Les seigneurs de Cadreils étaient des cadets de la maison de Berrac, seigneur de Berrac, canton de Lectoure, fondue vers 1560 chez les Galard. La branche des Cadreils s'est éteinte en 93. Henri-Marie-Madeleine de Berrac-Cadreils mourut en émigration sans postérité; sa succession fut recueillie par les familles de Labarthe et de Montalembert. Le château de Cadreils est situé près de Berrac, dans la commune de Saint-Martin, canton de Lectoure.

(78) Jehan de Mont figure plusieurs fois dans les *Commentaires*, notamment dans le *Préambule* (t. I, p. 21). Là, Monluc le comprend dans la curieuse énumération des gentilshommes auxquels il a donné des chevaux de prix : « Ung aultre au cappitaine de Mons, mon guydon, qui avoit demeuré prisonnier ung an à Montauban et est pouvre gentilhomme, lequel m'avoit cousté trois cens quarante cinq escus. » Voir encore t. III, p. 295, 432.

(79) Jean de Bezolles, seigneur de Bezolles, Beaumont, Ayguetinte, etc., etc. Monluc raconte qu'il fut blessé au siège de Rabastens, 1570 : « et me feust blessé six gentilshommes pres de moy, dont le seigneur de Bezoles en est ung. » Jean de Bezolles eut de Paule de Narbonne un fils aîné, Bernard, seigneur de Lagraulas, ligueur enragé et fameux capitaine. Du Pleix raconte de lui qu'ayant un jour rencontré le régiment du comte de Panjas, « religionnaire qui roulait entre Condom et Vic-Fezensac, il le chargea brusquement encore qu'il n'eut avec lui que 17 maistre et 12 arquebusiers à cheval... mit pied à terre avec les siens et mesla si furieusement cette infanterie que de plus de six vingt qui firent teste il n'en réchappa qu'un seul

(1589). » Du Pleix cite, parmi les seigneurs gascons ligueurs qui, en 1594, se rangèrent du côté d'Henri IV, Bezolles, Lagraulas son fils, Campagne, Noé, etc., etc.

(80) Bertrand de Montesquiou, seigneur de La Serre, près Marsan. Son père, Jean de Montesquiou, cadet du seigneur de Marsan, avait été apanagé en 1526 « de la maison de La Serre, près Marsan, avec justice moyenne et basse. » [*Généalogie de la maison de Montesquiou*, petit in-4°, 1784.] La branche aînée des seigneurs de Marsan s'éteignit au xvie siècle, dans la maison de Savère, et au siècle suivant toutes les terres de cette branche rentrèrent par une alliance dans la lignée de Bertrand [*Ibid.*]. Le maréchal des logis de la compagnie Fabien de Monluc est l'un des ancêtres directs de M. le duc de Montesquiou-Fezensac, auteur de l'*Histoire de la maison de Montesquiou*.

(81) L'*Histoire de la Gascogne*, de l'abbé Monlezun (t. vi), donne le nom de ces « braves et honestes gens » de la compagnie de Fabien de Monluc; Bezoles n'y figure pas.

Rôle de la compagnie de Fabien de Monluc, seigneur de Montesquiou (26 avril 1572).

Fabien de Monluc, capitaine, en place de Blaise de Monluc, qui a pris son congé ce jour 26 avril 1572.

Jehan de Berrac-Cadreils, lieutenant.

Jehan de Labat, enseigne.

Jehan de Mont, Guidon.

Bertrand de Montesquiou, maréchal des logis, etc.

Suivent les noms des hommes d'armes et des archers.

(82) Antoine de Roquelaure, devenu plus tard maréchal de France, avait été destiné dès sa jeunesse à l'état ecclésiastique, qu'il quitta pour la profession des armes. Ce passage des Mémoires de d'Antras fixe l'époque de ce changement dont le motif fut sans doute la mort de son frère aîné, tué en 1569, au combat de La Roche-Abeille.

(83) M. Delayant (*Histoire des Rochelais*, t. i, p. 259) signale parmi les soixante pièces qui tonnaient contre La Rochelle, une pièce « nommée La Frezaie, pour la terreur qu'inspirait son sifflement, et un canon double appelé Mitaine, qui faisait dire qu'on ne prendrait pas La Rochelle sans mitaine. »

(84) L'historien du siège de La Rochelle, Philippe Cariana (*de Obsidione Ruppellæ commentarius*, édition de 1856, La Rochelle,

in-8°, p. 41), nomme parmi les conseillers préférés du duc d'Anjou :
d'Aumale, Biron, Gonzague, Monluc, Retz et Villequier.

(85) Jean-Paul d'Esparbez de Lussan, capitaine de la première
compagnie des gardes du roi, mestre de camp du régiment de Piémont, gentilhomme ordinaire de la chambre, chevalier des ordres du
roi, sénéchal d'Agenais et Condomois, gouverneur de Blaye, etc., fit
ses premières armes en Italie sous Monluc, qui a vanté sa bravoure
au siège de Sienne en 1554; se distingua au siège du Hâvre-de-Grâce
en 1563. Du Pleix raconte qu'en 1577, étant à Condom, il refusa l'entrée de la ville au roi de Navarre, « en quoi, dit-il (*ainsi qu'il le remarque en ses Mémoires*), il fut vigoureusement assisté par Jean Du-
franc et Robert Imbert, etc. » Lussan, d'après ce passage de Du
Pleix, aurait donc laissé des Mémoires? Que sont-ils devenus? C'est
en vain que l'un de nous l'a demandé dans la *Revue de Gascogne*
(1869, p 282). Etant gouverneur de Blaye, Lussan, qui s'était déclaré pour la Ligue, soutint, en 1592, contre le maréchal de Matignon, les troupes royales et une flotte anglaise, un siège mémorable
où tout l'avantage demeura de son côté. Il mourut fort âgé, en 1616,
et fut enseveli dans le couvent des Minimes de Blaye.

(86) Jean de Monlezun, seigneur de Caussens, près Condom. Il est
impossible d'exposer dans une simple note le rôle considérable que
ce gentilhomme gascon a joué sous le règne de Charles IX; il faudrait de nombreuses pages. L'un de nous les donnera peut-être un
jour, si Dieu lui permet de mener à bonne fin un ouvrage dont il re-
cueille les matériaux et où il se propose de grouper, dans une série
de biographies, tous nos vaillants capitaines gascons, grands et petits. Voici quelques détails : Caussens assista à toutes les batailles et
au premier rang, de 1550 à 1573. En 1553 il était à Metz avec le maréchal de Vieilleville et avait déjà une grande réputation de bravoure.
Le maréchal dit de lui dans ses Mémoires (édition Michaud et Poujoulat, p. 196) : « Il estoit brave et furieux soldat qui avoit combattu
deux fois en duel tousjours vainqueur et sans blessure, fort dispos
de sa personne, bondissant comme un chevreuil, et très adroict aux
armes, qui se faisoit au demeurant redoubter en toute la garnison
par sa valeur. » Malgré cette redoutée valeur, Caussens se laissa
rosser de coups de bâton par un lansquenet, dans une plaisante
aventure, dont on peut lire le récit dans les *Mémoires de Vieilleville*,
à la page plus haut indiquée. Il devint, dans la suite, premier mestre
de camp de ce fameux régiment des gardes, si redouté des protestants.
Après la division du régiment [Gardes françaises, Picardie et Cham-

pagne], il eut le titre de colonel des Gardes françaises. En 1568, il reçut au siège de Blois une arquebusade qui le perça de part en part; tout autre qu'un Gascon en serait mort sur le coup; Caussens fut guéri en quelques jours. « Je l'ay veu fort sujet aux blessures, dit Brantome, aussi les recherchait-il volontiers. Il commandait de bonne façon car il avait le geste bon et la parole de mesme; aussi disait-on : *Piaffe de Cossains.* Il l'avait de vray mais c'estoit en tout qu'il estoit piaffeur, et en gestes et en paroles. » Caussens avait des mœurs d'une austérité puritaine; après la paix du 8 août 1570, son régiment fut occupé des garnisons rapprochées de Paris; en passant la Loire, au Pont-de-Cé, il fit jeter dans la rivière huit cents filles de joie qui suivaient le régiment. (*Brantome.*) Caussens fut un des principaux acteurs de la Saint-Barthélemy. C'est lui qui força la porte de Coligny et poignarda le garde qui la défendait. (*Aubigné.*) A la tête des compagnies des gardes du roi il courut les rues de Paris massacrant les protestants; aussi l'avait-on surnommé le *boucher !* Le souvenir de cette nuit terrible et les remords empoisonnèrent ses derniers jours. Il partit pour le siège de La Rochelle avec de noirs pressentiments, portant sur son âme un ennui et une tristesse dont il ne pouvait se se défendre. Brantome, qui était son ami, lui dit un jour en plaisantant « qu'il y mourrait. » Ah! ne me le dites pas, mon compère, reprit Caussens, car je le scay bien, et maudissait la journée de Saint-Barthélemy. » Il fut tué le 18 avril en faisant une reconnaissance. D'Aubigné prétend que ses domestiques lui racontèrent d'étranges propos à sa mort. Ses terreurs étonnaient tous ceux qui l'avaient vu si brave sur les champs de bataille. Lorsque Charles IX apprit sa mort, il dit publiquement à son dîner : « Cossaïns est mort, mais que diriez vous de luy, qui avait si bien fait en beaucoup de lieux, estant au siège de La Rochelle, il n'y a jamais rien fait qui vaille et n'y a montré plus de cœur qu'une putain. » Voilà ce que c'est, ajoute Brantome, de faire service aux roys, il ne faut qu'un verre cassé pour tout perdre. Caussens était fils de Jean de Monlezun, seigneur de Caussens et coseigneur de La Montjoie, et de Marguerite de Revignan-Ligardes. Il avait épousé, le 8 janvier 1570, Anne de Fages, dite *la Grande,* dame de Fages, de Saint-Cyprien, du Bousquet, du Sendat, dame d'honneur de la reine de Navarre, fille de Messire Jean, seigneur de Fages, et d'Anne de La Mothe. Anne de Fages était veuve de Joachim de Monluc, seigneur de Lioux, frère du maréchal; elle l'avait épousé le 18 mai 1553. Moréri, le Père Anselme, etc., se trompent quand ils disent que Joachim de Monluc mourut sans alliance; il fut marié deux fois et eut de sa première femme un fils qui fut tué en 1558 au siège de Montcalve, en Piémont. Boyvin du Villars, qui raconte sa mort, ajoute (*Edition Michaud et Poujoulat*, p. 305) : « Le sieur de Lioux père, ayant sceu la mort de son fils unique, désire que le capitaine Verdusant, brave gentilhomme, ait sa compagnie, et qu'il plaise à Sa Majesté commander que la femme de son fils, qui luy a tant cousté à avoir ne se puisse remarier qu'à un de ses parents, digne d'elle toutesfois; c'est le moins que la valeur de l'un et de l'autre puisse avoir mérité. » Le jeune Lioux avait épousé en 1556 demoiselle Louise du Bois, dame baronne de Bridoire, près Bergerac. Les vœux du père furent exaucés. La veuve du jeune Lioux se remaria avec messire Bertrand de Pardaillan, seigneur de Lamothe-Gondrin [arch. de M. le comte de Campels, à Puycasquier], fils du fameux Blaise de Pardaillan, si souvent cité par Monluc et dans les Mémoires de Boyvin du Villars, du Bellay, etc., sous le nom de Lamothe-Gondrin. Revenons à Caussens : il n'eut pas d'enfant de son mariage; sa veuve se remaria avec Jacques de La Tour, seigneur de Fleurac, puîné de la maison de Limeuil [*Arch. de la Gironde*, t. II], et mourut elle aussi sans enfants laissant tous ses biens à sa cousine, Anne de Fages, dame du Sendat, épouse de N. de Montlezun, et mère d'Odet de Monlezun, seigneur du Sendat, Fages (1585), guidon de la compagnie du Maréchal de Montmorency [*Arch. de la Gironde*, *ibid*.], mort sans enfant de son union avec Marguerite d'Abzac de La Douze; et une fille, Marguerite, mariée à Jacques de Montesquiou Sainte-Colombe, qui hérita de tous les biens de la maison de Fages et forma la branche des Montesquiou-Fages.

(87) D'après l'*Art de vérifier les dates* (t. VI, 1818, p. 188), La Rochelle, « après avoir soutenu neuf assauts, où les assiégeants perdirent beaucoup de monde, consentit, le 24 juin, à traiter avec le duc d'Anjou. D'après l'*Histoire des Rochelais* de M. Delayant (p. 287, 288), les conditions du traité furent signées le 26 du même mois, et, le 10 juillet, « Biron entra dans la ville avec quatre trompettes et un héraut d'armes, et, après avoir été reçu avec de grands honneurs, publia solennellement un édit du roi qui reproduisait le traité. »

(88) Ce fut le 19 juin qu'arrivèrent au camp du duc d'Anjou, non les ambassadeurs polonais, comme d'Antras le répète après Monluc, comme tant d'autres l'ont répété depuis, mais de simples émissaires venus pour annoncer l'élection. M. Delayant nous apprend (p. 286) qu'ils furent salués par une salve innocente des canons de l'armée, et que, le 21, comme pour leur en donner la fête, le roi de Pologne

ft jouer une dernière mine qui manqua tuer quelques-uns des spec-
tateurs. Voir le bel ouvrage de M. le marquis de Noailles : *Henri de
Valois et la Pologne en 1572* (Paris, 1867, 3 vol. in-8°). On peut
voir encore deux publications de l'un de nous relatives à deux illustres gascons qui furent grandement mêlés à l'affaire de la Pologne,
Jean de Monluc, le frère cadet du maréchal, et Guy du Faur de Pibrac, le magistrat-poète, le diplomate-orateur : *Notes et documents
inédits pour servir à la biographie de Jean de Monluc, évêque de
Valence* (1868, grand in-8°); *Vie de Guy du Faur de Pibrac par*
Guillaume Colletet, *de l'Académie française, avec notes et appen-
dices* (1871, grand in-8°).

(89) Monluc lui donne un nom quelque peu différent, *Ladon* (t. III,
p. 426), mais peut-être a-t-on mal lu, dans le texte des *Commentaires*, la dernière lettre de ce nom, et pris l'*u* pour l'*n*, confusion
si facile à faire dans les manuscrits du xviᵉ siècle. Ce capitaine fut
écharpé le jour de la prise de Rabastens, comme nous l'apprend
Monluc en ces termes : « L'on voulloit sauver le ministre et le cappitaine de là dedans, pour les faire pendre devant mon logis; mais
les soldats les ostarent à ceux qui les tenoient, et les cuydarent tuer
à eulx-mesmes, et les meyrent en mille pièces. »

(90) Antoine de Rivière, vicomte de Labatut, est plusieurs fois
mentionné dans les *Commentaires* et notamment (t. III, p. 422), à
propos du siège de Rabastens où il fut blessé. Il était l'aîné des enfants de Jean de Rivière, vicomte de Labatut, seigneur d'Auriabat,
tué à Tarbes, faisant la revue des troupes, en 1576, et de Philippine
d'Espagne. Antoine était, au 31 mai 1579, sénéchal de Bigorre et
gentilhomme ordinaire de la chambre. Il périt, comme son père,
d'une façon tragique. Voici en quels termes le manuscrit de l'abbé
Duco fait mention de sa mort : « Cette illustre maison de Rivière-
Labatut fut très affligée vers la fin du xviᵉ siècle. L'auteur du manuscrit des troubles arrivés en France de la part des protestants (*Mémoires de Jean d'Antras*) (1) raconte, pénétré de douleur, la mort fatale
des trois vicomtes de Labatut qui se suivirent de près. Le vicomte de
Labatut père fut tué à Tarbes y faisant la revue des troupes qu'il
commandait; Antoine, vicomte de Labatut, son fils aîné, et le seigneur de Saint-Lane s'entretuèrent tous les deux sur la place des
Ardennes sans mettre l'épée à la main. Le sort d'Annet, vicomte de

---

(1) Voyez page 144 le même titre donné encore par Duco aux Mémoires de Jean
d'Antras.

Labatut (frère d'Antoine), fut plus cruel; étant dans un festin de noce, près d'Aignan, à Lasalle, il y fut égorgé par les protestants avec l'é-poux et l'épouse, les seigneurs de Mauhic et de Meymes y furent aussi tués. » C'est par erreur que nous avons dit dans' notre *Aver-tissement* que la tragédie du château de Lassalle était postérieure à l'année 1589. C'est au commencement de février 1588 qu'Annet de Rivière fut tué (v. n. 119). Marthe d'Ossun, sa veuve, fit faire l'in-ventaire des biens délaissés par son mari le 5 mars 1588 [*Glanage Larcher*]. La partie des *Mémoires* de d'Antras où l'abbé Duco a puisé ce récit faisait suite à la page 226 du manuscrit original, où se termine ce qui reste. Antoine de Rivière ne laissait pas d'enfants de son union avec Henriette d'Ossun; la vicomté de Labatut passa avec tous les biens de sa maison à son frère Annet, qui n'eut que trois filles de Marthe d'Ossun, sœur d'Henriette. L'aînée des trois, Hen-riette, dont nous reparlerons plus loin, épousa en deuxième noces Philippe de Barbotan. Leur fils fut substitué au nom et armes de la maison de Rivière-Labatut. Voyez sur cette substitution le travail de l'un de nous, dans la *Revue de Gascogne*, t. xix, p. 576.

(91) La *reprise* de Rabastens serait du mois d'avril 1585, d'après ce passage du manuscrit de l'abbé Duco : « Au mois d'avril, le parti de la Ligue prit les armes; aussitôt la Bigorre se mit sur la défensive. La garnison fut installée à Tarbes sous les ordres du capitaine For-gues (Dominique de Lavedan-Horgues, dit *le capitaine Forgues*, frère cadet de Jean, seigneur de Horgues, près Tarbes), qui en fut élu gouverneur par les Etats. Les Ligueurs n'osèrent l'attaquer; ils se jetèrent dans des places moins deffendues. Castelnau de Chalosse prit le château de Rabastens dont la ville avait été ruinée par le maréchal de Monluc. Il faisait contribuer les lieux voisins; il deman-dait à la ville de Vic 1,200 livres pour son contingent, etc. Ils ne laissèrent pas de payer les 1,200 livres, ne trouvant aucun moyen de s'en empêcher. Le pays même encore donna leur exemple, puisqu'il donna 15,500 livres pour les faire déloger. » Le récit suivant nous paraît emprunté aux Mémoires de d'Antras; Duco ne cite pas la source où il l'a puisé : « La Bigorre fut fatiguée en plusieurs en-droits par ceux de la Ligue. Les compagnies du seigneur de Larboust et autres s'établirent à Bordes. Le seigneur de Bénac, sénéchal du pays, eut beau les menacer d'armer la noblesse et le peuple contre eux, il ne put les déloger. D'un autre côté, le seigneur de La Palu (Pierre de Béon, seigneur de La Palu), à la tête d'un régiment de ligueurs, après avoir vexé les Béarnais, vint se rafraîchir en Bigorre.

Les Béarnais le poursuivirent, l'assiégèrent et le forcèrent dans son quartier de Rivière-Basse et emportèrent d'assaut la tour de Saint-Aunis (*près Marciac !*). »

(92) Monluc, avant de se rendre à Agen, s'arrêta quelque temps au château de Cassaigne, résidence d'été des évêques de Condom (à six kilomètres de cette ville) : « Ma femme, » dit-il (t. III, p. 452), « me vint prendre à Marsiac, et m'en appourtarent dans sa lictière, jusques à Cassaigne, maison de l'evesque de Condom, près de Condom, là où la colicque, pour me rafreschir, me tint trois sepmaines, sans me laisser trois jours et me cuyda empourter. » Monluc, du château de Cassaigne, fut transporté dans son château d'Estillac, près d'Agen, où il devait passer deux années « affligé de maladies » et de sa « grande blessure, » et « le plus souvent dans le lict. » Brantome dit au sujet de la blessure de Monluc : « Je luy ay ouï dire, que s'il n'eust eu cette blessure qui estoit fort grande, il eut pensé estre invincible jusques à cent ans. » Il ajoute qu'au siège de La Rochelle un soldat gascon qui se trouvait dans la ville vint un jour sur les remparts et demanda « s'il n'y avoit point là quelqu'un de son païs à qui il pust parler. » Le duc de Guise ayant envoyé le capitaine Bernet, gentil soldat parmi nos bandes, » [un Castelbajac]. Le Gascon « lui demande quels seigneurs et princes il y avoit là et si Monsieur de Monluc y estoit ? L'autre luy respondit qu'ouy. Soudain il répliqua et lou naz de Rabastain comment va ? L'autre luy respondit que bien et qu'il estoit encore assez gaillard pour faire la guerre à tous les huguenots, comme il avoit fait. Ah ! dit l'autre tousjours en son gascon, nous ne le craignons guères plus en son toure de naz, car le bonhomme en portoit tousjours un comme une damoiselle, quand il estoit aux champs, de peur du froid et du vent, qu'il ne l'endommageast d'avantage. » [Brantome, vie de Monluc.]

(93) Lysier (alias Léger), châtelain pour le roi de la baronnie de Barbazan-dessus, près Tarbes, était un soldat de fortune, huguenot enragé, fils d'un charcutier de Montauban. Il s'était introduit par trahison dans Saint-Sever de Rustan et avait livré l'abbaye au pillage, après avoir massacré tous les religieux. Secondé par le baron de Bourbon-Bazian, il entra quelques jours après de vive force dans Tarbes, faisant main basse sur tout ce qu'il rencontrait. Les chanoines se retirèrent dans la cathédrale où Lysier vint les assiéger. L'un d'eux, nommé Galaubio, lui lança une poutre au moment où il gravissait l'escalier d'une tour et le blessa. Les chanoines capitulèrent et payèrent une forte rançon. Le comte de Gramont leva des troupes

pour venger les habitants de Tarbes. Lysier se fortifia et mit à contribution tous les villages voisins. Celui de Trébons, sur les instigations de Baudéan, gouverneur de Bagnères, refusa de payer impôt et prit les armes. Lysier furieux, partit pour Bagnères avec l'intention de se venger de Baudéan. Apprenant que le gouverneur était sorti de la ville pour aller à la rencontre d'un de ses amis, il s'approcha de lui, déguisé en paysan, le tua d'un coup de pistolet, et courut se jeter dans Trébons où il fit pendre le premier consul et assommer tous les habitants qu'on put saisir. Les seigneurs de Mun et de Lubret vengèrent la mort de Baudéan. Ils excitèrent les habitants de Boulin, près Tarbes, à refuser l'impôt, et espérant que Lysier viendrait les armes à la main demander raison de ce refus, ils se postèrent avec quelques amis dans un taillis près duquel le capitaine devait nécessairement passer. Lysier vint en effet. Aussitôt qu'il parut, Mun, Lubret et leurs amis lui tombent dessus, la mêlée s'engage, Lysier se défend d'abord, mais voyant les siens prendre la fuite et de nouvelles troupes accourir sur lui de Séméac, il tourne bride et s'enfuit vers Dours. Son cheval tombe dans un bourbier et lui-même, désarçonné, est arrêté par Mun et Lubret qui le suivaient de près. Lyzier demande grâce de la vie. *Souviens-toi de Baudéan,* lui crient les deux gentilshommes et ils le percent de coups. Les habitants de Trébons, qui arrivaient en ce moment, lui coupèrent les oreilles, en firent un trophée, puis tuèrent son cheval et le jetèrent avec son maître dans un trou creusé à la hâte. (Manuscrit de l'abbé Duco. *Essais historiques sur le Bigorre,* t. II, p. 203. Man. de l'abbaye de Saint-Sever. *Hist. de Gascogne,* t. v.)

(94) Antoine d'Aure, comte de Gramont, d'abord protestant, puis (à partir de 1572) catholique, lieutenant-général au royaume de Navarre et Béarn, mourut en 1576. Monluc parle souvent de ce capitaine, notamment au sujet du siège de Rabastens.

(95) Le manuscrit Duco parle ainsi du siège de Tarbes et de la part qu'y prit d'Antras : « M. de Gramont appela à son secours le valeureux Cornac (1), gouverneur de Marciac, qui s'était fait remarquer pendant les guerres civiles dans plusieurs sièges et dans les batailles de Jarnac et de Moncontour. Il avait mérité l'estime du maréchal de Monluc, des seigneurs La Valette, du marquis de Villars et des autres fameux guerriers de ce temps-là. Comme les mémoires

(1) *Duco met en note :* Manuscrit du seigneur de Cornac touchant les troubles arrivés en France sous les roys Charles IX, Henry III, Henry IV. Il raconte ceux dont il fut témoin.

qu'il a laissés en font foi, il se rendit devant Tarbes avec plusieurs de ses amis et quatre pièces de canon de la ville de Marciac. M. de Gramont pressa le siège avec grande activité. Le 7 mai [1574] on gagna l'église et le couvent des Carmes; la nuit suivante on emporta par escalade le Bourg-Neuf. Le 8, on prit le ravelin de la porte du Bourg-Vieux, du côté de Maubourguet, et l'on abattit le pont avec les pièces de canon de campagne que le seigneur de Cornac avait amenées de Marciac. Il fut blessé à la jambe dans cette attaque avec le capitaine Pépieux (Pierre du Garrané, seigneur de Pépieux, près Castelnau-Barbarens (Gers). La blessure de celui-ci fut plus dangereuse, et Cornac se retira incontinent avec sa batterie. Le 9, M. de Gramont en fit dresser une par le capitaine Jégun et par Jean et Bernard Adonnets, canonniers de Campan, à la porte des repenties du côté du Bourg-Neuf. Une lettre que Jean de Cardeillac (seigneur d'Ozon) écrivit à son cousin de Campeils (Guillaume de Boussost, seigneur de Campels et de Mazères, marié le 23 novembre 1574 avec Isabeau de Laroche, nous apprend bien des particularités de ce siège. Elle est conçue en ces termes : « Dernièrement j'étais pret à monter à » cheval quand les huguenots se saisirent de Tarbes et les trouvoit qui » faisoient ordinaire (*sic*) jusques aux portes de ma maison et m'ont » contraint dy faire résidence avec une troupe de mes soldats..... Je » crois avez entendu comme Lysier a été défait et lui avons donné » un stratagème avec cent de ses complices, sur quoi le seigneur de » Gramont est arrivé et sommes allés assiéger le reste qui sont reso- » lus de tenir bon dans Tarbes, attendant du secours du baron d'Ar- » ros qui fait ce qu'il peut pour leur en donner, mais ne s'ose pré- » senter. Nous sapames devant-hier le Bourg-neuf d'escalade et ceux » qui échappèrent se retirèrent au Bourg-Vieux, et fimes tomber le » pont et nos gens se logèrent au soir contre ledit ravelin. Aujour- » d'hui on devoit battre l'autre porte pour les assaillir de tous cotés. » Je arrivai au soir du camp et m'en retourne à l'heure présente. Le » capitaine Pépieux y a été blessé; l'on ne sait encore s'il y aura » danger, je prie Dieu pour lui comme aussi fait Monsieur mon cou- » sin vous tenir en sa sainte garde, me recommandant tres humble- » ment en vos bonnes graces. De Ozon chez vous ce 9 mai 1574. » Votre tres humble, etc., Jean de Cardaillac. *A mon cousin M. de* » *Campels à Mazères en Astarac.* » Le siège étant dans cet état et les assiégés sans espérance d'être secourus par le baron d'Arros abandonnèrent la place pendant la nuit du 9 mai. M. de Gramont entra le lendemain dans le Bourg-Vieux et y mit en garnison les compagnies des capitaines V.s. (*sic*) et Tilhouse réduites à 140 soldats sans comprendre les officiers. »

(96) Barthélemy de Mun, seigneur de Mun, guidon de la compagnie de Raymond de Cardaillac-Sarlabous, fit avec son capitaine les guerres de Gascogne. Il était en 1576 au siège de Mirande.

(97) Arnaud de Chelles, seigneur de Lubret, fils de Pierre de Chelles et de Anne de Castelbajac, dame de Lubret. La terre de Lubret (canton de Trie (Hautes-Pyrénées) était depuis le xiiie siècle dans la maison de Castelbajac. Odet de Castelbajac, seigneur de Lubret, fit bâtir en 1470 l'église de Lubret. Il n'eut que deux filles dont l'aînée, Anne, porta la terre de Lubret dans la maison de Chelles, qui la possédait encore en 1662. Arnaud avait épousé Marguerite de Navailles. [*Arch. de Pau, 1556-1562, E 1626*.]

(98) Antoine de Baudéan, seigneur et baron de Baudéan, fils d'Arnaud, baron de Baudéan, et d'Andrive de Rivière-Labatut, gouverneur de Bagnères. Baudéan fut tué par le capitaine Lisier dans les circonstances relatées plus haut. Il était sorti de Bagnères, accompagné de deux bourgeois qui n'avaient comme lui que leur épée, allant au-devant de Saint-Martin qu'il attendait à dîner. Il prit Lysier pour son convive et fut à sa rencontre; mais il reconnut bientôt sa méprise, et comme il s'arrêtait, Lysier lui cria : Baudéan, rends-toi! Le brave gouverneur répondit en mettant l'épée à la main. Ses deux compagnons prirent lâchement la fuite le laissant aux prises avec un adversaire mieux armé. Néanmoins la lutte fut longue. Lysier voulait faire Baudéan prisonnier, mais à la fin, ne pouvant le déterminer à se rendre, il l'étendit mort à ses pieds d'un coup de pistolet. En le voyant tomber, il prévit les ressentiments qu'il avait amassés sur sa tête : Malheureux! s'écria-t-il, je viens de me tuer moi-même! Il disait vrai. Ces détails, extraits des auteurs cités à la note sur Lysier, diffèrent de ceux que donne l'*Information faite en 1575 par le sénéchal de Tarbes*. Il y est dit que le château de Cachou [*sic*. Caixon], appartenant à l'évêque de Tarbes, fut investi et saccagé par Lysier, et que Baudéan n'ayant point voulu le livrer, ainsi qu'on l'en sommait, expia son refus par la mort, 1573. [Poeydavant, t. ii, 86.] Baudéan fut remplacé au gouvernement de Bagnères par Jean de Cardaillac, seigneur d'Ozon.

(99) Henriette d'Ossun, fille du vaillant Pierre, seigneur d'Ossun, et de Jeanne de Roquefeuille, épousa en premières noces Antoine de Rivière, vicomte de Labatut, et en deuxièmes Roger de Montesquiou,

vicomte de Sadirac, avant 1591, date du testament dudit Roger de Montesquiou.

(100) Pierre, baron d'Ossun, seigneur de Seysses, Saint-Luc, Miramont, etc., etc., gentilhomme ordinaire de la chambre, chevalier de l'ordre du roi, épousa, en 1574, Françoise d'Espagne, deuxième fille de Jacques-Mathieu d'Espagne, baron de Seysses-Tolosanne et Panassac, seigneur de Loubersan, Mongardin, Bezues, etc., etc., et de Catherine de Narbonne. La sœur aînée de Françoise, Jeanne-Germaine, se maria quatre ans plus tard (21 juin 1578) avec messire Henri de Noailles d'Ayen.

(101) Ce nom propre est mal écrit dans le manuscrit original des *Mémoires.* On peut lire *Barbachyn* et *Bardachyn.* Barbachyn serait Claude de Bazillac, dame de Barbachyn [village du canton de Rabastens (Hautes-Pyrénées]), mariée à Jean de Montesquiou-Artagnan. Il y avait aussi une famille du nom de Bardachyn, dont l'existence nous est révélée par l'inventaire des titres de la maison du Haget de Vernon. Jean du Haget, seigneur du Haget, en Magnoac, avait épousé en deuxièmes noces demoiselle Marguerite de Bardachin, laquelle était veuve de lui en 1578. Son fils aîné Jérôme, seigneur du Haget, est dit, en 1573, héritier de messire Philippe de Bardachin, seigneur de Saint-Jean.

(102) Ce « chasteau de la comté de Foix, » assiégé et rasé par La Valette, était le bourg de Camarade (canton du Mas-d'Azil (Ariège). Olhagaray (t. II, p. 642) rappelle, sous l'année 1574, le siège de Camarade, dans ce passage où il dit que les habitants de Bordes, ayant chassé les prêtres et juré tous de mourir pour la religion, furent « menacés d'être assiégés par La Valette qui battait furieusement Camarade; à quoy la venue du sieur Lèvega appelé en la place de Montagut fut fort utile. Néantmoins ce lieu ayant été rasé, les habitants furent préservés et se sauvèrent au Mas. » Les « bandoliers » qui s'étaient joints aux « gens voleurs » du château de Camarade étaient des huguenots de Bordes. Le *Dictionnaire de Trévoux* dit au mot *bandouliers :* « sorte de vagabonds. Voleurs de campagne, qui volent en troupe ou avec armes à feu. *Latrones, granatores.* Les montagnes des Pyrénées sont pleines de *bandouliers*, et ce sont les voleurs de ce lieu-là qui ont donné le nom à tous les autres. Ils sont nommés ainsi de ce qu'ils vont en bande, comme qui dirait : *ban* de voleurs, *bande* de voleurs. »

(103) Pierre de Béon, seigneur du Massés, dans le canton de Masseube (Gers), était fils de Méric de Béon, seigneur du Massés, capi-

taine de cinquante hommes d'armes des ordonnances, et chevalier de l'ordre, brave capitaine souvent cité par Monluc et Brantome, mort en 1569. [Voyez *Commentaires*, édition de Ruble, t. v, p. 185.] Pierre, aussi chevalier de l'ordre, était à Marciac avec d'Antras au mois de mars 1577. [Voyez à l'*Appendice I* la lettre écrite par Cornusson à d'Antras.] On lira plus loin le récit de sa mort à l'attaque du château de Saint-Julien, page 68. Il eut, de Marguerite de Faudoas-Sérillac, Jean-Pierre de Béon, seigneur du Massés, qui a continué les seigneurs du Massés, Rouède, Mont-d'Astarac, éteints à la fin du xviie siècle, dans la maison de Timbrune-Valence.

(104) Bernard de Béon-Massés, seigneur d'Esclassan, frère du précédent, un de nos plus illustres gascons. Courcelles, dans son *Dictionnaire historique et biographique des généraux français* [t. ii, p. 123], lui consacre les lignes suivantes : « Bernard de Béon du Massés, maréchal de camp (lisez *mestre* de camp) servait dans les bandes de Picardie, lorsqu'au rétablissement des gardes françaises, le 1er octobre 1574, il y obtint la place de lieutenant-colonel. Il se trouva en cette qualité à la bataille de Dormans, en 1575; au siège de Brouages en 1577, et au siège de La Fère en 1580. Ayant obtenu, le 1er mai 1584, le gouvernement de Carmagnole, il se démit de la lieutenance colonele du régiment des gardes. Créé maréchal de camp le 16 novembre 1585, il fut employé dans l'armée du Dauphiné, commandée par le marquis de Valette, et servit au siège de Chorges. Il obtint l'agrément de lever une compagnie de cinquante hommes d'armes des ordonnances du roi, et on lui donna la lieutenance générale des gouvernements de Saintonge, Angoumois, Aunis et La Rochelle au mois de mars 1589. S'étant démis du gouvernement de Carmagnole, il fut nommé conseiller d'État en 1597 et chevalier des ordres du roi en 1604. Il commanda en Saintonge et en Aunis jusqu'à sa mort, qui eut lieu en 1608. » Il avait épousé en premières noces, le 1er janvier 1572, Gabrielle de Marrast, dame d'Esclassan, près Masseube (Gers), veuve de Jean de Saint-Lary-Bellegarde dit le capitaine Montastruc, et fille de Jean de Marrast, seigneur d'Esclassan, et de Jeanne de Devèze. Il épousa en deuxièmes noces Louise de Luxembourg-Brienne.

(105) Jacques de Béon, vicomte de Sère, fils de Bernard de Béon, seigneur de Ricau, et de Miramonde de Montaut, avait hérité de la vicomté de Sère à la mort sans enfant mâle de son oncle, Sébastien de Béon, vicomte de Sère. Il avait épousé, par contrat du 24 juillet 1569, Philiberte de Béon du Massés, sœur de Massés et d'Esclassan,

et se remaria avec Catherine de Faudoas, veuve de messire Carbon de Marrast, seigneur de Mont-de-Marrast, capitaine aux gardes.

(106) Carbon de Marrast, seigneur de Mont-de-Marrast (canton de Miélan (Gers), capitaine aux gardes, fils de messire Carbon de Marrast, seigneur de Mont-de-Marrast et gouverneur du comté de Pardiac, mort avant 1546. Carbon est aussi qualifié de gouverneur du Pardiac, dans une transaction du 17 octobre 1546 avec les habitants de Mont-de-Marrast, au sujet des droits féodaux. (Etude de M. Magné, notaire à Mirande.) Mont-de-Marrast accompagnait Henry de Navarre lorsqu'il s'évada de la cour, le 1er février 1576. [Voyez du Pleix, Aubigné, etc.] On lira plus loin le récit de sa mort au siège de Sainte-Bazeilhe, en 1580 (p. 72). Sa veuve, Catherine de Faudoas, se remaria avec Jacques de Béon, vicomte de Sère, dont nous venons de parler, et sa fille Anne, épousa François de Béon, fils aîné de Jacques, vicomte de Sère, et de Philiberte de Béon-Massés, sa première femme. D'après le *Glanage Larcher,* la maison de Marrast porte : *d'or à deux loups de gueules, passant l'un sur l'autre.*

(107) Jacques de Labarthe-Giscaro, seigneur de Valentine, dit le *capitaine Giscaro,* le second des *trente-deux* enfants de Paul de Labarthe, seigneur de Giscaro, et de Marie de Béon d'Armentieu de La Palu, auteur de la branche dite de Giscaro-Valentine. Il s'était emparé de la ville d'Auch, où le roi de Navarre tenait garnison. La lettre sévère que lui écrivit Henry, à cette occasion, n'est pas dans le recueil de M. Berger de Xivrey :

« Capitaine Giscaro, l'on m'a dit que pour vous excuser de vous estre mitz dans ma ville d'Aux vous alleguez que c'est par commission expresse du roy monseigneur, ce qu'estant icy Monsieur de Montpensier mon oncle, je lui ay demandé s'il en eust esté despéché aulcune par Sa Magesté en mon gouvernement, qui m'a assceuré que non. Toutesfois que s'il en eust esté austrement je m'esbahis bien premierement que telle charge vous ayt esté adressée, segondement que vous ne me l'ayés incontinent envoyée montrer et avant qu'entreprendre d'entrer avec forces dans ma dite ville et estre le premier voir le seul qui ayt commencé la guerre en mon dit gouvernement, et me semble bien que vous vous debvies contenter que vous ne faisies guere que de sortir de mon chateau de Nérac, vous y estant tellement comporter que chascun scait sans ajouter à cela vostre dernière main et ne chercher autre sujet de faire la guerre qu'a mes terres et à moy qui suis d'assez bonne mayson et n'ay que trop de moyens pour m'en revancher si vous ne reparés votre faulte et vous retirés promptement hors de ma dite ville, comme je veulx croire que vous fayrés. Priant Dieu sur ce capitaine Giscaro vous tenir en sa garde. — Escrit d'Agen le XI fevrier 1577. — Le bien votre, Henry. [*Original aux archives de M. le comte de Labarthe-Giscaro. Nobil. de Guy. et Gasco.*, t. I, p. 247.] Six jours après, le roi de Navarre lui commanda de nouveau de sortir de la ville. Cette seconde lettre est imprimée dans le recueil de M. B. de Xivrey; nous en détachons ce passage : « Si est-ce qu'il m'a semblé vous debvoir escrire ceste cy pour vous prier et exhorter, où vous l'auriés entreprins, vous en despartir, puisque vous n'avés rien à commander sur ce qui m'appartient, comme faict la dicte ville. Aultrement, où vous vous oublieriés de tant que de l'entreprendre, vous pouvés penser que je ne suis pas pour le souffrir sans en avoir ma revanche en quelque temps que ce soit. » [17 février 1577.] Sur l'occupation de la ville d'Auch par Giscaro, voyez *Histoire de la ville d'Auch,* par M. Prosper Lafforgue, t. I, p. 207.

(108) Probablement Antoine de Mont, écuyer, *habitant de Lupiac,* fils de Jean de Mont, écuyer. Il mourut à Beaumarchez, en 1581, laissant de sa femme Jeanne de Navarre, un fils, Charles, mort jeune. Jean de Mont, écuyer, sieur du Castéra, frère d'Antoine, recueillit sa succession. *Enquête faite contre Jean de Mont, sieur du Castéra, habitant de Beaumarchés, 1606,* dans laquelle il est dit qu'Antoine était mort depuis vingt-cinq ans, et Jean, son père, depuis cinquante. (Archives du château de Coutens, près Marciac.)

(109) Jean-Alexandre de Lasseran, seigneur de Mansencôme, Moncla, etc., avait épousé en 1563 Raymonde de Martres, et habitait le château de Moncla, à six kilomètres de Mirande. (Voyez dans la *Revue de Gascogne,* t. XV, p. 145, une intéressante notice sur le château de Moncla et ses seigneurs, par M. Paul La Plagne-Barris.) Les seigneurs de Mansencôme et de Moncla étaient, depuis la fin du XVe siècle, des Baylens-Poyanne, cadets de la grande maison de Baylens, seigneur de Poyanne, dans les Lannes, près Saint-Sever-Adour, substitués aux vieux Lasseran, issus de la maison de Montesquiou. Jean de Lasseran, seigneur de Mansencôme, marié en 1415 avec Catherine d'Astarac, *dame de Moncla,* nièce du comte d'Astarac, n'avait eu qu'une fille, Isabeau de Lasseran, qui épousa Charles-Aymeri de Baylens de Poyanne, seigneur de Nousse et Gamardé, dans les Lannes, chambellan des rois Charles VIII et Louis XII. Il fut stipulé dans le contrat que leurs enfants porteraient les noms et

armes de la maison de Lasseran. Charles de Poyanne et Isabeau de Lasseran eurent pour enfants : François de Lasseran-Poyanne, seigneur de Nousse et Gamarde, marié en 1513 avec Agnès de Verduzan de Miran, qui fit son testament en 1527 en faveur de son frère, autre François de Lasseran de Poyanne, seigneur de Mansencôme et Moncla. C'est de ce dernier que descendait le seigneur de Mansencôme, dont il est ici question, et les barons de Lagarde, en Astarac, plus tard *marquis de Lagarde et de Monluc,* après l'extinction de la descendance mâle du maréchal. (Voyez note 17 des *Extraits Montesquiou.*)

(110) Jean de Montlezun, seigneur de Baratnau et Montastruc (près Fleurance (Gers), sénéchal d'Armagnac. Il devait apporter d'autant plus d'ardeur au siège de Mirande, que le roi de Navarre venait de le chasser de Lectoure, 1576; il avait osé appeler canaille ceux de la religion et proférer des menaces de mort contre ledit roi en bonne compagnie. (Bibliothèque de Toulouse, manuscrit C 10 cité par M. Ch. Pradel, dans son édition des *Mémoires de Jacques Gacher,* Paris 1879.) Baratnau était un vieux et brave capitaine, ses états de service en font foi. En 1562, il reçut commission pour lever en Armagnac une compagnie de cinq cents hommes de pied, et fut tenir garnison à Auch (Registres consulaires). Il était, la même année, au siège de Lectoure avec sa compagnie (Monluc). Nous le retrouvons à Castres, au 22 mars 1565, capitaine d'une compagnie de deux cents fantassins. (*Journal de Faurin sur les guerres de Castres,* dans les *Pièces fugitives,* etc., du marquis d'Aubais.) Gacher raconte (p. 64, sous l'année 1567) que le capitaine Baratnau se jeta dans l'abbaye de Saint-Pierre, à Montpellier, avec sa compagnie et bon nombre de catholiques, y fut assiégé par les protestants, soutint un siège de quarante-huit jours, et « fut contraint, après avoir souffert la faim, mangé chevaux, mulets, chiens et cavé huit pans en terre pour attraper un rat de se rendre à M. Dassier, a composition honorable laquelle luy fut gardée et la ville demeura à ceux de la religion; 18 novembre. » Jean de M., seigneur de Baratnau et Montastruc, est qualifié chevalier de l'ordre du roi, le 23 octobre 1572, dans un acte où Alexandre de Preissac, baron d'Esclignac, et Bertrand d'Astugue, seigneur de Corné, procureurs fondés de Michel d'Astarac, baron de Marestang, se rendent cautions de la restitution de la somme de 7,500 livres, pour le cas où ledit Baratnau n'obtiendrait pas du roi de Navarre l'office de sénéchal du comté d'Armagnac, avec les capitaineries des châteaux de Lectoure et de Lavit de Lomagne et tout ce

qui en dépendait; office dont ledit baron de Marestang avait fait la résignation entre les mains du roi de Navarre en faveur dudit Baratnau. (Archives nationales, cabinet des titres.) Les archives du château de La Tour (à M. le comte de Lary) renferment, sous la date de 1573, une requête adressée par Monluc au duc d'Anjou pour demander la punition de Baratnau qui avait enlevé la dame veuve de La Tour (Françoise de Bezolles veuve de Bernard de Lary, seigneur de La Tour) et massacré tous ses serviteurs. Il est dit dans la requête que le sieur de La Tour ayant été tué au siège de La Rochelle, Baratnau, sous prétexte d'aller porter ses consolations à sa veuve, se rendit au château de La Tour avec plusieurs de ses valets, enleva la veuve, etc. Brantome (*Vie du prince de Condé*) signale parmi les « belles choses » qui se firent au siège de La Rochelle, une escalade que l'on donna « le plein jour, le matin à six heures en esté, » où La Tour se distingua. « Monsieur fist la première pointe, qui la fit tres bien, et la fit beau voir à tous leurs beaux mandils neufs de velours jaune, avec du passement d'argent et noir. Entr'autres premiers fut un La Flesche d'Anjou, un La Cassagne (Jean de Vezin) et un La Tour, Gascons, qui ne venoient que de frais du siege de Monts, d'avec Monsieur de La Noüe, tres braves et renommez soldats. » Les échelles sont placées, les soldats, La Cassagne et La Tour en tête montent et vont entrer dans la ville. Lorsque « l'ennemy s'esveille, s'assure, prend les armes, commence à tirer à ceux des nostres qui estoient montez, qui prirent l'espouvante de telle façon que nous les vismes tomber avec si grande confusion et peur sur nous, qui estions prests à monter, et à deux eschellons, qu'ils nous renversèrent par terre et cuidames estre crevez et mesmes les corcelets. » Bien que Brantome ne dise pas que La Tour fut tué dans cette affaire, il y a tout lieu de croire que le brave gentilhomme n'en revint pas; remarquez que l'escalade eut lieu en « plein esté » et que la requête des gentilshommes contre Baratnau est du mois de juin. Nous en dirons de même de La Cassagne, dont on ne retrouve plus le nom dans les *Commentaires* à partir de cette date. Les deux Gascons qui étaient montés les premiers sur la muraille, durent être aussi les premiers frappés. Quoi qu'il en soit, Baratnau enleva la veuve de La Tour et l'épousa. Mais là ne se bornèrent pas ses méfaits; quelques années après, il tua, dans les rues de Fleurance, le fils aîné de sa femme, Bernard de Lary de La Tour, et s'enfuit en Espagne pour éviter la justice du roi. Une lettre d'Henry IV au marquis de La Force, lieutenant en Béarn, nous apprend qu'il fut arrêté à Pampelune : « J'ay esté bien aise d'apprendre par la vostre que le sieur Montastruc-Baratnau ait esté arrester prisonnier par la chancellerie de Pampelune, pour le meurtre qu'il avait cidevant commis en la personne de son neveu, le sieur de La Tour, mais je ne crois pas pour cela qu'ils en fassent justice et comme vous me mandez tiendront cette affaire en longueur, pour par la pratiquer quelques uns au préjudice de mon service..... Paris, 26 juillet 1609. » (*Mém.* de La Force, t. ɪɪ, p. 239.) Le recueil des lettres d'Henry IV, de M. Berger de Xivrey, renferme une lettre adressée le 24 novembre 1576 à « M. de Barannau, chevalier de l'ordre du roy, mon seigneur, mon conseiller au seneschal de mon comté d'Armagnac. » Au 15 mai 1586, Baratnau, capitaine de cinquante hommes d'armes des ordonnances, passe la revue de sa compagnie à Auch. (Voyez Monlezun, *Hist. de Gascogne,* t. ᴠɪ, p. 194.) Il vivait encore le 7 septembre 1612. A cette date, il transige avec Frédéric de Lastours, seigneur d'Andoufielle, au sujet d'une somme de 5,000 livres due par lui; il est qualifié dans l'acte de transaction : « Messire Jean de Molezun, sieur et baron de Barannau, chevalier de l'ordre du roy, cappitaine de cinquante hommes d'armes de ses ordonnances, et cydevant seneschal d'Armagnac... » Baratnau eut de Françoise de Bezolles : 1º François, qui de Jeanne de Malvin eut Geoffroy, seigneur de Baratnau; 2º Jean; 3º Diane, mariée par contrat du 6 décembre 1593 à Odet de Monlezun, baron de Campagne et Projan.

(111) Philippe de La Roche, seigneur et baron de Fontenilles, gentilhomme de la chambre, chevalier de l'ordre, capitaine de cinquante hommes d'armes des ordonnances, très connu par les *Commentaires* de Monluc. Il avait épousé en 1567 Françoise de Monluc, fille du maréchal, et se remaria avec la célèbre Paule de Viguier dite la *belle Paule,* dont la merveilleuse beauté arracha au connétable de Montmorency cette enthousiaste exclamation : « La baronne de Fontenilles est une des merveilles de l'univers, c'est l'honneur de Toulouse et de son siècle. »

(112) François de Cassagnet-Tilladet, seigneur de Saint-Orens, chevalier de l'ordre, capitaine de cinquante hommes d'armes, sénéchal du Bazadais, très souvent cité dans les *Commentaires* de Monluc, ainsi que son frère aîné, Antoine, seigneur de Tilladet. Il testa le 13 avril 1588 et fut inhumé dans la cathédrale de Condom. Il avait épousé Jeanne de Monlezun, dame de Larroque-Fimarcon, dont il n'eut que deux filles. L'aînée, Françoise, dame de Larroque, fut mariée à un capitaine gascon de grand renom, Jacques du Lau, fils de Carbon, seigneur de Lau. (Voyez note 144.)

(113) Nous n'avons pu retrouver le nom de ce brave gouverneur
de Mirande. Nous savons seulement qu'il était de la maison de
St-Criq, seigneur d'Arance, en Béarn. Du Pleix (*Hist. de Henry III*,
p. 58), parle de lui en ces termes : « St-Criq gentilhomme catholique
mais serviteur affidé du Navarrais, tenant Myrande pour luy, y fut
forcé par la noblesse et s'estant retiré au château y fut brulé avec
tous ses compagnons. » Cette façon d'agir qui rappelle un peu les
procédés de Monluc, ne fut pas celle des compagnons de d'Antras;
on voit par le récit des *Mémoires*, que cette assertion de Du Pleix
est inexacte. Le roi de Navarre eut grand regret de la mort de St-Criq;
il écrivit une lettre de condoléance à son frère Timothée de St-Criq.
Poeydavant qui fait mention de cette lettre (*Histoire des troubles du
Béarn*, t. xi, p. 118), ajoute en note : « Le collationé de cette lettre
est entre les mains de M. de St-Criq d'Arance. » Nous avons re-
cherché inutilement les archives de la maison de St-Criq, éteinte au
commencement de ce siècle. Le château qu'habitaient les St-Criq, à
Arance, vient d'être démoli; sur le sommet de la porte d'entrée était
sculpté en relief un écusson écartelé, *au 1er et 4e de... à deux bandes
de... au 2e et 3e de... à l'étoile à cinq raies de...*

(114) Jean de Montesquiou, seigneur de St-Jean-d'Angles, tué au
siège de Mirande, était d'une branche latérale de la maison de Montesquiou, apanagée en 1354 de la terre de St-Jean-d'Angles. La
généalogie de cette branche n'est rapportée par aucun auteur. Elle
avait pour tige Guillaume-Arnaud de Montesquiou, dix-huitième
fils de Raymond Emeric, baron de Montesquiou, et de Longue de
Montaut. Jean était le dernier de sa branche; il laissait une fille,
Antoinette, qui porta la terre de St-Jean dans la maison de Busca,
par son mariage avec Jean-François de Busca, seigneur de Peyrusse, du 19 décembre 1598.

(115) Raymond de Pujo, dit le *capitaine Pujo*, était fils de Jean
de Pujo, habitant de Vic-Bigorre, et d'Anne de Barrière. Au mois
de mai 1574, après la prise de Tarbes, Gramont chargea le capitaine
Raymond Pujo d'aller chasser du château de Cayon le capitaine
Sempé, qui s'en était emparé. Il y réussit et tranquillisa les lieux
voisins (Manuscrit Duco). Blessé à mort au siège de Mirande, il fut
porté dans la maison du sieur Raymond Catout, où il testa comme
il suit : « Au nom du père et du fils, etc., Saichent tous presents et
advenirs que ce jourd'huy *27e jour du mois d'apvril 1577*, à Myrande, seneschaussée de Tholose et diocèse d'Aux et dans la maison
de Raymond Catout, marchand du dit Myrande, a este constitué en

personne Sire Raymond de Pujo, de la ville de Vic-Bigorre, habitant; lequel *estant blessé d'un coup d'eclat d'une pièce de mosquet sur sa teste, à la reprinse du dit Myrande et pour la remettre à l'oubeyssance du Roy,* lequel voyant, parlant, entandant parfaictement, a ordonné son dernier et valable testament en la personne de moy notaire et témoins bas nommés, etc. Fait des legs à Clarmontine et Guirautine de Pujo, ses sœurs; à Bernard, Jean et Raymond, ses frères, institue son héritier universel Pierre-Jean de Pujo, son frère aîné, et demande à être enseveli dans l'église de Mirande au tombeau du dit Raymond Catout. Retenu par Jean Espès, notaire de Mirande. [*Glanage Larcher*]. Pierre-Jean de Pujo, héritier de Raymond, était, en 1592, gouverneur de Vic-Bigorre et capitaine d'une compagnie d'arquebusiers, par brevet du 20 septembre 1592. Il acquit la terre de Lafitolle et fut la souche des Pujo, seigneurs et plus tard marquis de Lafitolle. Il avait épousé, le 14 août 1571, Gratiane de Lalanne. [*Ibid.*]

(116) Bertrand de Monlezun, seigneur de Las et Marceillan en Pardiac. La branche des Monlezun-Las, qui n'est rapportée nulle part, était issue de celle de St-Lary. Elle avait pour auteur Bernard de M., seigneur de Las, Marceillan, et Caussade, troisième fils de Bernard de M., seigneur de St-Lary, etc., et de Tiburge de Teulé. (Voyez La Chenaye des Bois.) Bernard rendit hommage en 1424 pour les terres de Las, Marceillan, etc., et fut père de Bertrand, qui de Flore d'Avillac de Villepinte, eut : Pierre, marié avec Jeanne de Roquelaure. Jean, son fils, épousa Marie de Lupé, des seigneurs de Lupé et Lasserrade, et en eut Amanieu, qui épousa en 1538 Anne de Béon d'Armentieu. Bertrand, le « bon et intime amy » de d'Antras, était leur fils.

(117) Jean de Monlezun-Baratnau, sieur de Magensan, frère cadet du fameux Baratnau, est probablement celui que Monluc appelle le « *Jeune Baratnau* » et qui lui sauva la vie au combat de Ver, en 1562. Le « Jeune Barannau » occupait Pamiers en 1565, sous les ordres de Damville avec le capitaine Gonnelieu. Ils y commirent les plus grands excès. (*Archives curieuses,* t. vi, p. 313). Magensan avait épousé avant 1585 demoiselle Indie Dupuy, fille et héritière de feu maître Jean Dupuy, docteur et avocat, habitant de Castelnau-de-Rivière-Basse, et de Marie de Toujouse, dame de Pontac. Le 13 août 1585, il fait un échange avec Bertrand de Toujouse, seigneur de Maupas, lui donne la métairie noble de Camicas, jurisdiction de Viella, en échange de la salle de *Montus* avec les fonds et droits

seigneuriaux en dépendants. [*Glanage Larcher.*] Marie de Toujouse, dame de Pontéac, teste le 16 février 1609. Déclare qu'elle a épousé en premières noces M. Jean Dupuy, duquel elle a eu Indie, mariée au sieur de Magensan, qu'elle institue héritière universelle, fait des legs à Jean et François de Monlezun et à Marie de Monlezun ses petits enfants; dit qu'elle a épousé en deuxièmes noces noble Pierre de Pomiez, et en troisièmes Isaac de Breschan, de la ville de Mont-guillem, lequel l'a maltraitée et obligée de se retirer à Pontéac; qu'il avait vendu ladite terre de Pontéac à Pierre de Médrano, seigneur de Maumusson, et voulait l'obliger à ratifier cette vente, ce à quoi elle déclare ne pas consentir. [*Ibid.*] Marie de Monlezun, fille de Magensan, épousa François Ogier de Bonlouix, fils aîné de Béraud et de Diane de Batz (6 août 1413). (Voyez note 11 des *Extraits Montesquiou.*)

(118) Jean de Mediavilla-Baure, seigneur de Juillac et Coutens, près Marciac, fut admis à faire le service personnel, à Fleurance, dans la compagnie de Jean de Montlezun, seigneur de Baratnau, pour raison des seigneuries de Juillac et Coutens et de la huitième partie de Samazan, ainsi qu'il conste par un certificat dudit Baratnau, daté du 20 mai 1573. (*Glanage Larcher.*) La terre de Juillac appartenait primitivement à la maison de Monlezun-Campagne. Elle fut aliénée le 10 juin 1537 en faveur de Gaillard de Baure, marchand de Marciac, par Louis de Monlezun, seigneur de Campagne. Baure laissa cette terre à son neveu, Jean de Mediavilla, avec charge de porter son nom. La terre de Coutens avait été acquise par le même Gaillard Baure de messire Thomas de Podenas, seigneur de Marambat, pour la somme de 2,000 livres tournoises, le 30 avril 1554. Jean de Mediavilla-Baure n'eut point d'enfants de demoiselle Jeanne d'Abbadie Saint-Castin, *fille* de Bernard d'Abbadie, évêque de Lescar. Il fit un premier testament, le 20 septembre 1630, en faveur de Pierre de Resseguier, président au parlement de Toulouse, déshéritant sa femme qu'il accusait d'avoir emporté ses économies en Béarn. Il disposa de nouveau de ses biens en faveur de sa sœur, Diane de Mediavilla, femme de Jean-Antoine de Lasseran-Cazaux, seigneur de Sanous, à charge de faire prendre à ses enfants le nom et armes de Mediavilla. Le testament est clos d'un cachet qui porte : *de ..... à deux arbres de ..... accostés de deux pointes de rocher; au chef de ..... chargé de trois étoiles de .....* Ce dernier testament fut l'occasion d'un procès entre le seigneur de Sanous et le président de Resseguier, à la suite duquel ce dernier fut maintenu dans la possession

des terres de Juillac, Coutens et Caumont. Ses descendants les possèdent encore aujourd'hui.

(119) Guy de Lavardac, seigneur de Meymes. Les protestants se
montrèrent peu reconnaissants de son intervention. Il fut assassiné
par eux au château de Lassalle (près d'Aignan (Gers), où il assistait
à un festin de noces, avec Annet de Rivière, vicomte de Labatut (v.
n. 90), Pierre de Laur, seigneur de Mauhic, et une foule d'autres
gentilshommes. Les protestants tombèrent sur eux à l'improviste,
massacrèrent les deux époux et les convives et pillèrent le château.
(*Manuscrit Duco*, d'après les *Mém. de d'Antras*.) Nous nous sommes trompés quand nous avons dit dans notre *Avertissement* que le
récit des massacres du château de Lassalle appartenait à la seconde
partie des Mémoires (1589-1610); Annet de Rivière, l'une des victimes, était mort avant le 5 mars 1588, date de l'inventaire de ses
biens fait à la requête de sa veuve, Marthe d'Ossun (v. n. 90). Cet
événement dut avoir un grand retentissement en France, car nous le
trouvons mentionné dans les *Mémoires-Journaux* de Pierre de l'Estoile, sous l'année 1588 : « Au commencement de février, au pays
d'Armaignac, un gentilhomme huguenot du pays, et partisan du roy
de Navarre, bien armé et accompagné, entra de force en la maison
d'un sien voisin, gentilhomme, qui marioit sa fille, le tua et tous les
gentilshommes au nombre de trente-cinq, qui étoient au festin; on
disoit que ce carnage avoit été fait du consentement du roy de Navarre qui étoit bien averti que sous couleur de nopces, on y brassoit
une entreprise contre sa vie; la vérité est que tous ceux qui avoient
été appellés étoient de la Ligue. » Quel malheur que cette partie des
Mémoires de d'Antras ait été détruite! Elle nous aurait donné les
détails de cette horrible tragédie, peut-être les noms des bourreaux
et des victimes.

(120) Il est fait mention du pillage de Coutens dans une enquête
de 1606 en faveur de Jean de Mediavilla, seigneur de Juillac. Un des
témoins de l'enquête dépose : « Estre souvenant qu'environ cinquante
ans peuvent être passés que la maison seigneuriale de Coutens fut
pillée et saccagée; et du depuis encore l'a esté pour la seconde fois
environ trente ans peuvent être passés, et ce par ceux de la pretendue
religion reformée, jusques ny avoir rien laissé de tout ce qui leur
agréat et à son avis pense bien qu'ils emportèrent les papiers et documents de la dite maison, et plus n'a dit savoir sur le contenu de
cet article sinon aussi que la ville de Marciac fut prinse et saccagée
par ceux de la religion prétendue reformée comme fut aussi bien la

maison dudit sieur de Juillac qu'il avait en la ville de Marciac, outre celle dudit Coutens. Et tout ce dessus a dit savoir pour l'avoir vu. » (Arch. du château de Coutens.)

(121) Nous avouons humblement que ce mot de *ramelet* nous a embarrassé. Nous nous sommes adressé à notre savant maître et ami, le brillant et si goûté professeur de littérature étrangère de la Faculté catholique de Toulouse. Voici la note que nous a envoyée M. Léonce Couture :

« *Ramelet* signifiait étymologiquement *petit rameau,* mais ce » mot avait pris en languedocien vulgaire le sens de *bouquet.* C'est » assurément dans ce sens, avec un détournement métaphorique, » que Pierre Goudelin a intitulé son célèbre recueil, qui parut pour » la première fois en 1617, *le Ramelet moundi* (le Bouquet toulousain). » Plusieurs des pièces liminaires du *Ramelet* parlent à Goudelin » des « fleurs » de son « bouquet. » Un poète latin, nommé Malard, » comme plus tard le P. Vanière, traduit *Ramelet moundi* par *ser-* » *tum tolosanum.* — Mais on donna depuis à Toulouse le nom de » *Ramelet* à des réunions joyeuses, où concouraient plusieurs quar- » tiers, et où les jeunes gens prenaient des uniformes ou des dégui- » sements caractéristiques. M. le Dr Noulet, l'homme aujourd'hui le » plus versé dans ces curiosités de la langue et des mœurs langue- » dociennes, a bien voulu me communiquer une brochure toulou- » saine de 1784, intitulée le *Ramelet de Sent-Graspasy.* Il s'agit de » la fête votive et populaire de Saint-Caprais, aujourd'hui Croix » Daurade. Le poète anonyme dit dans son *Abis àl lectou :*

> Espèri qu'a mous bers nou faran pas grimasso,
> E que tu, cher lectou, se trobas a prespaous,
> Bengos al Ramelet dansa dambe nous aoux.

» Dans la poésie même l'auteur a soin de décrire l'*Uniformo del* » *cartie des negres* (Pénitents noirs), *des blancs* (Pén. blancs), *del* » *bary Sent-Estienne* (Faubourg Saint-Etienne), *de l'islo de Tou-* » *nis,* etc. — Ainsi, le *Ramelet* était, en même temps qu'une fête » populaire, un ballet paré. Il n'est donc pas surprenant que d'An- » tras ait donné le même nom à un vrai ballet aristocratique. »

Léonce Couture.

Nous nous demandons si aux *beaux exercices* dont parle d'Antras ne se rattacherait pas le divertissement pastoral qui a fourni à M. Philippe Lauzun le sujet d'une bien intéressante plaquette. (*Un ballet agenais au commencement du XVIIᵉ siècle,* Agen, F. Lamy, 1879, in-8°.) Comme rien ne prouve que le ballet ait été un *ballet agenais*, et qu'il doive être attribué au commencement du xviᵉ siècle, nous avons grande envie d'y reconnaître un *ballet gascon* du dernier quart du xviᵉ siècle. Ce qui rend pour nous cette supposition fort tentante, c'est que l'on y voit figurer (p. 32), sous le nom de Damon, « un Monsieur de Samazan » qui a bien l'air d'être notre héros lui-même. Deux des personnages masculins et féminins sont purement gascons (Mademoiselle de Marin, qui était de l'illustre maison des Du Bouzet, et M. de Sainte-Colombe, qui doit être Jean du Bouzet, né vers 1558); les autres, s'ils appartiennent à l'Agenais, peuvent être considérés comme ces « gentilshommes voisins » qui, d'après l'assertion de d'Antras, vinrent se joindre aux hôtes mêmes de Marciac. M. de Saint-Amans, dans les papiers duquel M. Ph. Lauzun a retrouvé le prétendu *ballet agenais*, l'appelait, sous le premier empire, « une production poétique imprimée à Agen il y a plus de deux siècles. » La petite pièce a parfaitement pu être imprimée à Agen sans qu'il en résulte qu'elle y ait été jouée. La date précise manquant, nous pouvons, ce nous semble, profiter de l'élasticité de la formule de M. de Saint-Amans : *il y a plus de deux siècles*, pour reporter notre ballet à l'année 1577. Ajoutons que les efforts faits par M. Lauzun pour identifier les personnages de la *Troupe de bergers et de bergères*, avec des personnes qui auraient vécu, soit à Agen, soit aux environs de cette ville, vers 1605, ont abouti à des conclusions toujours ingénieuses, mais jamais irrésistibles, et qu'il a dû renoncer à deviner quel était le *Monsieur de Samazan* qui, pour nous (nous ne donnons notre opinion que comme probable), serait Jean d'Antras, du moins tant que l'on n'aura pas trouvé à nous opposer un argument tiré d'un document correct et d'une date décisive, et qui déchirerait à jamais le frêle tissu de nos conjectures.

(122) Simon de Bajourdan, seigneur de Bajourdan en Magnoac, chevalier de l'ordre du roi et capitaine de cinquante hommes d'armes de ses ordonnances, était fils de Pierre, seigneur de Bazourdan, et de Paule de La Barthe-Termes, sœur du maréchal. Son frère aîné, Hugues, est cité par les historiens du xviᵉ siècle comme un brave capitaine. Brantome (vie de l'amiral de Châtillon) dit : « Monsieur de Boisjourdan l'aisné, tres brave et vaillant gentilhomme, neveu de Monsieur le maréchal de Termes. » Il fit avec distinction les guerres d'Italie et de Gascogne et fut tué, en 1562, au siège de Montauban. « Etant allé reconnaître une batterie et destournant quelque peu sa rondache, fut atteint d'une arquebusade audessus du

tétin gauche dont il mourut à l'instant. » (*Histoire des cinq rois*).
« Sans sa mort les choses fussent allées mieux, dit Monluc, car
c'estait une saige teste et homme de guerre. » Simon devenu l'aîné,
tint avec succès l'épée de son frère. Il se distingua au siège de
Poitiers en 1569 *(Aubigné)* et au siège de La Rochelle en 1573 *(Id.)*,
fit la guerre en Languedoc sous le maréchal de Damville (Pérussis).
Simon avait épousé Rose de Montpezat de laquelle il eut sept
enfants : Jacques, François, Paul, assassiné en 1620, Simon-
Carbon, Françoise, Anne et Louise. De ces sept enfants, une fille
seule laissa postérité; ce fut Anne, mariée à Louis de Carbonnau,
seigneur de Lassalle-Goulens. Simon de Bajourdan avait acquis en
1592, de dame Claire d'Espagne-Panassac, épouse d'Henri de
Noailles, d'Ayen, les terres de Panassac, Bézues, Loubersan, Mongardin. Le défaut de postérité de ses enfants et les complications
d'une succession embrouillée firent que ces terres furent le sujet
d'un procès qui dura 200 ans, n'ayant été jugé définitivement qu'au
commencement de ce siècle, en faveur de la baronne de Ségla-Mon-
bardon. Un certificat de service militaire, délivré en 1588 par Simon
de Bajourdan et scellé de ses armes, porte sur un sceau ovale un
écu entouré du collier de l'ordre chargé d'un bélier sautant sur
champ de... Simon signe *Bazordan*. (Archives de madame la comtesse de Raymond). Il avait encore un frère nommé Jacques, qui fut
abbé de Mongranier.

(123) Jean de Montpezat-Carbon, seigneur de Touilles et Salies,
en Comminges, second fils de Bernard de Montpezat-Carbon,
seigneur de St-Martory, Tajan, Touilles, Salies, Mansieux, et écuyer
tranchant du dauphin, gouverneur de La Réole et sénéchal du Bazadais, et de Catherine de Montpezat-Aiguillon, et petit neveu du
fameux Carbon (Jean de Montpezat), général des armées du roi de
Navarre et sénéchal du Bazadais. Cette maison de Carbon a joué un
rôle considérable dans les guerres des xvie et xviie siècles. [Voyez du
Bellay Boyvin du Villars, Monluc, etc., etc.]. L'impossibilité de
trouver la position géographique de Carbon nous a fait penser que
ce nom n'était peut-être qu'un nom de guerre. C'est une tradition de
famille chez les Montpezat que ce nom a été donné par un roi de
France à un de leurs auteurs dont le teint bruni à l'excès par les
guerres, se rapprochait de la couleur du *charbon* (Carbon). Cette
tradition semble être confirmée par ce passage d'une lettre de Marguerite d'Angoulème, reine de Navarre, écrite au maréchal de Montmorency en 1536 : « J'ay trouvé *Carbon* et sa compaignie... et croy

si l'empereur (Charles Quint) avoit veu les beaux visaiges de cette compaignie, tous du taint de Carbon, ilz lui feroient si grant paour qu'il n'en ouzeroit approcher. » Il s'agit ici de Jean de Montpésat-Carbon, un des familiers de la reine de Navarre. C'est lui que M. Félix Frank a cru retrouver dans *l'Heptaméron,* sous le pseudonyme de *Safredant,* et Françoise de Lomagne sa femme, sous celui de *Nomer-fide (Introduction à l'Heptaméron de la reine de Navarre,* Paris, Isidore Liseux, 1870). Nous n'admettons ni ne rejetons cette explication du nom de *Carbon;* nous dirons même qu'on pourrait lui opposer le titre de *baron de Carbon* pris en tête d'une ordonnance par Géraud-Antoine de Montpezat, seigneur de Touilles, Prat et Vidaussan, sénéchal du Nébouzan, petit-fils de celui qui fait le sujet de cette note. Mais où se trouve cette baronnie de Carbon? Revenons à notre capitaine. Jean de Montpezat-Carbon épousa par contrat du 10 juin 1581, au château de Prat en Couzerans, Claire de Mauléon, fille de François, baron de Mauléon, et de Catherine de Gramont-Aster. Il en eut : Jean-Antoine, chevalier de l'ordre, gentilhomme de la chambre, enseigne des gardes de la reine, maréchal de camp et sénéchal du Nébouzan, tué au siège de Montauban le jeudi 2 septembre 1621, à quatre heures de l'après-midi, en voulant emporter une demi-lune. (*Mém. de Bassompierre*). Il avait épousé Louise de St-Paul-Vidaussan, petite-fille de François de St-Paul, seigneur de Vidaussan, gouverneur de Calais, tué sur la brèche à la prise de cette ville en 1592; siège mémorable par l'héroïque conduite d'un autre capitaine Gascon, Michel de Patras de Campaigno, dit le *Cadet noir.* Jean-Antoine eut pour fils Bernard, Géraud Antoine, dont nous avons parlé plus haut; Jean, évêque de St-Papoul, puis archevêque de Toulouse, transféré à Sens en 1686; Joseph, évêque de St-Papoul et archevêque de Toulouse après son frère. Nous devons ajouter pour compléter cette note que le frère aîné de Jean de Carbon, appelé aussi Jean, seigneur de St-Martory, Tajan, Mancieux, et fils de Bernard, épousa l'héritière de la maison de Ste-Colombe-Esgarrebaque, en Béarn, Jeanne, dame d'Esgarrebaque, et qu'il en eut une fille, Catherine, mineure en 1575, mariée à Jean de Monlezun-Moncassin, capitaine de 50 hommes d'armes, chevalier de l'ordre du roi, et son lieutenant en Saintonge, souvent cité dans les Mémoires de la fin du XVIe siècle, et particulièrement dans la *Vie du duc d'Espernon,* par Gérard, sous le nom de *Tajan, cousin du duc d'Espernon.* Il était fils de Bernard de Monlezun-Lupiac, seigneur de Moncassin, et de Hélène de Nogaret de La Valette. Son frère, Antoine

12

de Monlezun, seigneur de Houeillès, dit le *capitaine Houeillès*, tué en 1589 au siège de Gergeau (Aubigné), mérite aussi d'être mentionné parmi nos plus braves capitaines Gascons.

(124) Bernard de Benque, seigneur d'Espujos (près Biran (Gers), capitaine de 50 hommes d'armes des ordonnances du roi, ainsi qualifié dans un acte du 14 septembre 1586, où il est dit qu'il avait emprunté à noble Jacques de La Boutique, sieur de Janyat, la somme de 333 écus sols un tiers, pour acheter un cheval d'Espagne et que pour l'indemniser il lui cède la métairie du Tarauquet, assise en la juridiction de Biran. Il était fils de Jean de Benque, seigneur d'Espujos, mariée en 1547 avec Isabeau de Rivière, veuve du sieur de Larboust.

(125) [*Marquée 123 par erreur*]. Voyez dans l'*Histoire universelle* de d'Aubigné, l'héroïque défense de Manciet. Le capitaine Mathieu qui y commandait se nommait Mathieu Langla. Il était de Manciet même et sa famille y était engagiste du domaine comtal. Il revint à Manciet et fut de nouveau capitaine de la ville et château par commission du roi de Navarre. *(Archives de Pau.)*

(126) Jean de Durefort, seigneur de Duras, fils aîné de Symphorien de Durefort, seigneur de Duras-Rozan, etc. Lui et son frère cadet, Jacques de Durefort dit le jeune Rosan, se battirent en duel sur le gravier d'Agen au mois de mars 1579, contre Henri de La Tour, vicomte de Turenne, et le baron de Salignac, Jean de Gontaut-Biron, « auquel combat le vicomte demeura blessé de dix-sept coups. » [Pierre de l'Estoile, *Journal de Henri III*]. Il fut tué au mois de février 1587 au lieu de St-Sauvin-sur-l'Isle, près Libourne, sans laisser de postérité de Marguerite de Gramont-Aster. Son frère Jacques prit à sa mort le titre de vicomte de Duras. Il est l'ayeul des maréchaux de Duras et de Lorges.

(127) Roger de Comminge, baron de Péguilhan, chevalier de l'ordre du roi. La terre de Péguilhan, première baronnie du Comminge, est sise près de Boulogne-sur-Gesse (Haute-Garonne). La branche de Comminge-Péguilhan, d'où sont sortis les seigneurs de Lastronques, de St-Lary, de Mancieux, de Vervins, etc., s'est éteinte en 1632, dans la maison de Villemur-Paillez.

(128) Savaric d'Aure, baron de Larboust et de Lapeyre, chevalier de l'ordre du roi, capitaine de 50 hommes d'armes, sénéchal du Nebouzan et gouverneur des pays d'Arros et Adour.

(129) Bertrand de St-Pastou, seigneur de Salerm (près l'Isle-en-Dodon (Haute-Garonne), était en 1567 homme d'armes de la com-

pagnie de François de Deveze, seigneur d'Arné. (Voyez note 12, Extrait Montesquiou). Il avait épousé demoiselle Paule de Benque, dame d'Escanecrabe.

(130) Jean de Bazillac, seigneur et baron de Bazillac, Tostat, Sadournin, etc., en Bigorre, était au nombre des prisonniers faits à Navarreins par Mongonmery. Il échappa au massacre de Pau, grâce à un soldat de la garnison qu'il avait gagné. Celui-ci lui fournit une corde à l'aide de laquelle il se laissa glisser en dehors des remparts. (Manuscrit Duco). Il mourut vers 1583. Son fils, Paul, fut chevalier de l'ordre et sénéchal du Nébouzan, après Savaric d'Aure de Larboust.

(131) Jean-Jacques de Castille, baron de Castelnau-Chalosse, était fils de cet infortuné baron de Castelnau qui périt si tragiquement à Amboise, victime de la haine des Guises. (Voyez dans les *Mémoires* de Vieilleville ceux de Michel de Castelnau, et dans l'*Histoire de l'Estat de France* attribuée à Regnier de la Planche les détails émouvants de son procès et de sa mort). Jean-Jacques eut une vie fort agitée, tantôt ligueur, tantôt royaliste, il fut capitaine de 50 hommes d'armes, gentilhomme de la chambre, chevalier de l'ordre, sénéchal du Béarn, où il ne fut jamais accepté, n'étant pas Béarnais. Il avait été nommé à cette charge en 1592. Le Parlement refusa d'enregistrer ses lettres et la Cour des Comptes de payer ses gages. Le 24 mai 1597, Henri IV écrivit aux « amés et féaux les gens tenant la chambre des Comptes à Pau » d'avoir à payer à Castelnau les gages de l'année courante et tout l'arriéré à dater de ses lettres de provisions. La Cour des Comptes déclara que Castelnau n'étant pas reçu et les coffres étant vides elle ne pouvait obéir au roi. *(Archives Castelnau)*. Jean-Jacques fut obligé de se démettre. En 1588 il faillit perdre la vie dans une querelle qu'il eut avec Bertrand de Poyanne, gouverneur de Dax. Le roi le nomma en 1597 gouverneur de Mont-de-Marsan. Castelnau fut catholique à la Cour, protestant à l'assemblée de La Rochelle, révolté à Mont-de-Marsan, dont Louis XIII lui enleva le gouvernement; il finit enfin par aller mourir de la peste dans le petit village de Dieupentale, au retour du siège de Montauban, où il avait assisté en qualité de maréchal de camp, 1621. *(Arch. Castelnau)*. Son corps fut transporté à Geaune, dans les Landes, et enseveli avec une grande solennité dans le chœur de l'église des Augustins, fondée par ses ancêtres. *(Ibid.)* Son fils cadet fut tué deux mois après au siège de Tonneins. *(Ibid., Mémoires de Vignolles.)*

(132) Géraud de Baudéan, seigneur de Baudéan, Aux, Lanne-francon, etc., fils du gouverneur de Bagnères dont nous avons

raconté la mort, devint dans la suite maréchal de camp des armées
du roi, après avoir été successivement guidon (1580) et enseigne
(1586) de la compagnie de Baratnau. Il fut tué sous les murs du
château de St-Blancard après 1590. Il était fils d'Antoine, seigneur
de Baudéan, et de Catherine de Barrau, et avait épousé Olympe de
Montastruc, dont il eut : Jean-François, marié en 1599 à Françoise
de Comminge-Péguilhan, et Emmanuel, seigneur d'Aux et Lanne-
francon, dont la *Revue de Gascogne* s'est occupée, à propos de la
légendaire bataille de Miélan (*Revue de Gascogne,* t. XVI, p. 39, 92).

(133) Philibert, comte de Gramont et de Guiche, n'avait que vingt-
huit ans quand il fut tué devant La Fère, laissant, après sept ans de
mariage, une veuve qui, dit-on, ne tarda pas à se consoler, Diane
Corisandre d'Andouins, si célèbre sous le nom de la *Belle Corisandre*. L'éloge que donne ici d'Antras au grand-père du maréchal
de Gramont est ainsi confirmé par Pierre de l'Estoile (*Mémoires-
Journaux,* 1875, t. I, p. 367) : « Au commencement du mois d'aoust,
le seingneur de Grammont [le chroniqueur donne à tort les deux *m* à
ce nom, comme plusieurs des contemporains de Blaise de Monluc
donnent à tort un *t* à cet autre nom], gentilhomme Gascon, jeune
seingneur de grande espérance et valeur, eust le bras emporté d'une
mousquetade devant La Fère, dont le Roy fust fort desplaisant. On
disoit à la Cour que c'estoit une mauvaise beste que ceste Fère là,
de dévorer ainsi tant de mignons. »

(134) Philippe de La Roque, seigneur de La Roque-Ordan, près
Auch, fils du brave Manaud de La Roque, tué en 1562 au siège de
Lectoure, « ung des vaillans gentilhommes qui sortist, il y a cinquante
ans, de la Gascoigne, et quelques autres, » *(Monluc)* et de Jeanne
d'Esparbès. Philippe était encore lieutenant de Baratnau au 15 mai
1586. D'Antras à cette date avait cédé l'enseigne à Géraud de Baudéan.

Revue passée à Auch le 15 mai 1586.

Jean de Monlezun, seigneur de Barannau, capitaine;
Philippe de Larroque, lieutenant;
Géraud de Baudéan, enseigne;
Raymond de Saillas (Adoue), guidon;
Philippe de Pardies (d'Aries, seigneur de) maréchal-des-logis.

HOMMES D'ARMES.

Ph. d'Ardens, Bernard de Mons, etc. (*Hist. de Gascogne,* t. VI,

p. 194). Philippe de La Roque-Ordan avait épousé en 1563 Mathurine de Bar de Villemade.

(135) Béraut de Monlezun, seigneur d'Aussat, eut un procès en 1578 avec Henri Groslot, procureur du roi de Navarre comte d'Armagnac, pour le fait d'usurpation de la justice en sa terre d'Aussat. (Archives de Pau. E.) Béraut paraît avoir été le dernier de la branche des Monlezun, seigneur d'Aussat. Il était mort avant 1592; sa veuve Louise de Préchac se remaria *en la salle noble d'Aussat,* le 12 mai 1592, avec Ogier de Sariac, seigneur de Navarron, et testa en ce même lieu le 24 juillet 1617. (Arch. La Plagne-Barris.) Aussat est une des seigneuries dont fut apanagée la branche puînée des comtes de Pardiac, du nom de Monlezun, avec St-Lary, Betplan, Haget. Le 18 avril 1458, Jean de Monlezun, seigneur de St-Lary, rend hommage au comte d'Armagnac pour les terres de Betplan, Haget et Aussat en Pardiac. Un cadet de St-Lary a formé la branche des seigneurs d'Aussat, dont Béraut est le seul membre qui nous soit connu. Les Monlezun, seigneurs de Gardères, ont la même origine.

(136) Nos meilleurs médecins d'aujourd'hui ne connaissent pas un plus efficace remède de la coqueluche que le prompt changement d'air. Cette maladie fit des ravages non-seulement en France, mais aussi à l'étranger. Du Pleix *(Histoire d'Henri III),* page 82, donne force détails sur les symptômes de ce mal, qui emporta son père et sa mère. Louis de Pérussis, dans son *Histoire des guerres du comtat Venaissain et Provence,* dit à ce sujet : « La coqueluche fait beaucoup de mal en France depuis trois mois. J'ai une fièvre lente, folâtre et dangereuse. Il mourut à Rome plus de 6,000 personnes; le cardinal se retrancha dans le palais (à Avignon) et le général au petit palais. » Du reste, tous les historiens, comme tous les auteurs de Mémoires, ont mentionné la coqueluche de 1580, le président de Thou aussi bien que d'Aubigné, Pierre de l'Estoile aussi bien que François de Syrueilh. Ce dernier annaliste confirme et complète ainsi le récit de d'Antras (p. 81) : « Il survint une grande maladie au camp dont plusieurs en moururent, qui fut cause que beaucoup de soldatz s'en alloint du camp; et plusieurs gentilshommes tumbarent malades et s'en aloirent à la file, dont mondict sieur mareschal de Biron, marri et fasché luy-mesme, tumba malade et enfin fut contrainct, sur le commancement du moys d'aoust, de licentier ung chascun pour s'aller repatrier et changer d'air, à la charge de le venir retrouver dans quinze jours ou troys sepmaines après. »

(137) Henri de Rivière, baron de Lengros (section de Saint-Aunis, canton de Plaisance (Gers), cousin-germain d'Antoine et d'Annet de Rivière, vicomte de Labatut, était fils de Bernard de Rivière-Labatut et de Jeanne de Louvie, sa première femme. Il avait épousé, le 10 mai 1561, Françoise de Bégole, fille de Jean de Bégole, seigneur de Bégole, et sœur de Roger de Bégole, capitaine, fils aîné de Jean. Il eut de son mariage : Pierre, Adrien, François, auteur des seigneurs de Baziet, et Jean, l'aîné, qui fut vicomte de Labatut, parce qu'il enleva à main armée et épousa Henriette de Rivière, sa cousine, héritière de Labatut. Henry IV écrivit au sujet de cet enlèvement à M. de La Force, gouverneur du Béarn : « Monsieur de La Force, sur ce que » j'ai esté averti que l'héritière de Labatut a été ravie d'entre les » mains de sa mère et menée dans la maison de M. de Sauveterre » (François de Lavedan, seigneur de Sauveterre, tuteur, en 1602, des » trois frères de Jean) ou quelqu'autre de votre gouvernement de » Bigorre, je vous commande très expressément de vous transporter » où ladite héritière de Labatut aura été emmenée et vous en saisir » et arrêter le cours des querelles et assemblées qui se sont faites » pour ce sujet; qu'elle soit bien et surement gardée pour après être » mise entre les mains de ses plus proches, ainsi que la justice en » ordonnera, à quoi vous tiendrez la main de tout votre pouvoir, » d'autant qu'en cela il y va de mon service et que c'est chose que » j'affectionne, et celle-ci n'étant à autre fin, je prie Dieu, etc. Ecrit » à Orléans le 24 de juin 1599. Henry. » (*Mémoires de La Force*, t. I, p. 313.) Malgré l'intervention royale, Jean de Rivière épousa sa cousine et en eut quatre enfants morts en bas âge. [*Glanage Larcher*.] Henriette se remaria avec Philippe de Barbotan. [Voyez note 90.]

(138) Serait-ce ce même capitaine Hitton, « capitaine du Persan de Trebiel, » auquel Louis XIII écrivit, le 14 octobre 1615, pour lui ordonner d'empêcher les levées de troupes du marquis de La Force, lieutenant du roi en Béarn? [*Mémoires de La Force*, t. II, p. 424.] Serait-ce Jean de Hitton, seigneur de Vicnau, en Béarn, qui est témoin, en 1602, au mariage de messire Tristan, seigneur de Corbères, avec Jeanne de Laborde-Lagor? [*Arch. de Pau*, E 1340.] Ce capitaine *Hytton de Byarn* appartient évidemment à la maison de Hitton, seigneur de Saint-Jean-Poudge et Gerderest (canton de Garlin, près Pau). En 1666, 3 août, Jeanne de Hitton, fille de feu noble Pierre de Hitton, baron de Saint-Jean-Poudge et Gerderest, et de Jeanne de Miresou, épouse noble Jean de Crotte de Perron, seigneur

de Saint-Lane et Perron, en Rivière-Basse. [*Arch. du château de La Plagne*, à *M. P. La Plagne-Barris.*]

(139) Jacques de Montaut-Bénac, seigneur de Larroque, dit de Larroque-Bénac, deuxième fils de Jean-Marc de Montaut-Bénac et d'Amé de Lévis, sa deuxième femme, et petit-fils d'Annet de Montaut, baron de Bénac, et de Catherine *de Larroque*, sa première femme. Larroque-Bénac et ses frères eurent avec le marquis de La Force, gouverneur du Béarn, de grands démêlés, racontés en détails dans les *Mémoires de La Force*. La cour les réconcilia en 1621. Une lettre de la marquise de La Force, datée de Paris, 15 mai 1615, parle en ces termes d'un duel de Larroque-Bénac : « La Beause et » La Roque-Bénac eurent querelle au jeu de paume sur peu de sujet, » et après avoir été accordés par M. de Chatillon, La Roque dit à » l'autre que nonobstant il vouloit se battre, ce qu'ils firent; et La » Beause fut blessé du premier coup à la cuisse, qui lui coupoit le » gros vaisseau, dont il est mort deux jours après. » [*Mém. de La Force*, t. ii, p. 405.]

(140) Paulon de Forgues, seigneur de Gensac de Bigorre, près Rabastens, est témoin, le 4 août 1572, de la quittance de tutelle donnée par Jean de Montesquiou, seigneur d'Artagnan, à Claude de Tersac, sa mère. [*Généal. de la maison de Montesquiou-Fezensac*, Paris, 1784, preuves, p. 113.] M. Noulens (*Maisons historiques de Gascogne*, Généal. Baulat) dit, sans indiquer la source où il a puisé, que « Paul de Forgues commanda le château de Mauvezin (lequel?) durant les troubles de la Ligue, ainsi qu'il appert des lettres des consuls de Mauvezin, du maréchal de Matignon et d'Henry IV. » Il était fils de Pierre de Forgues, seigneur de Gensac, et de Madeleine de Durban La Bassère, sa troisième femme.

(141) Le capitaine Blancastet était, en 1562, gouverneur de Mont-de-Marsan : « Estat de ce que monte le paiement pour ung mois entier des gens de guerre à pied qui sont restés en garnison pour le service du roy ès villes et chasteau de la Guyenne. Toulouse, 4 mars 1562 : *à Mont de Marsan :* Trois cens hommes soubz la charge du cappitaine Blanqcastel. Le paiement monte 2,700. » Pièce citée dans le *Monluc* de M. de Ruble, t. iv, p. 199. Ce capitaine *Blanqcastel* se nommait Auger de Lavardac, seigneur de Blancastets, près Manciet (Gers), fils de Bertrand de Lavardac, seigneur de Blancastets, et de Jeanne de Monlezun-Campagne. Auger de Lavardac était de la branche des seigneurs d'Ayzieu, près Cazaubon (Gers). Il est témoin, en 1561, sous le nom d' « Ogier d'Aissieu, seigneur de Blancastets,

en Armaignac, » du mariage d'Antoine de Lamezan, seigneur du Bézéril, avec Marguerite de Grossolles, dame du Tancouet et Larouquau. [Arch. Lamezan.] En 1597, il est nommé « Auger de Lavardac, seigneur de Blancastets, » dans le contrat de mariage de Rolland de Benquet, seigneur d'Arblade Brassal, avec Anne de Verduzan. [*Armorial des Landes*, baron de Cauna, t. I, p. 109.]

(142) Georges de Benquet, seigneur d'Arblade-le-Brassal, gouverneur du bas comté d'Armagnac par lettres patentes du 29 juillet 1571, signées de Jeanne, reine de Navarre; confirmé dans cette charge par Henry de Navarre le 3 octobre 1576. [*Armorial des Landes*, baron de Cauna, t. I, p. 108.] Le seigneur d'Arblade, qui est du nombre des quarante-cinq Gascons d'Henri III, meurtriers du duc de Guise en 1588, n'appartient pas à la maison de Benquet. Ce ne peut être Georges de Benquet, mort en 1582, ni son fils, Rolland, né en 1576, ni le frère de Georges, Jean-Jacques, mort au service à 19 ans. [*Armorial des Landes,* ibid.] Il existe en Armagnac deux terres du nom d'Arblade, *Arblade-le-Bas* ou *Arblade-Brassal*, canton de Riscle, qui appartenait à la maison de Benquet; et *Arblade-le-Haut* ou *Arblade-Comtal*, canton de Nogaro, qui avait pour seigneur une branche de la maison de Lupé. C'est Jean de Lupé, seigneur et baron d'Arblade-Comtal, qu'il faut inscrire au rôle des « quarante-cinq diables, coupe-jarrets et assassinateurs gascons. »

(143) Jacques de Savoie, duc de Nemours, fils de Philippe de Savoie, duc de Nemours, et de Charlotte d'Orléans, né le 12 octobre 1531, mourut à Annecy le 15 juin 1585. Tous les Mémoires du temps, et surtout ceux de Brantome, sont remplis du bruit des exploits de ce capitaine qui fit brillamment ses premières armes au siège de Metz (1552), et qui, ayant épousé la fortune des Guises, doit, comme eux, être mis au nombre des plus ardents adversaires des huguenots.

(144) Jacques de Lau (ou du Lau) seigneur et baron de Lau, etc., fils de Carbon de Lau dont nous avons déjà parlé, et de Françoise de Gondrin, fut capitaine de cinquante hommes d'armes, chevalier des ordres du Roi, etc. Il épousa Françoise de Cassagnet-Saint-Orens, dame de Larroque-Fimarcon, fille aînée du capitaine Saint-Orens (Voyez note 112), et devint par ce mariage seigneur des deux tiers de Larroque qui prit dès lors le nom de *Larroque-du-Lau*. Son fils, Hector, acquit l'autre tiers de cette terre à François du Chic, seigneur de Rocain, près Larroque, par acte du 8 avril 1618. Plus tard, Larroque s'appela *Larroque-Engalin*, parce que le seigneur

d'Engalin en Fezensaguet, Elisée d'Astugue, possédait des fiefs en Larroque du chef de sa mère, Armoise de Monlezun-Mérens, dame d'Engalin. (*Archives municipales de Larroque.*) Jacques du Lau embrassa avec ardeur en 1589 le parti de la Ligue. Le *Glanage Larcher* cite « ce qui est rapporté par le sieur de Cornac dans le » manuscrit qui est chez M. de Gardères, à Marciac, sous le titre » de la *Vie du pouvre capdet de Gascoigne.* Il y est dit que les » Béarnais s'étant emparés de l'église de Beaumarchez, il manda » en diligence en Armagnac vers les seigneurs de Campagne, de » Lau, d'Arblade, de Blancastets et autres, qu'ils arrivèrent le » lendemain et chassèrent les ennemis de ce poste. (Voyez p. 77.) Il » dit ailleurs que (*Monsieur de Lau s'empara de la ville de Mar-* » *ciac pour la ligue, moitié de gré moitié de force, les habitants ne* » *voulant personne pour les commander.*) Il fit une citadelle à » Marciac. Les habitants la détruisirent contre son gré. Il en fut » mortifié, la destruction ayant été faite avant la paix, quoique les » habitants soutinssent le contraire. » Voilà encore un fragment nouveau des *Mémoires* qu'il faut, d'après notre division, rapporter à la seconde partie de 1589 à 1610. La phrase en lettres italiques est placée dans Larcher entre parenthèse, ce qui indique qu'elle est extraite mot à mot des *Mémoires*. L'extrait suivant de Larcher prouve que la prise de Marciac par de Lau eut lieu avant le 11 juin 1590 : « Le marquis de Villars, général de l'armée de la Ligue, » étant le 11 juin 1590 à Gimont, ordonna de payer 2,211 écus » 20 sols 6 deniers au sieur de Lau, capitaine de cinquante hommes » d'armes, pour les gages de sa compagnie. Saubat Dyharse, rece- » veur des décimes du diocèse de Tarbes, fut chargé du paiement » et en indiqua partie sur l'abbaye de l'Escale-Dieu. *Cette compa-* » *gnie était alors en garnison à Marciac*, et Jacques de Lau envoya » MM. de Bonas, Cadouins (Andouins ?) et Montaut qui en étaient » gens d'armes, chercher 315 livres dans cette abbaye avec une » lettre pour l'abbé, le 20 juillet. » L'un de nous a publié dans la *Revue de Gascogne* (t. XVIII, p. 45), une lettre adressée par le maréchal de Matignon à Jacques du Lau le 23 mai 1596. Cette lettre renferme le *post-scriptum* suivant, qui pourrait donner la date de la destruction de *la citadelle* de Marciac par les habitants : « Monsieur » vous entendrez plus particulièrement de mes nouvelles par M. de » Roquepine qui m'a *parlé du faict de Marciac.* Je vous prie de le » croire sur ce qu'il vous en dira de ma part. » Jacques de Lau quitta le parti de la Ligue après la soumission d'Henry IV. Du Pleix le cite parmi les seigneurs gascons « qui se rangèrent au devoir et par leur réduction apportèrent un grand repos à la Gascogne. » Le maréchal de Matignon, dans une lettre adressée à Henry IV et publiée par l'un de nous dans les *Arch. de la Gironde*, t. xiv, précise la date de sa soumission : « 22 octobre 1594. Sire, lorsque je m'acheminaiz aux baings de Bagnières les sieurs de Lau et de Campagne me vindrent trouver entre Riscle et Vic-Bigorre en qualité de serviteur de Votre Magesté... .» Pendant le temps qu'il occupa Marciac pour la Ligue, de Lau se rendit si terrible aux huguenots qu'il fut décidé dans le conseil de la régente du Béarn, Catherine de Bourbon, qu'on engagerait le maréchal de Matignon à faire le siège de Marciac 1591 (Poeydavant, t. ii, p. 275). Poeydavant présente Sus comme l'ennemi personnel de Jacques de Lau. Il serait trop long de raconter les exploits de de Lau. En voici le sommaire; nous renvoyons pour les détails aux sources : 1588, défait Sus aux environs d'Auch, *Aubigné*, t. ii, p. 195.) — 1589, s'empare de Marciac pour la Ligue. — 1591, assiège et prend Barcelonne (Gers), (*Revue de Gascogne*, t. xvii, p. 457.) — 1592, assiège Lourdes et Pontaq avec le marquis de Villars; commet des atrocités à Pontaq (*Poeyd'Avant, Olhagaray, Monlezun*, etc.) — 1593, assiège et prend Saint-Palais (ibid.) — 1594, se soumet à Henry IV. — 1595, s'empare de Plaisance pour le Roi. (*Arch. de la Gironde*, t. xiv, p. 340. *Revue de Gascogne*, t. iv, p. 467 et t. xvii, p. 459.) Jacques de Lau fut père d'Hector, qui épousa Anne de Monlezun-Tajan, veuve de Jean d'Hébrail, baron Dalon et fille de Bernard de Monlezun, seigneur de Tajan et de Catherine de Perusse d'Escars, et petite fille de Jean de Monlezun-Moncassin et de Catherine de Montpezat-Carbon, dame de Tajan, Saint-Martory, Preissac, etc. (Voyez note 123). Jean-Joseph de Lau, petit fils d'Hector, épousa le 27 septembre 1676 l'héritière de la maison de Luzignan, Anne, et prit le nom de *Lau-de-Lusignan*. Son fils, Armand-Joseph, ajouta aux gloires des Lau et des Lusignan l'illustration des descendants de Pothon de Xaintrailles, en épousant, le 22 mai 1724, Jeanne de Montesquiou-Xaintrailles. (*Etude sur le château de Xaintrailles*, par M. Philippe Lauzun, Agen, 1874.) La maison de Lau porte : Losangé d'or et d'azur; et pour devise : *Lau est aux petites gens, ce que l'or est à l'argent.*

(145) M. Paul La Plagne-Barris parlant dans la *Revue de Gascogne*, t. xvii, p. 458, du capitaine Sus, dit : « ..... un partisan dangereux, qu'on nommait le capitaine Sus parce qu'il était Suisse,

mais dont on ne connaît pas le véritable nom. » La science si incontestable et habituellement si sûre de l'historien nous semble avoir été surprise; c'est plutôt César, lieutenant de Sus, que la Suisse a le droit de revendiquer pour elle. D'Aubigné, Poeydavant, Olhagaray, etc., affirment que Sus était Béarnais. Il y avait en Béarn une maison de Sus représentée à l'époque des guerres de religion par Antoine-Gabriel de Sus, seigneur de Sus, près Navarrens, marié en 1559 avec Jeanne de Montaut-Bénac. Le capitaine Sus a attaché une grande célébrité à son nom. Le récit de ses exploits se trouve dans tous les historiens qui se sont occupés de la Gascogne, et particulièrement dans d'Aubigné, qui en fait un grand éloge. Sus était gouverneur du château de Mauvezin, en Nébouzan. *(Monographie du château de Mauvezin,* par M. A. Curie-Seimbres, Tarbes, 1868.) En 1586 il surprit la ville de St-Bertrand-de-Comminges et s'y livra à toute sorte d'excès et de pillage. Urbain de St-Gelais, évêque de Comminges, vint l'assiéger dans la ville et l'obligea à sortir après un siége de quarante-huit jours. En mémoire de cette délivrance, Urbain établit une fête au 8 juin. D'Aubigné assigne à la prise de St-Bertrand la date de 1584. Les annales de St-Bertrand et la fête commémorative donnent celles de 1586. (*Vie et miracles de St-Bertrand,* par M. Louis d'Agos, St-Gaudens, 1854.) Le manuscrit de l'abbé Duco donne aussi la date de 1586. Il ajoute que Sus fut chassé de St-Bertrand par les seigneurs de Labatut, de Cornac et Lengros. Est-ce dans les Mémoires de d'Antras que l'historien de la Bigorre a puisé ce détail? Voici ce passage : « En effet, ils (les Béarnais) passèrent en Comminges sous la conduite du capitaine Sus, où ils se saisirent de la ville de St-Bertrand. Ils y furent assiégés par les seigneurs de Labatut, de Lengros et de Cornac. Les Béarnais se rendirent à composition et sortirent avec armes et bagages. » En 1588, Sus, rentré en Gascogne, fut défait aux environs d'Auch par Jacques de Lau. (Aubigné.) Le 23 septembre 1589, « il s'empara par surprise de Solomiac (près Mauvezin (Gers) et s'introduisit la nuit du 20 octobre dans Samatan, où il se maintint jusqu'au 20 janvier suivant. » (*Hist. de Gascogne,* t. v, p. 457.) D'Aubigné raconte à la même époque les exploits de Sus à l'Isle-Jourdain, à Gimont, à Mérens. Sus ne vivait plus en 1594; Poeydavant commence son récit du siége de St-Palais (1594) par ces mots : « Après la mort de Sus, capitaine béarnais, plein de valeur et de courage, on vit Dulaur (de Lau), son adversaire, fier de n'avoir plus de rival capable d'arrêter sa fougue, se jeter sur la Basse-Navarre, etc. »

(146) Emmanuel de Savoie, marquis de Villars, fils aîné de l'amiral de Villars, fut chevalier de l'ordre du St-Esprit, et mourut en 1626. Il avait été nommé par Mayenne lieutenant-général pour la Ligue en Gascogne, 1588-89.

(147) La date de 1590, placée en tête de ce paragraphe, est un simple jalon pour arriver à une date plus précise. Nous avons démontré, note 144, que de Lau s'était emparé de Marciac avant le 11 juin 1590; on a vu, note 145, que Suz était en Gascogne en 1588 et 1589, et qu'il fut battu près d'Auch, par de Lau, en 1588. Il se pourrait que l'entreprise de Suz sur Marciac fût une revanche de la défaite d'Auch; il faudrait alors circonscrire ce fait entre les années 1588 et 1590. Suz ne vivait plus en 1594.

(148) Vital de Ponsan, seigneur de Tourdun, près Marciac, épousa, le 21 janvier 1578, demoiselle Marguerite de La Peyrie du Blanin, veuve de Pierre de Lafitte, seigneur de La Roque. [Courcelles, t. VI, *Généalogie de Lafitte-Montagut*]

(149) Jean de Lons, seigneur de Lons, obtint, le 16 juin 1570, une commission pour être mis en possession du gouvernement du comté de Pardiac et château de Monlezun, dont la reine de Navarre l'avait pourvu. Le 28 septembre 1576, Henry de Navarre le nomma premier écuyer de son écurie, le 25 mai 1577 gouverneur de Mont-de-Marsan et commandant des vicomtés de Marsan, Tursan et Gavardan, le 22 février 1591 chambellan ordinaire du roi, et le 22 mars 1591 colonel général de l'infanterie et grand maître de l'artillerie du royaume de Navarre. Jean de Lons avait épousé en 1565 Aymée de Rivière-Labatut, fille aînée de Jean de Rivière, vicomte de Labatut et de Paule d'Espagne. [Voyez *Armorial des Landes,* par M. le baron de Cauna, t. III, p. 316.]

(150) Antoine de Bégole, seigneur de Bégole, fils de Jean, seigneur de Bégole et de Quiterie d'Ossun, épousa, le 31 janvier 1581, Jeanne de Bourbon-Lavedan, fille d'Anne de Bourbon, vicomte de Lavedan et d'Anne de La Douze. Antoine de Bégole était cadet; son frère aîné Roger ne vivait plus en 1581 et paraît être mort sans postérité, puisque Antoine est qualifié de seigneur de Bégole et de « fils unique de feu Jean de Bégole. » Voyez le *Glanage Larcher.* Sur les « deux Bégole, neveux de Monsieur d'Ossun, » voyez les *Commentaires de Monluc.*

(151) Bernard de Baudéan, seigneur de Parabère, avait été jusquelà du parti de la Ligue; le désir de venger la mort tragique de son frère aîné, gouverneur de Beaucaire, massacré dans cette ville par

l'ordre secret du maréchal de Damville, le jeta dans le parti du roi de Navarre. Pierre de Baudéan-Parabère avait encouru la haine de Damville pour avoir gagné le cœur de la dame de la Tourette, de la maison de Villeneuve, auquel le maréchal prétendait. Il souleva contre Parabère le peuple de Beaucaire, et le dimanche matin, 7 septembre 1578, il fut massacré avec sa maîtresse au moment où ils revenaient de faire leurs dévotions à l'église. « Parabère tout blessé gagna une maison où suivi fut achevé, massacré et tout poinssoné, et la tête du corps astée mise avec une bigue sur l'une des portes de la ville, accoutrée en matassin, » (Pérussis, *Hist. des guerres du comté Venaissin et Provence.*) Paul Baudonet, lieutenant de Parabère, vengea la mort de son capitaine et mit le feu à la ville. Le jeune Parabère, Bernard, quitta immédiatement l'armée de Damville et vint offrir son épée au roi de Navarre. Il fut le fameux Parabère, lieutenant-général en Poitou, dont le nom se trouve mêlé à toutes les guerres de la fin du XVIᵉ siècle.

(152) Charles de Monluc, seigneur de Caupenne, fils de Peyrot de Monluc (Pierre-Bertrand), fils aîné du maréchal. Tous les fils du maréchal étaient morts à cette date (1580), et Charles est le seul de ses petits-fils qui fût en âge de porter les armes et encore n'avait-il que 17 ans. Si ce jeune homme ne s'appelait pas *Monluc,* on s'étonnerait de le voir capitaine à dix-sept ans et commander à de vieux guerriers comme était d'Antras. Mais :

.... chez les âmes bien nées,
La valeur n'attend point le nombre des années.

Charles de Monluc fut tué au siège d'Ardres en 1596. Il laissait de Marguerite de Balaguier-Montsalès une fille, Suzanne, mariée en 1606 à Antoine de Lauzières, fils aîné du maréchal de Thémines. Marguerite de Balaguier se remaria avec un de nos illustres et braves Gascons, Bertrand de Vignoles-la-Hire. On trouvera divers documents sur Charles de Monluc dans un savant mémoire de M. Ad. Magen, intitulé : *La ville d'Agen sous le sénéchalat de Pierre de Peyronenc, seigneur de Saint-Chamarand* (1865, in-8°.) L'un de nous publiera bientôt quelques lettres de lui dans un petit recueil intitulé : *Lettres inédites de divers membres de la famille de Monluc.*

(153) Odet de Monlezun, seigneur de Campagne, Projan, Segos, etc., chevalier de l'ordre du Roi, capitaine de cinquante hommes d'armes, et gentilhomme ordinaire de la Chambre, ardent ligueur,

ne se soumit à Henry IV qu'après son abjuration (voyez note 144.)
Il avait épousé, le 25 novembre 1592, Diane de Monlezun, fille de
Jean, seigneur du Baratnau, sénéchal d'Armagnac, et de Jeanne de
Bezolle.

TRAME DES MÉMOIRES.

AVIS AU LECTEUR

(PAGE 1.)

1ʳᵉ PARTIE.

CHAPITRE I.

Discours des premiers troubles (1563-1567.)

CHAPITRE II.

Discours des seconds troubles etc. (1567-1569).

Prise d'arme des huguenots, 3. — La noblesse catholique de Gascogne s'arme, 3, 4.— Les troupes s'assemblent à Agen et partent pour Limoges, 5, 105, 106. — Les huguenots tentent de s'emparer de la personne du Roi, qui est ramené à Paris par 6,000 Suisses, 106. — Prise de St-Denis et d'Orléans par les huguenots, qui veulent affamer Paris et assiéger Chartres, *id.* — Monsieur, frère du Roi, proclamé chef des armées catholiques, poursuit les huguenots jusqu'en Lorraine, 5, 106. — D'Antras dans la compagnie de M. de La Valette, 106. — Les troupes catholiques s'assemblent à Troyes, en Champagne, 5, 106. — Gondrin et la compagnie de d'Antras forment l'avant-garde et vont droit à l'ennemi, 106.— D'Antras défait une compagnie de huguenots, 106.— Rencontre et défaite des soldats de Pyles, 5, 6. — Lamezan est blessé, *id.* — L'armée marche sur Châlons, 6, 107. — Défaite du cap. Bolzus (?), huguenot, 107. — Ponsenac battu par les compagnies de d'Antras et de Montsalès, *id.* — L'armée des catholiques va en Lorraine et celle des huguenots en Bourgogne, *id.* — Les huguenots prennent Auxerre et assiègent Crevant, *id.* — Ils sont repoussés, *id.* — La Valette défait un parti de maraudeurs, *id.* — Les huguenots se dirigent vers Chartres avec dessein de l'assiéger, *id.*— Les vicomtes assemblent des forces en Guyenne, 108. — Ils sont défaits par Brissac et La Valette, *id.* — Esgarrebaque est tué dans le combat et d'Antras s'empare d'une enseigne, xviii, 108. — La Guyenne envoie des renforts aux catholiques, 108. — M. de Nevers, blessé à la jambe, subit l'amputation, *id.* — Prise de Blois et siège de Chartres, *id.* — La Valette tente inutilement de pénétrer dans Chartres, *id.* — Le Roi, la Reine et Monsieur le félicitent de sa belle retraite, *id.* —

CHAPITRE III.

Discours des tiers troubles et guerre civile, etc. (1569-1589)

IIᵉ PARTIE.

de 1589 à 1610 (?)

APPENDICE I.

Lettres adressées à J. d'Antras par le roi de Navarre, M. de Cornusson, M. de Gramont et M. de Baratnau.

I

A Monsr de Cornacq.

Monsr de Cornacq, ayant entendeu que ma femme cest acheminée pour me venir trouver, je me suis delibéré daller au devant d'elle et m'abvancer jusques a Bourdaux et desirent destre accompagné des s^{rs} gentilhommes qui me sont amis et serviteurs, je leur ay escript et prié de se rendre au meilleur équipage qu'ils pourront le dixieme de ce mois à Bazats où ils me trouveront; et parce que je suis fort assuré de vostre bonne volonté, je vous prie d'en faire de mesme; et croyez que je n'oublieray jamais ce plaisir et bon office s'en presentant l'occasion; et m'assurant vostre venue audit jour, je prie Dieu, Monsr de Cornacq, vous tenir en sa saincte garde. De Nérac, ce 1er jour d'octobre 1576.

Vostre amy,   HENRY.

Je partiray dans quatre ou cinq jours parquoy adviserez si vous pouvez m'y venir trouver (1).

(1) Nous publions cette lettre d'après une copie prise, en 1855, par M. A. Curie-Seimbres, aux archives départementales de Tarbes, dans un petit cahier manuscrit renfermant des notes généalogiques de l'abbé de Vergez. Cette même lettre a été publiée, avec quelques variantes et surtout avec quelques rajeunissements d'orthographe, par M. J. Guadet (*Recueil des lettres missives de Henri IV*, t. VIII, *Supplément*, 1872, p. 96), d'après une copie communiquée par M. de Lagrèze, correspondant du ministère de l'instruction publique. On indique ainsi la provenance du document : *Archives de la préfecture de Tarbes. Mss. de Tascher (sic)*. M. Guadet n'a consacré aucune note à *Monsieur de Cornacq*. Un reproche, à ce sujet, lui a été adressé dans la *Revue critique* du 15 février 1873, p. 111.

II

Monsieur de Cornac, j'ay donné charge au capitaine Lons present porteur de vous aller trouver et vous dire de ma part quelques choses qui importent. A ceste cause, je vous prie de le croire comme si moy mesme le vous disois, et vous asseure que vous n'avez meilleur amy que moy comme il vous dira plus amplement. Et me remetans à sa suffisance, je prie Nostre Seigneur, Monsᵣ de Cornac, vous donne sa sainte grâce.

D'Agen, ce dernier jᵣ de décembre 1576.

Vostre bien bon amy,

HENRY (1).

III

Monsieur de Cornac, j'ay commandé à Bégolle vous aller voyr de ma part pour les occasions qu'il vous dira. Croyez le donc et fetes estat asseuré de mon amytié. Atant je prie Dieu, Monsieur de Cornac, qu'il vous tiene en sa seincte garde.

A Bassoues, ce penultiesme may (2).

Vostre bien bon amy,

HENRY (3).

IV

Monsieur de Cornac, c'est lundy prochain que j'attens ceans mon cousin Monsieur le duc Despernon et par ce que je

(1) *Bulletin d'Auch,* t. ı, p. 472. — Arch. d'Antras.

(2) Peut-être le 31 mai 1577, car on sait qu'à la fin de mai 1576 le roi de Navarre était du côté de Niort, que le 29 mai 1578 il était à Agen, que le 31 mai 1579 il était à Pau, que le 31 mai 1580 il était à Cahors, etc. En mai 1577, au contraire, il n'existe pas d'alibi pour le plus actif, comme le meilleur de nos rois, dans le tableau dressé par M. Berger de Xivrey.

(3) *Bulletin d'Auch,* t. ı, p. 473. — Arch. d'Antras.

desire me voyr accompaigné de ceulx qui me sont certains
et affectionnez serviteurs je vous prie me venir trouver incontinent la présente receüe de croyre que vous ne soriez allé
en lieu ou vous soyez receu de meilleur cueur. Dis a Dieu
Monsieur de Cornac que je prie vous tenir en sa garde.

De Pau, ce iij juyllet 1582 (1).

Vostre bon amy,   HENRY.

V

Monsieur de Cornac, je vous envoye une commission pour
constraindre les habitans des villaiges des environs de Marciac pour venir travailher aux fortisfications et reparations
nécessaires. Je vous prie avec les consuls y tenir la main que
ceste ville soit gardée et conservée à l'obyssance du roy et
vous y prendre bien garde à la bien premunir. Despuis j'ay
entendu que vous et Messieurs les consuls y aviez appellé
Monsieur du Massès, lequel s'y est gesté dedans, de quoy suis
très-aise, dctan que la ville sera plus asseurée par son moyen.
Je ne luy escrips poinct, ne saichant s'il y est ou non. Si
portant est qu'il y soict, je vous prie que je soye par la pre-
sente lettre recommandé à sa bonne grace, et à messieurs les
consuls. Je vous asseure tous que si je me puis employer de
quelque chose, si l'on vous venoit presser, je ne fauldray
poinct à vous servir de tous mes moyens, et vous prouveray
d'aussi bon cueur que je me recommande affectueusement à
vos bonnes graces, priant Dieu, Monsieur de Cornac, vous
donner longue et heureuse vie.

De Thl [Toulouse], le xvij de mars 1577.

Vostre bien affectionné à vous servir,

                                    DE CORNUSSON.

Je vous supplye, si Monsieur du Massès et là, que je soye

(1) Toute cette lettre est écrite de la main d'Henry IV. — Arch.
d'Antras.

bien humblement recommandé à sa bonne grace et que je le
supplye m'advertir de ce que ce passera par de là.

*Monsieur de Cornac, commandant pour le service du roy
à Marciac* (1).

VI

Monsieur de Cornac, je vous escrivis par ma dernière
lettre que vous vous tinsiez tout prest pour me venir trouver
avec vos troupes la part où je vous manderai. A présent,
m'estant résolu de m'acheminer, je vous ay donc faict cette
recharge pour vous prier bien fort vous tenir tout prest avec
vostre troupe, car dans deulx jours je vous advertiray du lieu
où il fauldra que me veniez incontinent treuver, qui est l'endroict où je prie Dieu, Monsr de Cornac, vous avoir en sa
guarde.

De Bordau, le xxvii may 1577.

Vostre entierement meilleur et plus afectionné amy,

GRAMONT.

*Monsieur de Cornac, commandant pour le roy à Mar-
ciac* (2).

VII

Monsieur, je vous ay bolleu advertir a ceste commodité,
comme je sollicite et travailhe tant qu'il m'est possible pour
retcouvrer les partyes que j'ay assignées sur les clergés de
Condommoys et Lectoure, afin de donner quelque contente-
ments à nos compaignons, ce que je desire infinyment, et
espere de retcouvrer bientost l'apointement pour les rendre
contents. Car aprest que jaye asseuré les denyers de ses as-
signations, ce que n'avoit faict encore, je cuide que la reine

(1) *Revue de Gascogne*, t. xvii, p. 455. — Arch. d'Antras.
(2) *Revue de Gascogne*, t. xvii, p. 456. — Arch. d'Antras.

nous mandera tous pour l'aller trouver. Occasion de quoy je vous prie vous tenir prest avec ung gentilhomme seullement, et pour vous de venir quand je vous advertiray si dadvanture il nous fault aller au devant de Sa Majesté, ce que je ne scay encore pour certain. Touttefoy il sera bon de vous tenir prest en l'équipage requis pour venir quand je vous advertiray, avecque le moings de chevaulx que pourrez, dautant quil ne se trouve guere vivres pour icelle partye. Je pense retcouvrer les parties susdites avant qu'il nous failhe aller vers Leurs Majestés. Je vous enverray incontinent l'argent pour contenter nos compaignons et frères de boyage. Sur quoy me recommandant bien affectueusement à vostre bonne grace je supplieray Dieu vous donner Monsieur tres heureuse sante et longue vye.

Au Barannaut, xviij 1578.

Vostre bien humble à vous fere service.

DE BARANNAUT (1).

Monsieur de Samazan, enseigne de cinquante hommes d'armes.

(1) C'est à tort que l'un de nous a dit dans la *Revue de Gascogne* (t. XVII, p. 457) que cette lettre était adressée au frère aîné de Jean d'Antras. Bernard, seigneur de Samazan, était mort à cette date. D'Antras portait les deux noms de Samazan et de Cornac; il signe son avis au lecteur *Samazan*. C'est à lui que s'adressait Baratnau. D'Antras dit lui-même, p. 71, qu'il était enseigne de la compagnie de Baratnau. — Arch. d'Antras.

APPENDICE II.

GÉNÉALOGIE DE LA FAMILLE D'ANTRAS

dressée d'après les titres originaux communi-
qués par M. le comte d'Antras.

La maison d'Antras a pris son nom d'un petit village du comté d'Armagnac, situé à quatre kilomètres de Jegun. Vers le milieu du XIIIᵉ siècle, elle paraît s'être divisée en deux branches, dont la première s'est éteinte dans les premières années du XVᵉ siècle. Nous n'avons pu recueillir sur cette branche que des renseignements sans suite. M. Paul La Plagne-Barris nous a communiqué l'extrait d'un hommage rendu en 1339 au comte d'Armagnac, par Audebert de Mascaron, pour la seigneurie d'Antras au bailliage de Jegun; plus un autre hommage rendu le même jour par Jean de Bedot pour les territoires de *Bedot* et de *Poy* limités par la terre *de Intranis*, appartenant au sire Audebert de Mascaron. De quel droit les Mascaron, originaires du Languedoc (1), et à cette époque grands partisans du comte d'Armagnac, se disaient-ils seigneurs d'Antras? Etait-ce par suite d'une alliance ou d'une vente à pacte de rachat? Nous ne saurions le dire. D'après les *Rôles d'Armagnac* qui sont aux archives de Montauban, Amanieu d'Antras, écuyer, fait montre à Vic-Fezensac, le 1ᵉʳ février 1368 (V. St. id. est 1369), de deux hommes d'armes qu'il avait amenés au service du comte d'Armagnac. Il fut employé au service de la comté

(1) Sicard de Mascaron est au nombre des seigneurs du bailliage de Ste-Gabelle, qui prirent part au *Saisimentum comitatus Tolosæ* de 1271.

d'Armagnac et est porté au compte de l'emploi des tailles pour l'*aide de l'Ost*, pour 524 francs et 6 gros à raison de 12 francs de gages par mois pour chaque homme d'armes. La *Collection Doat*, t. 200, p. 183, cite, sous la date du 18 février 1377, un « contrat duquel appert que les Anglais ayant pris et pillé la ville de Valence en la comté de Fezensac, les consuls pour en empêcher la destruction avaient convenu de leur bailler certaines sommes de laquelle restant à payer 1,200 francs d'or, Gérald de Verduzan et autres furent donnés pour otages aux Anglais qui les détenaient au château de Lourdes, et que à la prière du comte d'Armagnac, *Amanieu, seigneur d'Antras*, Gérald, seigneur de Verduzano, Arnaud-Guillem de Monte-lugduno, seigneur de Mielhano, Menaud de Lasseran, seigneur de Manssencome, avaient convenu que pour délivrer plus tôt ledit Gérald et les autres otages, ils les cautionneraient pour ladite somme de 1,200 francs d'or, au payement de laquelle lesdits consuls s'obligent envers eux, suivant la procuration y insérée des habitants de la ville de Valence, par laquelle ils leur donnaient pouvoir de s'obliger envers Théobald dominus de Petrucia (Peyrusse) et Dominique de Monte-lugduno, bastard, en ladite somme de 1,200 francs. La procuration en date du 8 février 1377. » Cet *Amanieu*, cité dans l'acte qui précède, est probablement celui qui est témoin en 1380 de la quittance dotale de Borguine de Béon, donnée par Centulle de Lagorsan *dominus de Plavesio* (Plavès), son mari, à Pierre de Béon, seigneur d'Aguin, père de ladite Borguine.

« Hæc acta fuere in loco de Aguino die decima septima mensis septembris, anno ab incarnatione domini millesimo trecentesimo octuagesimo,... hujus rei sunt testes nobiles Manaldus de Beone dominus de Balhasbats, Petrus de Beone dominus de Masseis (le Massés), nobilis AMANEUS DE ANTRANIS, DOMINUS DE ANTRANIS in Fezensaco et ego vitalis de Rossio Tholose et comitatis Astaraci notarius. » (Archives d'Aguin.)

Le même Amanieu d'Antras rend hommage au comte

d'Armagnac pour Antras, la moitié de Nèguebouc, le fief de Sedau et le territoire de Saint-Gilese au bailliage de Lavardens, 10 octobre 1384. (*Arch. de Montauban, Hommages d'Armagnac.*) Ne serait-ce pas le descendant d'Audebert de Mascaron? Nous relevons d'autre part, dans les archives de M. le comte Odet de Lahitte, un acte d'échange du 2 septembre 1404 entre Jean de Monlezun, co-seigneur de Montastruc, et et noble damoiselle *Jeanne d'Antras*, femme de noble Bernard de Lorroquan, *seigneur d'Antras*. Au xvi° siècle, Antras appartenait à la maison de Batz. [*Voyez la note sur le baron de Mimort*, p. 99.]

———

La seconde branche, celle de notre chroniqueur, vint se fixer dans le comté de Pardiac, à la suite d'une donation de terres nobles faite en 1278 à Bernard d'Antras *miles* (*homme d'arme*) par Géraud, comte d'Armagnac, Fezensac et Pardiac. L'acte de cette donation, conservé en original dans les archives de M. le comte d'Antras, est le premier titre de cette généalogie.

———

I. BERNARD Ier D'ANTRAS (*miles*), reçut du comte d'Armagnac, pour ses bons et agréables services, la donation des terres de Flourès, Creschies, les Litges et de deux moulins assis sur le Lys et sur le Bouès, au comté de Pardiac. L'acte fut retenu par Guillaume de Ponsan, notaire de Vic-Fezensac, sous la date du jour des calendes de mars 1278.

Noverint universi et singuli quod egregius et potens vir dominus Geraldus comes Armaniaci Fesenciaci, Pardiaci et aliarum comitatum qui gratis pro se suisque in futurum successoribus quibus cumque dedit et donavit in perpetuum nobili viro domino Bernardo Dantranis milite ibidem presenti stipulanti et accipienti, videlicet quoddam hospicium et territorium nobile vocatum de Floresio et de Creschiaco in Pardiaco, cum suis terris cultis, incultis, pratis, vineis, nemoribus et pertinentiis, quod continet sexagenta arpentos et confrontatur cum factibus de Marciaco, de Bello marquesio et aliis suis justis confrontationibus, ac cum suis feudis, vendis, agreriis et laudiniis, acapitibus, retro acapitibus et aliis juribus; cum molendino constructo suprà aquam de rivo de Liso et cum juridictione bassâ usque ad sexaginta quinque solidos morlanorum.

Item plus quoddam molendinum situm super aquam de Louboues vocatum de Monardo cum suis pratis terris et aliis pertinentiis.

Item plus aliud hospicium vocatum de Litgiis situm in Pardiaco cum simili juridictione et cum suis pratis, terris et aliis pertinentiis quod continet duos arpentos et cum suis feudis, laudiniis, acapitibus et retro acapitibus et aliis juribus eidem hospicio pertinentibus. Hanc autem donationem memoratus dominus comes fecit et fecisse dixit dicto domino de Antranis Floresio pro pluribus ac benevolis servitiis tàm in bello quàm in aliis partibus factis, de quibus se habuit, et dicto domino Dantranis Floresio quittavit et sub tamen reservatione hommagii quod tenebitur et successores sui in futurum, facere et prestare de suprà dictis bonis et feudis superius contentis. De quibus omnibus universis et singulis supérius contentis, tàm dictus dominus comes quam dictus dominus de Floresio, requisierunt fieri et retineri hoc presens publicum instrumentum sive chartam donationis, quod et feci.

Acta enim fuerunt apud castrum ville Vici-Fesencaci die calendarum mensis marcii anno domini millesimo ducentesimo septuagesimo octavo regnante Philippo Francorum rege, dominante et domino Geraldo°comite Fesencaci, Armagnaci, Pardiaci et aliis comitatibus, dominante et domino Amaneiquo archiepiscopo auxitano. — Testes hujus rei sunt : Raymondus Montesquivii dominus dicti loci, Bartholomeus Cailhaveti, domicellus dicti loci, Petrus Baulati Bajulus Vici-Fesencaci qui requisitus de his premissis feci et scripsi hanc chartam ego guilhelmus de Ponsano communis notarius publicus ville Vici-Fesencaci, Lupiaci et Petrutie majoris et ad requisitionem dicti domini comitis et dicti domini de Floresio feci, retinui et instrui hoc presens publicum instrumentum sive chartam et in fidem omnium et singulorum signum meum autenticum apposui.

De Ponsan.

L'acte de donation ne fait point mention de la terre de Samazan, ce qui porte à croire que Bernard d'Antras n'était pas encore seigneur de cette terre. Le devint-il plus tard, et est-ce lui qui se porte garant de la vente de Rive-Haute faite en 1390, au monastère de la Caze-Dieu, par Jean *de Ripa-Alla?* «Pro quibus omnibus tenendis... et observendis, Bernardus de Samazano, Domicellus, Condominus de Samazano, Vitalis de Arricorb, Domicellus, Dominus de Arricorb (Ricourt) in Pardiaco... etc.» (*Hist. de Gascogne*, t. VI, 227.) En 1322, Raymond-Bernard de Samazan, *seigneur* de Samazan, et Bernard de Samazan, *co-seigneur* de Samazan, figurent au nombre des seigneurs du comté de Pardiac, qui transigent avec Arnaud-Guillem de Monlezun *Dei gratiâ* comes Pardiaci. (*Ibid.*, p. 49).

II. N. D'ANTRAS, seigneur de Flourés, Louslitges, Creschics.

III. BERNARD II D'ANTRAS, sensé petit-fils de Bernard Ier, était, en 1372, chancelier d'Armagnac; il est qualifié tel dans la donation du château et seigneurie de St-Amans, faite par Jean, comte d'Armagnac, à noble Antoine de Rivière, gentil-homme servant ledit seigneur comte, dans laquelle donation il comparut comme témoin.

IV. BERTRAND Ier D'ANTRAS, seigneur de Samazan, Aurensan, Flourés, Les Litges est connu par le contrat de mariage de son fils aîné Jean, avec demoiselle Louise de Pardaillan-Panjas, par lequel contrat il fait donation de la moitié de ses biens au premier enfant mâle qui naîtra du mariage de son fils, donne l'autre moitié à son dit fils, et déshérite François d'Antras, son second fils, pour cause de mésalliance; 12 octobre 1390.

1° Jean, qui suit;

2° François d'Antras, déshérité par son père, ainsi qu'il est porté au contrat de mariage de son frère, du 12 octobre 1390, dans lequel il est dit : « *Item lou dit senhou d'Antras dits que Frances d'Antras soun secound hil lui estat rebelle inobédient, ses maridat contre sa volontat dams personne nou de sa qualitat, et tant acause daquo que dautres ingra-*

titudes, lou desheirite et nou age nade part en sous bens,
etc. » François d'Antras habitait Maubourguet; il laissa de
sa femme, dont le nom n'est pas connu, un fils nommé :

> — Nicolas Ier d'Antras, dans son testament du 15 août
> 1470, se dit fils de noble François d'Antras de
> Maubourguet, fait des legs aux frères Minimes de
> Mirande et aux Augustins de Marciac, aux abbayes
> de La Caze-Dieu et de Berdoues, etc. Laisse à Men-
> jottine d'Antras, sa nièce, fille de Nicolas d'Antras,
> son cousin, la somme de 100 escus petits; à Marie
> d'Antras, fille naturelle dudit Nicolas, 100 livres
> « per se marida, » et institue son héritier, « domi-
> num nobilem Nicolaum de Antrano consobrinum
> suum, dominum de Samazano, » nomme pour ses
> exécuteurs testamentaires noble Jean de Sérignat et
> Bernard de La Violette, de Marciac, en présence de
> « Bertrandum de Antranis et ego Gracias de Do-
> minico notarius publicus ville Marciaci. »

V. JEAN Ier D'ANTRAS, seigneur de Samazan, Aurensan,
Flourés, Le Litgés, épousa, par contrat du 12 octobre 1390,
retenu par Jean Brun, notaire de Panjas, noble damoiselle
Louise de Pardaillan, fille de Messire Guillem de Pardaillan,
seigneur de Panjas, « *in presentia nobilis viri Petri domini
de Toyosa (Toujouse), Joannis de Santo Luco, et Bernardi de
Petra longua.* » Jean d'Antras fut père du suivant.

VI. NICOLAS II D'ANTRAS, seigneur de Samazan, Flourés,
Lous Litgés, Creschies, et du moulin noble dit d'Enmounard,
sur le Boués. Il rendit hommage à Bernard, comte de Pardiac,
le 28 octobre 1424.

« Recognovit se tenere a dicto domino comite Pardiaci, territerium
et hospitium vocatum de Floresio, et de Creschiis in Pardiaco cum
suis pertinentiis, quod continet sexaginta arpentos, confruntantes
cum factibus de Marciaco et de Bello marquesio; cum molendino
constructo supra aquam et rivum de Liso et cum jurisdictione bassâ
usque ad sexaginta quinque solidorum morlanorum. Item plus aliud
molendinum situm supra aquam de Lou Boues, vocatum de Monardo.
Item plus aliud hospitium vocatum de Litgiis cum suis pertinentiis,

in Pardiaco, quod continet duos arpentos, cura suis feudis et cum
jurisdictione bassâ *(ut supra)*. Hæc in casto de Petrucia magna, die
vigesima octava mensis octobris, anno domini 1424. Testes hujus
rei sunt nobiles Joannes de Basculio dominus dicti loci, Bernardus
Lupi dominus dicti loci, Bernardus de Monte lugduno domicellus,
et ego Joannes Molerii, notarius publicus Ardani, Lupiaci, Vici
Fezensaci et Petruciæ magnæ. »

Nicolas d'Antras eut de N. du Faur (?) :

1° Nicolas, qui continue la descendance;
2° Dominique, auteur de la branche de Flourés, rapportée en
   son lieu.

VII. NICOLAS IIIe D'ANTRAS, seigneur de Samazan et
Pallane, fils de Nicolas IIe, ainsi qu'il résulte de la quittance
dotale de Menjottine d'Antras, sa fille, épouse d'Arnaud de
Fleurian, du 18 avril 1500, dans laquelle il est dit que
Nicolas, père de Menjottine, est fils d'autre Nicolas d'Antras,
seigneur de Samazan. Il fut héritier de Nicolas Ier d'Antras,
son cousin, par testament du 15 août 1470, rappelé plus
haut; il reçut commission de messire Antoine de Tournemire,
chevalier, chambellan du Roi, commissaire, député par noble
et puissant seigneur Gaston du Lion, sénéchal de Toulouse,
pour mettre sur pied et habiller les francs-archers des pays
et vicomté de Rivière, comté de Pardiac, baronnies d'Ordan,
Biran, Peyrusse et comté de Bigorre, 30 octobre 1472, à
laquelle commission est attachée un ordre du Roi, du
20 novembre suivant, d'assembler immédiatement les troupes et de courir sus au comte d'Armagnac et à ses complices
rebelles au Roi. Le 31 décembre 1478 il rendit hommage à
Jean, comte d'Armagnac, et reconnut tenir

In feudum nobile et gentile ac sub dicto homagio et fidelitatis
juramento, videlicet hospicium vocatum de Pallana in comitatu
Pardiaci, infra jurisdictionem ville Tilhaci scitum et positum cum
feudis, vendis, terris et pratis, nemoribus…etc., et etiam aliis feudis,
etc., terris pratis quos possidet in loco et jurisdictione des Lytges,
etc., presentibus nobilibus et honorabilibus viris, domino Geraldo

domino de Feudo marconis, Bernardo de Riparia, senescallio Armai-
gnaci, Bertrando de Pratis domino de Montepezato, Joannes de
Vicomonte, domino de Tournecouppa, domino de La Cabaleria,
ordinis Sainte-Joannis hierosolomitani militibus, Joanne de Manas-
sio, domino Davensaco. — Bertrand Barrère, notaire de Vic-Fezensac.

Nicolas d'Antras avait acquis la terre de Pallane à N. de
Monlezun, lequel ratifia ladite vente en 1511 à Bernard d'Antras, fils de Nicolas.

Nicolas d'Antras fit son testament le 13 mai 1505, devant
Bernard Escrivan, notaire de Marciac; il légua à Jean
d'Antras, l'aîné de ses petits-fils, la seigneurie de Samazan
avec toutes ses appartenances, et la seigneurie du Litges; à
Sans d'Antras, son troisième petit-fils, le moulin d'Enmounard et ses dépendances; à Bernard, son quatrième petit-fils,
la seigneurie de Pallane. Son fils Bernard étant décédé avant
lui, il nomme pour tuteur de ses petits-fils révérend père
en Dieu Pierre du Faur, évêque de Lectoure, Arnaud du
Faur, docteur es-loix et procureur général du Roi, et
Clarmontine de La Violette, sa belle-fille; nomme ses exécuteurs testamentaires, Pierre Tanque, licencié en théologie,
Pierre Pradère, capitaine, noble Jean de La Violette, procureur du comté d'Armagnac, Gaston du Faur, son neveu,
Bertrand de Saint-Aubin, son petit-fils, et Bertrand d'Antras,
son neveu. Veut que Marie d'Antras, sa fille naturelle, et
Janoton du Faur, son mari, vivent au château de Samazan et
les recommande à sa belle-fille.

Nicolas laissait de *Jeanne du Colomé,* sa femme :

1° Bernard, qui suit :
2° Clarmontine, mariée à noble Jean de Saint-Aubin, du lieu de
   Panjas. (*Test. de Nicolas.*)
3° Catherine, mariée à noble Jean d'Arroede, fils d'autre noble
   Jean. (*Id.*)
4° Menjottine, mariée à noble Arnaud de Fleurian, du lieu de
   Pavie (*ibid.*), lequel donne quittance de la dot de sa femme

par acte du 11 avril 1500, retenu par Escrivan, notaire de
Marciac; dans lequel acte il est rappelé que Menjottine est
fille de Nicolas, fils d'autre Nicolas d'Antras, aïeul de
ladite Menjottine;

5° Jaynette, mariée à noble Ogier de Lamarque, de Morlas;

6° Guirautine, mariée, par contrat du 8 septembre 1485, à noble
Jean de La Violette, frère de Clarmontine de La Violette,
femme de Bernard d'Antras;

7° *Une fille naturelle appelée Marie.*

VIII. BERNARD III D'ANTRAS, fils aîné de Nicolas, seigneur
de Samazan, et de Jeanne du Colomé, fut fondé de procuration, le 18 avril 1488, par noble Bernard de Lavedan, seigneur
de Tourdun et de Horgues, pour et en son nom se rendre
auprès de la personne du roi de France, le servir et le défendre contre ses ennemis, service auquel ledit sieur de Lavedan était tenu pour sa terre de Tourdun. Il épousa, par
contrat du 8 septembre 1485 retenu par Serrada, notaire de
Marciac, noble damoiselle *Clarmontine de La Violette,* fille de
noble Vital de La Violette, seigneur du Cassagnau, en présence
de noble Jean de La Violette, seigneur de Cornac, et Dominique d'Antras, seigneur de Flourés; le même jour, Jean de La
Violette, frère de Clarmontine, épousa Guirautine d'Antras,
sœur de Bernard. Bernard d'Antras fit son testament le 10
mai 1499.

Clarmontine de La Violette acquit de noble Nicolas de La
Violette la terre et seigneurie de Ricourt, en Pardiac. Les
archives de la maison d'Antras possèdent les titres féodaux de
cette terre depuis l'hommage qu'en rendit au comte d'Armagnac, en 1458, Raymond d'Astain (de Astagno), seigneur
d'Estampes. Arnaud Garcias d'Astain, seigneur d'Estampes et
Ricourt, vendit en 1487 cette seigneurie à noble Nicolas de La
Violette, seigneur du Cassagnau et de Cornac, pour la somme
de 350 écus. Le 10 juin 1504, Amanieu d'Astain, Antoine
d'Astain et Jean d'Astain aîné, fils de Arnaud Garcie d'Astain,
seigneur d'Estampes, ratifient à noble Nicolas de La Violette,

seigneur de Cornac, la vente de la terre de Ricourt faite par Arnaud Garcie, leur père, à feu noble Nicolas de La Violette, père du susdit seigneur de Cornac.

Par son testament du 5 juillet 1535, Clarmontine de La Violette lègue la terre de Ricourt à Jean d'Antras, son fils aîné, laisse à Nicolas, son fils cadet, chanoine de Vic, la borde du *Cassou blanc,* qui avait appartenu autrefois à Pierre-Jean de La Violette, son frère; laisse à Sans, son troisième fils, la borde de *La Mazugue;* à Bernard, son quatrième fils, une autre borde ayant aussi appartenu à son susdit frère; fait des legs à Anne, sa fille, à Bertrand de La Violette, seigneur du Cassagnau, son neveu, et à Jean de La Violette, son premier né :

1° Jean, qui suit;

2° Bernard IV, seigneur de Pallane, en vertu de la donation de son grand-père, fut prêtre et collégial du chapitre de Notre-Dame de Marciac. Il assista au contrat de mariage de son neveu, Bernard V d'Antras, avec Jeanne de Rivière-Labatut, et fit donation de la terre de Pallane au premier enfant mâle qui naîtrait de ce mariage, 28 octobre 1563. Bernard V d'Antras n'ayant laissé qu'une fille, Bernard IV révoqua la donation en faveur de son second neveu, Jean d'Antras, aux mêmes conditions, 30 novembre 1571. Par son testament du 23 mars 1573, il fait un legs à Pierre d'Antras, son fils naturel; laisse par aumône pie à *Jeanne de Rufé,* mère dudit Pierre, la somme de 25 livres, et pour le surplus de ses biens il institue ses héritiers Jean, François et Bernard d'Antras, ses neveux;

— Pierre d'Antras de Pallane, fils naturel de Bernard, ainsi qualifié dans son testament du 20 février 1580, institua ses héritiers universels Jean et Bernard d'Antras, ses cousins.

3° Sans, qui a continué la descendance après son frère Jean;

4° Nicolas, chanoine de Vic-Fezensac, mort avant 1544. Son frère Jean le rappelle dans son testament comme lui ayant laissé tout son bien;

5° Anne, mariée à noble Manaud du Faur, seigneur de La Rivière, dont vint Bernard du Faur qui reçut procuration de sa mère le 7 novembre 1557, pour régler le reste de sa constitution dotale. De Manaud du Faur descendent les du Faur de La Rivière, seigneurs de St-Christaud, près Auch, et sans doute aussi les seigneurs et comtes de Bérat, auparavant seigneurs de Mazérettes, près Mirande.

IX. JEAN II° D'ANTRAS, seigneur de Samazan, Louslitges, Ricourt, servit en 1521 à l'appel du ban et de l'arrière-ban, ainsi qu'il est prouvé par le présent certificat du baron d'Estissac :

Bertrand, seigneur et baron d'Estissac, lieutenant du roy en Guyenne, certifions a qui il appartiendra que Jehan de Samazan escuyer seignᵣ dudit lieu a servi en ceste ville pour l'arriere ban monté et armé a la charge quil estoit veneu fere pour la seigneurie dudit lieu, tant pour luy que pour ses aydes et consors. Donné a Bayonne ce troisiesme jour de Novembre 1521. — ESTISSAC.

Le 31 janvier 1532, il épousa noble damoiselle *Jeanne d'Armagnac*, dame de Sainte-Christie, fille de messire Jean d'Armagnac, seigneur de Sainte-Christie, près Nogaro. Le contrat porte la close suivante :

Item a estat convengut entre las susdites partidos et volut et volen que los susdits Dantras et Darmanhac marit et molhe futurs, seran tenguts de paga aus heretes deu noble Johannot de Villa senhor en son vivent de Maumusson la soma que sera deguda et coneguda per las despensas et fornituras feytas per lodit Johannot, per deffensa ladite senhora en ung proces que era pendent a causa de guerra entre los deffunts Monsenhor Dalbret, et Monsenhor de Termes de una part et ladita Darmanhac dautre.

Item seront tenus de payer les sommes fournies par le seigneur de Villa sur la terre de Sainte-Christie :

Laquelle soma lo susdit de Villa balhec et fornic sur ladite senhoria de Sᵗᵃ Christina au noble Johan Darmanhac en son vivent senhor de ladite plassa et pay de la nobla Johanna Darmanhac molhe futura dudict Dantras. En présence de noble Bertrandi de Montealbano miles, domini de Floresio, Caroli de Sᵗᵒ Martino domini de Sᵗᵒ Martino, Johannis de Serignaco domini de Bellomonte, Bertrandi de

Antranis domini de Tiraco, et Johannis de Cossola domini de Sparsaco ville de Anhaino.

Jean d'Antras testa le 3 janvier 1544 au château de Samazan; laissa la somme de 25 livres tournoises pour la réparation de l'église de Samazan et la construction du clocher; donna à sa femme l'usufruit de tous ses biens, fit des legs à Sans et à Bernard, ses frères, et Anne, sa sœur, ainsi qu'à Catherine, sa fille naturelle; institua son héritier universel Bernard d'Antras, son neveu, fils de Sans, et nomma pour ses exécuteurs testamentaires messire Pierre du Faur, seigneur de Pibrac, président au parlement de Toulouse; Jean du Faur, seigneur de Saint-Jorry, et Jean de Montesquiou, baron dudit lieu, sénéchal d'Aure; confia l'exécution des legs pies à noble Nicolas de La Violette, seigneur du Cassagnau, à Bernard de Pallane, son frère, et à Manaud du Faur, son beau-frère. En présence de Révérend Père en Dieu Vital du Faur, abbé de La Caze-Dieu, Bernadot et Colas d'Antras, frères, seigneurs de Flourès, Pierre de Tauzia, seigneur de La Bastide, André de Batac, seigneur de Courlens, et Jean de Mediavilla, bachelier en droit, habitant de Marciac :

> — Catherine d'Antras, fille naturelle de Jean, qui lui laissa par testament une maison à Marciac et cinquante livres tournoises. Elle fut mariée par contrat du 13 décembre 1545 avec Bertrand du Pont, fils de sire Arnaud du Pont, du lieu de Camalés, en présence et avec le consentement de Sans d'Antras, son oncle.

IX. SANS (alias SANSON), D'ANTRAS, sieur du Pouton, était le troisième enfant de noble Bernard d'Antras et de Clarmontine de La Violette. Le 10 mai 1552, il dénombra, devant le sénéchal d'Armagnac, au nom de son fils Bernard, les terres nobles et seigneuries de Samazan, la seigneurie de Ricourt, avec moyenne et basse justice, et déclare que :

Quand plaist au roy nostre sire mander les nobles pour servir au ban et rière ban je suis teneu avec les seigneurs de Cornac, de Florés, Le Cassaignau, Bonas, Mamoet (?), Laverouet, Scieurac et Sen Christot, faire un archer ainsy quil se trouvera au libre de vostre seneschaussée.

Sanson servit à trois différentes reprises au ban et à l'arrière-ban, suivant les trois certificats signés de Messire Jean de Galard de l'Isle, sénéchal d'Armagnac, en date des 3 septembre 1544, 12 mai 1555, et 12 mai 1565. Le 13 mars 1567, il vendit, à faculté de rachat, pour la somme de 300 livres tournoises, la seigneurie de Ricourt à demoiselle Rose de Pélagrue, femme de noble Jean de La Violette. Par son testament du 26 mai 1570, il déclare que son fils aîné, Bernard, étant mort sans enfants mâles, il laisse la maison noble du Pouton, qu'il lui avait donnée, à Bernard, son troisième fils. Fait des legs à Jeanne, sa petite-fille; à Marie, sa fille, et à Isabeau, sa fille naturelle, et institue son héritier général Jean-d'Antras, son deuxième fils.

Il laissa de *Serène de Canet,* fille de noble Bernard de Canet, seigneur de Laguian, au pays de Rivière-Basse, qu'il avait épousée par contrat du 23 mars 1531 :

1° Bernard, qui suit;

2° Jean, auteur des Mémoires, a fait la *branche de Cornac,* qui sera rapportée après celle de Samazan;

3° Bernard VIe, sieur du Pouton, mourut sans alliance. Il testa le 25 mars 1584 devant Dutertre, notaire de Marciac, fit des legs à Jean-François du Colomé, fils de Jean du Colomé et d'Isabeau d'Antras; à demoiselle Andrée d'Antras; à Suzanne, fille naturelle de son frère François; à François de Pinchon, son neveu; institua pour son héritier Jean, seigneur de Cornac, son frère, et nomma Jean de Pinchon, docteur et avocat, et Bertrand de La Violette, seigneur du Cassagnau, et Jean de Sariac, seigneur du Colomé, ses exécuteurs testamentaires;

4° François, mort sans alliance. Par son testament du 14 décembre 1578, il fit un legs de 23 écus sols à Marie d'Antras, sa sœur, pour être employé au mariage de Jeanne de Pinchon, sa première fille; 66 écus sols à Jean, seigneur de Cornac, son frère; 3 écus un tiers à Catherine d'Antras, *sa nièce, bâtarde;* 20 écus à Suzanne d'Antras, *sa fille naturelle,* et nomma pour son héritier Bernard, seigneur de Samazan, son frère aîné;

5° Marie, fut mariée par contrat du 26 juin 1561, retenu par Dutertre, notaire de Marciac, avec Messire M^{tre} Jean de Pinchon, docteur en droit et juge de Rivière-Basse. Le contrat fut passé au château de Samazan en présence de noble Nicolas de La Violette, seigneur de Cornac; noble Bernard du Faur, seigneur de La Rivière; noble Jean de La Violette, cadet de Cornac;

6° Isabeau, *fille naturelle* de Sanson d'Antras, nommée au testament dudit Sanson pour un legs de 15 écus petits. Elle fut mariée à noble Jean du Colomé, dont elle eut Jean-François du Colomé, auquel Bernard d'Antras, sieur du Pouton, laissa par testament 10 écus sols. Jean de Sariac, seigneur du Colomé, qui est exécuteur testamentaire dudit Bernard, nous paraît être le même que Jean du Colomé, mari d'Isabeau.

X. BERNARD V^e D'ANTRAS, seigneur de Samazan, Ricourt, Le Litges, en vertu de la donation testamentaire de Jean d'Antras, son oncle, du 3 janvier 1544. Il épousa, par contrat du 28 octobre 1563, noble demoiselle *Jeanne de Rivière,* fille de noble Jean de Rivière, vicomte de Labatut, et de Catherine de Vise, sa deuxième femme, et sœur d'Antoine de Rivière, fils aîné dudit vicomte de Labatut. En considération de ce mariage, Bernard d'Antras, seigneur de Pallane, fait donation de la terre de Pallane au premier enfant mâle de son neveu Bernard et de ladite demoiselle de Rivière.

Bernard fit son testament le 11 octobre 1568, devant Jean de France, notaire de Marciac; il déclare ne laisser de son mariage avec Jeanne de Rivière qu'une fille, Jeanne d'Antras, qu'il institue son héritière universelle, et comme elle est pupille, il lui donne pour tuteur noble Antoine de Rivière, vicomte de Labatut, son beau-frère; laisse à Marie d'Antras, sa *fille naturelle,* 1,500 livres, et déclare qu'étant en ce moment tuteur des enfants de noble Jean de La Violette, seigneur du Cassagnau, il veut que ses héritiers rendent compte de la-dite tutelle. Jeanne de Rivière se remaria avec noble Pierre du Lau, seigneur de Mauhic, qui fut tué au château de La-salle, près Aignan, dans un festin de noce. (Voyez note 119.)

XI. JEANNE D'ANTRAS, dame de Samazan, Ricourt et Louslitges, épousa, par contrat du 6 juillet 1578, noble Sé-bastien de Monlezun-Campagne, fils d'Arnaud de Monlezun, seigneur de Campagne. Les deux époux donnèrent par con-trat la moitié de tous leurs biens au premier enfant mâle qui naîtrait de leur union. Jeanne d'Antras se remaria par con-trat du 17 août 1600 avec noble Marguerin de Monlezun, seigneur de Saint-Lary, Betplan, etc., et testa le 23 février 1603. Elle eut du premier lit :

1º Henri, seigneur de Samazan, qui suit;
2º Olympe, religieuse au couvent du Brouil, ordre de Fontevrault.

Deuxième lit :

1º Jean-Jacques, seigneur de Saint-Lary, Betplan, auteur des marquis de Montlezun Saint-Lary-Betplan (voir *La Chenaye-des-Bois*);
2º Anne, qui fut mariée à noble Roger d'Ustou, seigneur de La Molette.

XII. HENRI DE MONLEZUN-CAMPAGNE, seigneur de Sa-mazan et Ricourt, se trouvait, en vertu de la donation portée au contrat de mariage de ses parents, possesseur de la terre de Ricourt et de la moitié de celle de Samazan. Il acquit de sa mère, en 1622, l'autre moitié de Samazan, pour la somme de 15,000 livres, en présence de noble Jean-Pierre d'Astain, seigneur d'Estampes. Il épousa en l'année 1610 demoiselle *Françoise de Baudéan-d'Aux,* dont il eut entre autres enfants :

1º Emmanuel.

XIII. EMMANUEL DE MONLEZUN-CAMPAGNE, seigneur de Samazan et Ricourt, épousa demoiselle *Isabeau de Lasse-ran,* fille et héritière de noble Jean-Antoine de Lasseran-Cazaux, seigneur de Sanous, et de Diane de Mediavilla. Elle était petite-fille de noble Assibat de Lasseran, seigneur de Sanous, et arrière-petite-fille de noble Frix de Lasseran, seigneur de Cazaux, qui épousa, le 6 juillet 1565, demoiselle Jeanne d'Andouins, fille de noble Jean d'Andouins, gouverneur de Bayonne, et de Madeleine de Bazillac, *dame de Sanous*, en Bigorre.

Emmanuel de Monlezun n'eut de son mariage avec Isabeau de Lasseran qu'une fille nommée Jeanne.

XIV. JEANNE DE MONLEZUN, dame de Samazan, Ricourt et Sanous, épousa haut et puissant seigneur messire Pierre de Villemur-Paillès, fils de Anne de Villemur-Paillès et de Catherine de Comminges *dite de Bourbon*. Ils eurent pour fils :

XV. FRANÇOIS-ANTOINE DE VILLEMUR DE COMMINGES DE BOURBON, seigneur marquis de Paillès, Ricourt, Samazan et Sanous. Il dénombra ses terres nobles en 1725 devant la Chambre des comptes, déclara :

Posséder au lieu de Samazan une maison seigneuriale où il fait son habitation, y ayant cinq tours, bassecour, avec les offices entourées de fossés, plus deux pigeonniers, sur le dehors, etc. »

Dans le dénombrement de Ricourt, il déclare :

Tenir encore audit lieu de Ricourt un enclos ou place entouré de fossés, où jadis souloit être la maison seigneuriale, n'y restant à présent qu'une vieille tour de pierre de taille qui est faite en voute, et un pigeonnier tout auprès.... Et aussi déclare ledit seigneur dénombrant que quand il plait au roy de mander les gentilshommes et nobles de Pardiac de l'aller servir au ban et arrière ban, ledit seigneur est tenu pour lesdites seigneuries a la neufvième partie d'un archer et pour les huit parties restantes sont tenues de faire, Messieurs de Cornac, de Florès, du Cassagneau. de Biamouret, de Lasserade, Sierac, Saint-Christau et Bonas.

Les Villemur-Paillèz ont habité le château de Samazan jusqu'à la Révolution.

BRANCHE DES SEIGNEURS DE CORNAC ET PALLANE.

X. JEAN D'ANTRAS, seigneur de Pallane, en vertu de la donation que lui fit de cette terre Bernard IV d'Antras, son oncle, après la mort sans enfant mâle de Bernard V, son frère (30 novembre 1571), **est l'auteur des Mémoires que nous publions;** nous y renvoyons pour les détails biographiques. Il épousa, par contrat du 20 octobre 1574, demoiselle *Françoise de La Violette,* fille et héritière de noble Lancelot de La Violette, seigneur de Cornac, et du fief noble de Saint-Julien, et de Frise de Baudéan d'Aux. Françoise fut assistée de messire Antoine de Rivière, vicomte de Labatut, son tuteur, de noble André-George de Baudéan, seigneur de Clermont, son oncle maternel, de noble Henri de Rivière, seigneur de Lengros, son cousin, de noble Thomas de Batac, seigneur de Courlens, son cousin, de noble Bertrand de La Violette, seigneur du Cassagnau, son proche parent, de messire Pierre d'Ossun, seigneur dudit lieu, et de noble Carbon du Lau, seigneur de Mauhic.

La terre de Cornac, que Françoise de La Violette apportait à son mari, relevait, au XVᵉ siècle, de la maison de Troncens. Le plus ancien titre féodal de cette terre que nous fournissent les archives de la maison d'Antras est l'hommage du 18 avril 1438 rendu au comte d'Armagnac par Jacques de Troncens, seigneur de Blousson, de la *quatrième* partie de Samazan, de Cornac et de *Portali :*

Dictus senhor nomine quo supra, dixit, recognovit, confessus fuit se tenere ac tenere velle et debere in *feudum nobile* ac sub homatgio et fidelitatis juramento a dicto domino Comite predicta territoria, videlicet quartam partem territorii de Samazano, territorium de Blossonio *territorium de Cornaco* et territorium de Portali.

Le 1ᵉʳ août 1466 intervient une transaction entre noble Jacques de Troncens, seigneur de Blousson, et damoiselle

Domenges de Troncens, sa sœur, épouse de noble Pierre de
Lus, *alias Savoya*, au sujet de la constitution dotale de ladite
Domenges. Jacques, tant pour lui que comme héritier de Arnaud et Garcie de Troncens, ses frères, et Guiraude d'Andurin,
sa mère, reconnaît que Manaud de Troncens, son père, l'a
chargé, comme son héritier, de payer à ladite Domenges sa
constitution dotale; ce pourquoi faire il donne, cède, trans-
porte à sa dite sœur la seigneurie de Cornac. Domenges de
Troncens dut vendre la terre de Cornac à noble Jean de La
Violette, car les archives d'Antras nous fournissent, à la date du
12 janvier 1468, un acte par lequel Jacques de Nemours dé-
lègue le seigneur de Saint-Paulet pour recevoir en son lieu et
place l'hommage de :

« Jehan de La Violette, escuyer, seigneur de Cornac en notre
comté de Pardiac, » lequel « ne pouvant encores faire ses foy et ho-
maiges quil nous est teneu faire du susdit Cornac, à cause de notre
chastellenie de Monlezun, et que obstant ses occupations et affaires
ne peult venir devers nous… vous mandons de notre grace vouloir
et parole que vous receviés du susdit de La Violette, ses foy et ho-
maiges qu'il nous est teneu faire, etc. »

Jean d'Antras eut de son mariage avec Françoise de La
Viollette :

1º Jean-François, seigneur de Cornac, qui suit;
2º Annet, sieur de Carchelles, auteur de la branche de Gardères,
    rapportée en son lieu;
3º Marguerin, seigneur de Gardères et du Pouton, épousa, par
    contrat du 24 avril 1631, retenu par Jean Rouger, notaire de
    Malabat, demoiselle *Isabeau de Benque de Marun*, veuve
    de feu noble Jean d'Aure, seigneur de Moncla, et fille de
    noble Philippe de Benque, seigneur de Marun, en Astarac.
    (Isabeau avait été mariée avec le feu seigneur de Moncla,
    par contrat du 1er décembre 1613, retenu par Forgues, no-
    taire de Villeneuve de Rivière; lequel sieur de Moncla était
    décédé sans enfants, instituant pour son héritier Bernard
    d'Aure, son frère.) Le 1er juin 1632, Marguerin d'Antras, ac-
    quit de noble Antoine de Béon d'Armentieu de La Palu la

seigneurie de Gardères, en Monlezun, laquelle seigneurie
ledit seigneur d'Armentieu avait acquise de noble Alexandre
de Sedillac, seigneur de Bonas. *Gardères* avait appartenu
anciennement à une branche de la maison de Monlezun. Les
archives d'Antras renferment un hommage de Gardères rendu
à Bernard, comte d'Armagnac, le 27 octobre 1424, par noble
Bernard de Monlezun, coseigneur de Riguepeu (de Rigapilo),
lequel *existens coram domino comite Pardiaci, flexis geni-
bus, manibus junctis inter manus dicti domini Comitis,
caputio et zona amotis, gratis recognovit, tenere a dicto
domino Comite Pardiaci in feudum nobile territorium vocatum de Garderiis cum suis pertinentis, etc.*

Marguerin d'Antras ne laissa pas postérité. Par son testament
du 24 avril 1631, retenu par Bertrand Ducos, notaire de Til-
lac, il fait des legs à Jacquette et Isabeau d'Antras, ses niè-
ces, filles d'Annet, son frère; à Marguerin de Cazaux, son
neveu et filleul, 200 livres; à Jean-François et Henri de Cazaux, ses neveux, 15 écus sols, et institue Isabeau de Benque
son héritière, à charge de donner ladite hérédité à celui des
enfants mâles d'Annet d'Antras, sieur de Carchelles, son
frère, qu'elle voudra désigner;

4° Jean-George, seigneur de Saint-Julien, *a formé la branche de
Sérian*, rapportée plus bas;

5° Jeanne, mariée à noble Jean d'Estève, vice-sénéchal d'Armagnac;

6° Henriette, mariée à noble Hugues de Cazaux-Laran, seigneur
de Gaussan;

7° Géraude, mariée en premières noces à M. Vital Despaulx, docteur et avocat, juge royal de la ville de Miélan, lequel mourut sans enfants, instituant sa femme son héritière universelle. Géraude se remaria avec noble Carbon de Brux, seigneur de La Broquisse, en Chalosse.

Elle testa le 19 octobre 1659 dans la paroisse de Bats, près
Saint-Sever, rappela dans son testament son premier mariage avec Vital Despaux, et son second avec Carbon de
Brux « *lequel est parti depuis trois ans pour la guerre sans
donner signe de vie,* » et laissa tous ses biens en égale
portion à ses deux frères, Annet et Georges. Carbon de
Brux fit son testament le 15 octobre 1669. Il laissa la somme
de 7,000 livres à noble Gérard d'Antras, neveu de feu

Géraude d'Antras, sa femme, à condition qu'il épouserait
sa filleule, fille de noble Marc de Brux, son neveu, et institua pour son héritier universel noble François de Brux,
seigneur de Brux, en Chalosse, son neveu;

8° Anne, mariée à noble Jean-Gabriel de Sariac, seigneur d'Ar-
denne;

9° 10, 11, 12, 13, 14, 15, 16, 17, 18, morts jeunes.

XI. JEAN-FRANÇOIS D'ANTRAS, seigneur de Cornac et
de Pallane, épousa en premières noces demoiselle *Charlotte
de Latour*, fille de messire Guy de Latour, seigneur de Lieux,
en Comminges, et de Anne d'Espagne-Ramefort, le 21 avril
1618. Charlotte mourut l'année suivante sans enfants. Jean-
François se remaria avec demoiselle *Marthe d'Escoussalens*,
fille de noble Arnaud d'Escoussalens, seigneur de Montaigut.
Les archives d'Antras renferment un acte de ratification des
pactes de mariage de Jean-François d'Antras avec Marthe
d'Escoussalens, daté du 23 septembre 1626, dans lequel il
est dit que Marthe était veuve de noble Jean d'Abbadie, sieur
de La Rose et de Saint-Germain, et que noble Jean d'Abbadie, sieur de La Rose, homme d'arme de la compagnie de
M. d'Epernon, majeur de 25 ans, était le fils de ladite Marthe
et dudit feu Jean d'Abbadie, et que Jean de Larroux, seigneur de Tirac, était son beau-frère, en présence de nobles
Emmanuel de Baudéan, seigneur de Lannefrancon, et de
Jean-François de Baudéan, seigneur de Puylausic. Marthe
mourut également sans laisser d'enfants de son second
mariage, et Jean-François se remaria en troisièmes noces,
par contrat du 28 avril 1640, avec demoiselle *Marie de
Brux*, fille de noble Pierre de Brux (*Alias Bruix*), du pays
de Chalosse. Marie de Brux était veuve lorsqu'elle testa le
15 août 1667, fit des legs à François et Guiraude d'Antras
ses enfants, institua son fils aîné, Théodore d'Antras, héritier
universel, et nomma pour ses exécuteurs testamentaires
noble Carbon de Brux, seigneur de la Broquisse, son oncle,
et François d'Antras, seigneur de Gardères, son neveu ;

1° Théodore, seigneur de Cornac, qui continue la descendance;

2° François, seigneur de Pallane, *a formé la seconde branche de Cornac et Pallane,* rapportée après celle-ci;

3° Guiraude.

XII. JACQUES-THÉODORE D'ANTRAS, seigneur de Cornac, fut maintenu dans sa noblesse de race par jugement de M. Foucault, intendant de la sénéchaussée de Montauban, daté du 3 juillet 1674. Il épousa en premières noces, par contrat du 1er février 1665, retenu par Jean-Pierre de Monda, notaire de Baliron, demoiselle *Isabeau de Gascor,* fille de noble Paul de Gascor, seigneur de Baliron, et de Françoise de Lomagne-Terride; il était assisté de François, seigneur de Pallane, son frère, de nobles Pierre de Brux, seigneur de Brux, et Marc de Brux, écuyer, ses oncles; Isabeau de Gascor l'était de noble Jean de Gascor, seigneur de Baliron et Camalès, son frère, de Jean de Gascor, curé de Larreule, son oncle, de noble Guillaume de Gascor et noble Jacques de Lomagne-Terride, seigneur de Floris, ses oncles, de noble Pierre de Cazaubon (du Fourc), seigneur de Camalès et Baliron. (Marie de Gascor, sœur d'Isabeau, épousa, le 25 août 1671, noble Jean-Bernard de Bordes, sieur du Haget, près Montesquiou.) (*Archives du château de La Plagne.*)

Jacques-Théodore d'Antras se remaria, le 2 février 1676, avec demoiselle *Marguerite d'Audebar.* Il testa le 30 mai 1706, institua son fils François son héritier universel à charge de donner une légitime à Madeleine, sa *fille naturelle.* Il laissait deux enfants de sa première femme :

1° François, qui suit;

2° Géraude, qui entra en religion le 4 août 1692;

3° *Madeleine, fille naturelle.*

XIII. FRANÇOIS D'ANTRAS, seigneur de Cornac, ne laissa pas postérité. Le 8 août 1722, il assista au mariage de son cousin, Dominique d'Antras, seigneur de Pallane, et lui fit, en considération de son mariage, donation de la seigneurie

de Cornac. Il testa le 10 décembre 1741, fit un legs de
1,000 livres à messire François-Antoine de Villemur-Paillès,
seigneur de Samazan, son ami; 400 livres à François de
Sédillac, fils puîné de feu Simon de Sédillac, seigneur de
Moncorneil, et de Françoise de Rességuier; et institua son
héritier général noble Louis de Sédillac, seigneur de Lamothe,
habitant de Monlezun, à charge de payer une somme de
400 livres à Jean de Bordes du Haget, son cousin-germain.

BRANCHE

DES

SEIGNEURS DE PALLANE ET PLUS TARD DE CORNAC

[*éteinte.*]

XII. FRANÇOIS D'ANTRAS, seigneur de Pallane, deuxième
fils de Jean-François d'Antras, seigneur de Cornac et de
Pallane, et de Marie de Brux, eut la terre de Pallane pour sa
part de la succession paternelle. Il fut gouverneur de la ville
de Montréjeau, où il se maria. Nous n'avons point vu son
contrat de mariage; il résulte de celui de son fils Dominique
qu'il fut père de :

1° Dominique;
2° François, seigneur de Mongrand, près Montréjeau, lieutenant
　　en la compagnie de Cassini, dans le régiment de cavalerie
　　du Roy Stanislas, par brevet du 9 août 1724; chevalier de
　　St-Louis le 27 mai 1744. Par acte du 20 décembre 1747, il
　　fit vente à noble Marc-François de Lassus de tous ses biens
　　de Montréjeau, terre de Mongrand et autres, pour la somme
　　de 13,500 livres. Son frère, Dominique, lui laissa par son
　　testament du 5 février 1759 la jouissance de tous ses biens.
　　François testa le 14 décembre 1771, fit un legs de 2,000 livres
　　à Jeanne-Josèphe d'Antras, fille unique de Joseph d'Antras,

seigneur de Sérian, à condition qu'elle remît tous les titres de
sa branche à noble Jean-François-Joseph d'Antras, seigneur
de Gardères, qu'il nomma son héritier universel et demanda
à être enseveli dans la chapelle de Cornac.

XIII. DOMINIQUE D'ANTRAS, seigneur de Pallane et plus
tard de Cornac, en vertu de la donation que lui fit de cette
terre son cousin François d'Antras, seigneur de Cornac, le
jour de son contrat de mariage avec demoiselle Françoise de
Cazaux, fille de noble Joseph de Cazaux, baron de Laran, Lassalle et autres places, et de demoiselle Marie-Anne de Ségla,
le 8 août 1722. Il fut capitaine d'une compagnie d'infanterie
dans le régiment Royal-la-Marine, le 30 août 1712. Dominique
d'Antras n'eut pas d'enfant. Par son testament du 5 février
1759 il institua pour son héritier général et universel noble
Jean-François-Joseph d'Antras, seigneur de Gardères, réservant la jouissance de ses biens à son frère François,
seigneur de Mongrand.

BRANCHE

DES

SEIGNEURS DE GARDÈRES, ET PLUS TARD DE CORNAC

[seule existant aujourd'hui.]

XI. ANNET D'ANTRAS, sieur de Carchelles, second fils de
Jean d'Antras, seigneur de Cornac, Pallane et St-Julien, et
de Françoise de La Violette, épousa, par contrat du 26 juillet
1616, demoiselle *Françoise d'Antras de Flourés*, fille de noble
Jean-Louis d'Antras, seigneur de Flourés et de Madeleine de
Boulouix, dont il eut :

1° Jean-François, seigneur de Gardères et du Pouton, en vertu de
la donation testamentaire de Margeurin d'Antras, seigneur

de Gardères et du Pouton, son oncle, du 24 avril 1631, fut maintenu dans sa noblesse par jugement du 22 mars 1666, rendu par M. Pellot, intendant de la sénéchaussée de Montauban. Il n'eut pas d'enfant de son mariage avec demoiselle *Margeurite de Labarthe,* fille de noble Louis de Labarthe-Giscaro, seigneur de Valentine, et d'Agnès de Benque de Marun, contracté le 19 septembre 1648, en présence de noble Hector du Faur La Rivière, seigneur de St-Christau, et reçu par Barbe, notaire d'Auch. Son testament est du 21 mai 1682; il laisse à Catherine d'Antras, sa nièce et filleule et fille de Margeurin d'Antras, son frère, la métairie du Pouton, avec faculté à son héritier de la racheter au prix de 3,600 livres. Il demande à son dit frère Margeurin « *l'obligeance d'adhérer au desir que ma femme demoiselle Catherine de Labarthe m'a tesmonié avoir de vouloir marier avec madite niepce Catherine, un de ses neveux de Giscaro de Valentine, qui sont cadets, savoir : M. de Labarthe ou à son défaut M. de Terrasset, au choix de madite femme.* » Il substitue dans la même intention à Catherine, sa deuxième sœur, et à celle-ci la troisième. Laisse à Jean-François d'Antras, son neveu, fils aîné de Margeurin, tous les biens qui lui sont advenus par le décès de son père, Annet d'Antras, sieur de Carchelles, et comme ledit Jean-François est en bas âge, donne la jouissance à Margeurin, son père. Fait un legs à François et Annet de Tauzia, ses neveux, fils de sa sœur Isabeau; *item* à son neveu noble de Barés, seigneur de Taian, fils de noble de Barés de La Rivière, et de Jeanne d'Antras, sa sœur; *item* à Catherine d'Inquands, sa nièce, fille de noble N. d'Inquands, seigneur d'Aurensan, et d'Agnès d'Antras, sa sœur; institue son héritier universel Marc-Antoine d'Antras, son neveu, et le charge d'achever la construction de la chapelle de Gardères s'il mourait avant de l'avoir terminée. Fonde un obit dans ladite chapelle où il veut être enseveli.

CHAPELLENIE DE GARDÈRES.

Jean-François avait fondé, en 1679, une chapellenie dans son fief de Gardères, et avait affecté à cette fondation 100 livres de rentes et la métairie de Laserre. Le chapelain devait célébrer la messe dans la chapelle tous les dimanches et les jours de fêtes non chômables; en outre, il devait dire deux messes pendant la semaine, le mercredi en l'honneur de la Vierge, et le vendredi pour les âmes du Purgatoire. Par son testament de 1682, Jean-François d'Antras augmenta la fondation d'une rente annuelle de 24 livres, à charge au chapelain de dire deux autres messes, le lundi pour les morts, et le samedi pour le repos de l'âme du fondateur et de ses successeurs; à la fin desquelles messes le chapelain récitera un *de Profundis* et un *Requiem* sur la tombe du fondateur. La chapellenie était du patronage et de la nomination des seigneurs de Gardères. Plus tard, lorsque en 1759 Jean-François-Joseph d'Antras, seigneur de Gardères, héritier de Cornac, se fixa au château de Cornac, le chapelain de Gardères fut obligé, en vertu d'un nouvel accord, de venir dire la messe chaque dimanche dans la chapelle du château de Cornac ou à la ville de Marciac quand les châtelains y étaient. La métairie *de Laserre,* affectée à cette chapellenie, fut saisie par la nation et vendue le 16 floréal an II. Les Messieurs d'Antras, rentrés de l'émigration, réclamèrent une indemnité, parce qu'ils avaient gardé la propriété de cette métairie, n'aliénant que le revenu. Mais il fut décidé que cette métairie était un bien ecclésiastique. Gardères était un tout petit fief composé, d'après les anciennes *lièves* qui sont dans les archives d'Antras, de six feux! La métairie de Laserre est dans le territoire de Troncens;

2° Gérard, qui continue la descendance;

3° Margeurin d'Antras. Il résulte du contrat de mariage de sa fille aînée, Catherine, qu'il fut marié avec demoiselle *Jeanne de Trécheiré*, de laquelle il eut :

        1° Jean-François, auquel son oncle Jean-François d'Antras laissa les biens qu'il avait recueillis dans la succession d'Annet d'Antras, son père, c'est-à-dire la terre de Carchelles;

        2° Catherine, mariée par contrat du 5 février 1690, passé à Ibos, en Bigorre, avec noble Lambert de Saillan, habitant de Sarrancolin;

        3°, 4° Deux filles. (Test. de Jean-François.)

4° Anne, mariée par contrat du 15 août 1541 à noble François de Sentous, seigneur de Cuilhères, fils de noble Jean de Sen-

15

tous, en présence de noble Manaud de Manssencome, seigneur de La Cassaigne, ledit contrat retenu par Dominique
Labat, notaire de Troncens;

5° Agnès, mariée à noble N. d'Inquands, seigneur d'Aurensan;

6° Isabeau, mariée à noble Bernard de Tauzia, sieur de Boquieu,
le 7 février 1657;

7° Jacquette, mariée à noble Jean de Puybérail, seigneur de Troncens; ele teste étant veuve, le 8 octobre 1696, en faveur
d'Annet de Puybérail, son fils aîné.

XII. GÉRARD D'ANTRAS, ayant reçu de noble Carbon de
Brux, mari de Geraude d'Antras, sa tante, un legs de 7,000
livres, en son testament du 15 octobre 1669, à condition qu'il
épouserait la fille de noble Marc de Brux (voyez le testament
plus haut), épousa par contrat du 1er septembre 1671 demoiselle *Isabeau de Brux*, fille de Marc de Brux, seigneur
de Brux, en Chalosse, et de demoiselle Marguerite de Cas-
telbieilh, en présence de François de Brux, seigneur de Né-
bout, frère de ladite Isabeau, et autre François de Brux, seigneur de Montbielle, son cousin-germain. Par son testament
du 27 juin 1698, Gérard d'Antras institua son héritier universel Marc-Antoine, son fils aîné :

1° Marc-Antoine, seigneur de Gardères, qui suit;

2° Pierre, tué à la bataille de Malplaquet, en 1709;

3° Ambroise, lieutenant de cavalerie dans le régiment de Caubous,
par brevet du 17 octobre 1711. Il était né à Gardères et avait
été baptisé dans l'église de Monlezun, le 3 avril 1697;

4° Catherine, mariée à noble Pierre Baron, sieur de Bélesta;

5° Marguerite, mariée à noble Louis de Sedillac, seigneur de Lamothe, par contrat du 15 décembre 1699, retenu par Lana-
castets, notaire de ......;

6° Claire, religieuse au couvent des Clarisses de Mirande;

7° Jeanne, non mariée.

XIII. MARC-ANTOINE D'ANTRAS, garde du Roi, compagnie de Villeroy, par lettre d'Etat du 20 novembre 1709, fut
seigneur de Gardères en vertu de la donation testamentaire
de Jean-François d'Antras, seigneur de Gardères, son oncle,

frère aîné de son père. Il épousa, par contrat du 17 juillet 1700, demoiselle *Marguerite d'Armun*, fille de Jean d'Armun, docteur et avocat au Parlement, habitant de Marciac, et de demoiselle Anne de Lestrade. Le mariage fut célébré dans la dévote chapelle de Cahuzac, près Gimont. Le 28 décembre 1750, il acquit de messire Joseph d'Antras, seigneur de Sérian, la terre noble de Saint-Julien, près Gardères, pour le prix de 13,500 livres. Il fut père de :

1° Jean-François, seigneur de Cornac, qui suit;

2° Isabeau, non mariée;

3° Raymonde, *id.*

XIV. JEAN-FRANÇOIS-JOSEPH, COMTE D'ANTRAS, seigneur de Gardères et Saint-Julien, et puis de Cornac et Pallane, en vertu de la donation testamentaire de Dominique d'Antras, seigneur de Pallane et Cornac, du 5 février 1759 (voyez le test. plus haut), né le 12 mai 1708, servit pendant six ans dans les mousquetaires, fut chevalier de Saint-Louis, et épousa, par contrat du 10 mai 1756, demoiselle *Guillemette-Gabrielle de Bergoust*, de la ville de Mirande. Il mourut à Mirande le 17 février 1789, âgé de 81 ans, et Gabrielle de Bergoust, en sa maison de *La Bourdette*, près Mirande, le 12 octobre 1812. Ils laissaient de leur union :

1° Marc-Pierre-Isabeau, qui suit;

2° Jean-Sixte dont l'article sera rapporté après celui de son frère;

3° Marie-Georgette, mariée par contrat du 6 novembre 1787 au *comte Henri de Vandomois*, fils de messire Paul-François, comte de Vandomois, seigneur de Castagnède, Cuélas, Mont-de-Marrast, et de dame Louise-Françoise de Labarthe-Termes. Le comte Henri de Vandomois, lieutenant au régiment du Roi, émigra en 1793 et se rendit à l'armée des Princes. Il fut fusillé à Bar-le-Duc par les troupes républicaines.

XV. MARC-PIERRE-ISABEAU, COMTE D'ANTRAS DE COR-NAC, baron de Ricourt, lieutenant dans le régiment d'infanterie de Vivarais, par brevet du 21 septembre 1782, épousa à Bagnères, le 17 août 1791, demoiselle Jeanne-Agathe Laure O'Kearney, fille de lord Edward O'Kearney, gouverneur de l'Isle Ste-Lucie. Il mourut à Paris, hôtel de Bourbon, rue Jacob, le 19 juillet 1792, au moment de son départ pour l'émigration. Peu de jours avant, la comtesse d'Antras avait donné le jour à :

XVI. EDOUARD, COMTE D'ANTRAS DE CORNAC, fit en qualité de volontaire la campagne de France de 1814, et mourut de ses blessures à l'hôpital d'Annecy le 25 mars 1814. La comtesse d'Antras hérita, par la mort prématurée de son fils, du château de Cornac, et le légua en mourant à madame de Tursan d'Espagnet, née Louise-Céleste-Amable de Crémille, sa nièce, fille de mademoiselle O'Kearney, sa sœur. Le château de Cornac est aujourd'hui habité par Monsieur d'Espagnet, fils de la donataire.

XV. JEAN SIXTE D'ANTRAS, dit le chevalier d'Antras, devint chef de nom et d'armes de sa maison par la mort de son neveu Édouard. Esprit distingué, causeur brillant, le chevalier d'Antras unissait à l'exquise urbanité du gentilhomme le dévouement chevaleresque d'autrefois. Il a laissé, comme son illustre aïeul, les mémoires de sa vie. Peut-être publierons-nous un jour ces pages pleines de charme, étincelantes de l'esprit du temps passé, où se déroulent au milieu des joies et des tristesses du foyer les récits des graves événements qui précédèrent et suivirent l'émigration. Il faut lire cette chronique intime de la famille pour savoir tout ce que le chevalier d'Antras montra de dévouement et de courage dans cette sombre époque. Il était page de Monsieur lorsque l'émigration vint l'arracher à son pays. Il fut sans hésiter où le devoir l'appelait, rejoignit l'armée de Condé à Coblentz et fit en qualité de capitaine-adjudant dans la légion de Béon toutes les campagnes jusqu'en 1795. A cette époque il passa au service de l'Angleterre dans la même légion; et à la fin de 1796, la légion ayant été licenciée, il gagna l'Espagne pour se rapprocher de la Gascogne. Passer et repasser la frontière n'était pour lui qu'un jeu, il revint plusieurs fois dans sa famille, exposant mille fois sa vie, déjouant à force de ruses et d'adresse toutes les recherches de la police. Cette vie de dangers et d'aventures ne lui déplaisait pas, on pouvait dire qu'il vivait de ce qui fait mourir les autres. Il rentra définitivement en France sous le Consulat et vint se fixer à Paris où il se lia d'intime amitié avec Joseph Chénier, Ducis et Talma (1). Compromis dans l'affaire de la *machine infernale* (24 décembre 1800) il fut écroué à la maison d'arrêt du Temple, et ne dut sa liberté qu'à l'intervention de Talma. Pendant les Cent jours il fut de nouveau traqué, poursuivi et finalement mis sous la surveillance de la police. Louis XVIII le nomma sous-inspecteur des forêts à la sous-inspection de Mirande, qui fut créée pour lui; il arriva rapidement au grade d'inspecteur général et était au moment d'être nommé conservateur lorsqu'arriva 1830. Le chevalier d'Antras donna sa démission. Il mourut à Mirande en 1844, laissant de mademoiselle Marie-Anne Bergeron un fils unique.

XVI. JACQUES-FLORENT-VICTOR-FRÉDÉRIC, COMTE D'ANTRAS, né à Mirande en 1806, décédé au château de Labourdette le 1ᵉʳ novembre 1877, laissant de mademoiselle Amélie d'Asies-du-Faur.

1° Alfred;

2° Emma;

3° Georgine, mariée en 1879 à Monsieur le baron Augustin de Cabanes-Cauna, le savant historien de la noblesse des Landes;

4° Joséphine.

XVII. ALFRED, COMTE D'ANTRAS, a épousé au château de

(1) La famille d'Antras conserve précieusement une série de lettres écrites par notre grand tragédien au chevalier d'Antras, où l'on voit que Talma ne dédaignait pas les conseils du chevalier pour l'étude de ses rôles.

Montbel mademoiselle Léonie Marestaing. Il a de |ce mariage :

1° Marie-Jacqueline-Jeanne, née au château de Montbel le 4 juin 1873;

2° Marie-Bernard-Jean, né à Samatan (Gers), le 16 février 1875;

3° Augustin-François-Bertrand-Jacques, né à St-Sever (Landes), le 24 janvier 1880.

BRANCHE DES SEIGNEURS DE SAINT-JULIEN ET SÉRIAN

[*éteinte*].

XI. JEAN-GEORGES D'ANTRAS, seigneur de Saint-Julien, (petit fief en Monlezun), était le quatrième fils de Jean d'Antras, seigneur de Cornac et de Pallane, et de Françoise de La Violette. Par transaction du 22 juillet 1645, son frère aîné, Jean-François, seigneur de Cornac, lui donna pour ses droits légitimaires la métairie noble de Saint-Julien, qui provenait de la constitution dotale de Françoise de La Violette, leur mère, dame de Cornac et Saint-Julien. Il épousa en premières noces, le 17 août 1632, noble demoiselle *Marguerite d'Abbadie de La Rose*, fille de feu noble Jean d'Abbadie de La Rose, seigneur de Saint-Germain, en Astarac, près Loubersan, et de demoiselle Marthe d'Escoussalens, ladite Marthe remariée à Jean-François d'Antras, seigneur de Cornac, frère aîné dudit Jean-Georges. Il épousa en deuxièmes noces, demoiselle *Jeanne de Gestas,* fille de Jean-Jacques de Gestas, seigneur de Bétous et Bouzon, en Armagnac, et de Charlotte de Castillon-Mauvezin le 25 février 1659. Jean-Georges testa le 28 février 1657, et laissa du premier lit :

1° Louis, qui suit;

Deuxième lit :

2° Marie, était le 17 septembre 1657 sous la tutelle de noble Fran-çois de Laroque, lequel transige avec Louis d'Antras, frère de Marie sur la succession de Jean-Georges, leur père. Elle épousa en premières noces Philippe de Pins, seigneur de Peyrat, et étant veuve sans enfants, elle se remaria le 8 février 1660 avec François de Gères, seigneur de Sainte-Gemme. Elle n'eut pas d'enfants de ce second mariage, fit son testament le 3 janvier 1718, fonda une chapellenie à Sainte-Gemme, avec trois titres de chapelains, et affecta à cette fondation tous les droits seigneuriaux de la terre de Sainte-Gemme, dont son mari l'avait instituée héritière, par testament du 18 mai 1661.

XII. LOUIS-JOSEPH D'ANTRAS, seigneur de Saint-Julien et Sérian, rendit hommage pour la seigneurie de Sérian, devant M. d'Aspe, juge-mage, le 14 mars 1663. Il épousa, le 15 avril 1665, demoiselle *Marguerite d'Audebart,* et testa le 10 novembre 1686, laissant de son union :

1º Jean-François, seigneur de Sérian, qui suit;
2º Françoise, mariée en 1682 avec noble Jean du Cos de Lahitte, seigneur de Lamothe et de Saint-Etienne, capitaine au régiment du Roi, infanterie;
3º Marie-Anne;
4º Marie.

XIII. JEAN-FRANÇOIS D'ANTRAS, seigneur de Sérian et Saint-Julien, fut maintenu dans sa noblesse par jugement de M. Le Pelletier de La Houssaye, intendant de la sénéchaussée de Montauban, le 9 mai 1699. Il épousa, le 25 janvier 1688, demoiselle *Louise Doucet,* fille de M. Hyacinthe Doucet, habitant de la ville de Marciac, qui le rendit père de :

1º Gérard, servit dans le régiment de Boulonnais, fut nommé capitaine de grenadiers par brevet du 15 août 1735 et périt à la tête de sa compagnie devant le château d'Eggeubert, en Bavière, le 28 mai 1742, suivant le certificat de M. de Morel, major du régiment, certifié par M. de Damas, colonel. Il était chevalier de Saint-Louis;
2º Joseph, qui suit;
3º Un garçon;
4, 5, 6, 7, 8, cinq filles dont on n'a point retrouvé les noms et le sort

XIV. JOSEPH D'ANTRAS, seigneur de Sérian, fut capitaine dans le régiment de Boulonnais, suivant commission du 19 avril 1721; chevalier de Saint-Louis le 29 janvier 1738. Il épousa, par contrat du.... 1748, retenu par Despaulx, notaire de Miélan, demoiselle *Philippe-Josèphe d'Asson-d'Argelès;* fit vente à Marc d'Antras de Gardères de la terre de Saint-Julien, pour la somme de 13,500 livres, par acte du 28 décembre 1750, et testa en 1752 ne laissant qu'une fille unique.

XV. JEANNE-PÉTRONILLE-JOSÈPHE D'ANTRAS, dame de Sérian, née le 12 janvier 1752, fut mariée, par contrat du 5 mai 1770, retenu par Bacqué, notaire de Boulogne, avec noble *Jean-Baptiste-Paul de Lamarque-Marca,* seigneur de Manent, Boissède et Mirambeau, ancien capitaine dans le régiment de Touraine, chevalier de Saint-Louis, qui décéda à Manent, le 30 août 1785. Sa veuve émigra avec tous ses enfants en 1791. Tous ses biens et ceux de son mari furent saisis par la nation et vendus. Elle mourut à Bours, le 4 septembre 1825 :

1° Jean-Baptiste-Joseph-Ferdinand de Lamarque, né à Manent, le 7 décembre 1773, émigra en 1791, et prit du service dans l'armée des Princes, légion de Rohan. A la retraite de Nimègue, voulant secourir un de ses camarades entouré d'ennemis, il fut criblé de blessures, et mourut à l'hôpital d'ambulance où il fut transporté. Raymond de Castelbajac, âgé de 52 ans, demeurant à Barbazan-Débat, qui servait en même temps que lui comme cadet gentilhomme, dépose qu'il le vît porter à l'ambulance couvert de blessures et mourir trois jours après; *(Dossier des émigrés.)*

2° Louise-Philippe-Andrée, née à Manent, le 26 août 1772, épousa à Madrid, pendant l'émigration, Jean-Marie-Gaspard-Victor de Cassagnau de Saint-Félix, ancien officier de marine;

3° Marguerite-Françoise-Josèphe, née le 23 décembre 1770, épousa, en émigration, M. du Pac, lieutenant-colonel de cavalerie au service du roi d'Espagne;

4° Bernarde-Marie-Catherine-Clotilde.

BRANCHE DES SEIGNEURS DE FLOURÉS

[*éteinte*].

VII. DOMINIQUE D'ANTRAS, seigneur de Flourés, était le second fils de Nicolas Ier d'Antras, seigneur de Samazan, de Flourés, des Litges et Creschies; il fut apanagé des terres de Flourés, de Creschies et de certaines portions des biens du Litges, terres qui avaient été données par le comte d'Armagnac à Bernard Ier d'Antras, en 1278. Il épousa demoiselle *Jeanne de La Violette*, fille d'Arnaud de La Violette et sœur de Jean, seigneur de Cornac, de Vital et de Bertrand de La Violette, prêtre, ainsi nommée au testament de son père, du 21 avril 1481. Dominique d'Antras fit son testament le 15 août 1493. Il y déclare qu'il veut être enterré dans la chapelle de l'église de Marciac qui appartient à ceux de sa maison; laisse 25 écus de monnaie courante à Catherine de Baudéan, sa belle-fille; confirme la donation de la terre de Flourés qu'il avait faite à son fils aîné Jean, en considération de son mariage avec ladite Catherine de Baudéan; institue ledit Jean son héritier universel :

> Et pro eo quia unus alius ejus filius secundo genitus, Bertrandus de Antranis appellatus, a sua domo ad guerram, seu alias recessit et nesciebat si erat in vita, aut nec si viveret iu hanc patriam et delicta non comisisset propter quæ sua bona si haberet possent amisi seu confiscari, etc.

Il veut que son héritier soit tenu de donner à son second fils la moitié de tous ses biens hormis ceux qui sont compris dans la donation qu'il lui a faite au sujet de son mariage, et en outre la moitié des terres et anglades sises sur le bord de l'Arros.

> Quas quidem mediatim habet pro indiviso cum nobili Nicolao de Antranis domino de Samazano ejus frater.

Et nomme pour ses exécuteurs testamentaires :

Magistrum Sancium de Bordis in legibus baccalaureum, dominum Arnaldum d'Escoberiis presbyterum, Nicolaum de Violetta et Joannem de Violeta ville Marciaci habitatores. Testes rogati, Magister Nicolaum de Mediavilla in legibus baccalaureus, Joannes de Bataco, Petrus de Comis, Petrus de Monteferando, Pelegrinus de Bataco et Arnaldus de Bagnerio ville Marciaci habitatores, et ego Dominicus Describano notarius, etc.

1° Jean, seigneur de Flourès, qui suit;

2° Bertrand, coseigneur de Pallane et du Litges, dont l'article suivra celui de son frère.

VIII. JEAN D'ANTRAS, seigneur de Flourés et Creschies, institué héritier général par son père Dominique, épousa par contrat du..... retenu par Antoine de Tillia, notaire de Marciac, demoiselle *Catherine de Baudéan*, fille de Jean de Baudéan, seigneur d'Aux, dont il n'eut que deux filles :

1° Andrive, dame de Flourés;

2° Borguine, nommée au testament de sa sœur, qui laisse un écu « *à touts lous fils et filhias de Borguina Dantras, sor de ladite testatrix, et uxor domini de Podio.* »

IX. ANDRIVE D'ANTRAS, dame de Flourés et Creschies, épousa noble *Bertrand de Montauban*. Elle n'eut pas d'enfant et fit son testament le 10 juin 1521 devant Jean de Tappie, notaire de Beaumarchez. Elle demanda à être ensevelie dans l'église de Notre-Dame de Marciac, dans la chapelle des seigneurs de Samazan et Flourés; fait des legs aux confréries de Notre-Dame, du Corpus Domini, de Saint-Nicolas, de Sainte-Catherine, de la Sainte-Trinité, établies dans l'église de Marciac; *item* aux églises d'Auch, de Flourés, de Samazan et du Litges; *item* aux couvents des Augustins, de Saint-Dominique et des quatre ordres de pauvreté de Marciac; fonde pour le repos de son âme et de ses prédécesseurs une messe annuelle de *Requiem* et une autre de *Saint-Amadour*; laisse deux écus à Catherine de Baudéan, sa cousine; *item* à Bertrand d'Antras, son filleul; *item* à Andrive d'Antras, sa filleule;

item à tous les fils et filles de Borguine d'Antras, sa sœur, *item* aux filles dudit Bertrand d'Antras et de Catherine de Baudéan, sa cousine; *item* à Coulanot (Nicolas) d'Antras, fils de Bertrand d'Antras, son oncle, et de Jeanne de Pomès; déclare que lorsqu'elle épousa Bertrand de Montauban, il fut convenu que ledit Montauban apporterait la somme de 1,000 livres pour être employées à l'utilité de la maison de Flourés, qu'il n'a jamais apporté que 450 livres, et qu'un jour voulant partir pour la guerre il l'obligea à lui faire une reconnaissance sur tous ses biens de la somme de 1,000 livres, avec menace « *que jamais nou tournario per perdessa*» si elle ne le faisait; qu'une autre fois il emporta une somme de 3,000 livres « *per crompar une noblesse et une tour appellada à Malvesie* » et que redoutant sa malice elle lui fit toutes les reconnaissances qu'il demandait, lesquelles elle déclare nulles d'autant qu'elle n'a jamais su où se trouvait cette prétendue *noblesse* de Malvezie; lègue à noble Nicolas d'Antras, premier fils mâle de son oncle Bertrand, la seigneurie de Flourés avec tous ses fiefs et censives, le moulin appelé de Flourés avec ses fiefs et les métairies nobles de Flourés, situées au territoire *de Creschies*, et la métairie appelée à *La Monge,* et charge ledit Nicolas de porter les nom et armes de Flourés, et s'il meurt sans enfants mâles, lui substitue ses frères l'ordre de primogéniture gardé, et à ceux-ci le plus prochain du nom d'Antras « *in gradu parentele masculine.* » Laisse à Bertrand de Montauban la jouissance desdits biens, et pour tous ses autres biens elle nomme son héritière universelle Berguine, sa sœur, « *uxor Domini de Podio* » et Bertrand d'Antras, son oncle.

VIII. BERTRAND D'ANTRAS, co-seigneur de Pallanc et du Litges, deuxième fils de Dominique d'Antras, seigneur de Flourés, et de Jeanne de La Violette, a continué la descendance des seigneurs de Flourés. Le 5 mars 1494 étant mandé pour la guerre, et sur le point d'aller rejoindre la compagnie

du sénéchal de Toulouse, dont il était homme d'armes, il fit
son testament devant Dominique Describan, notaire de Marciac, et institua pour son héritier universel Jean d'Antras, son
frère. Il est dit dans le testament, âgé de 26 ans. En 1505 il
est témoin du testament de Nicolas III d'Antras, son oncle, et
est nommé en 1521 dans celui d'Andrive d'Antras, sa nièce,
dans lequel il est dit qu'il avait épousé demoiselle *Jeanne de
Paumés*. Il en eut :

1° Nicolas, institué par sa cousine Andrive d'Antras, héritier universel des biens de Flourés, Creschies, etc. Il est dit dans
une ordonnance royale rendue en faveur de Jean d'Antras,
neveu de Nicolas, au sujet de la terre de Flourés, qu'à l'époque du testament d'Andrive, Nicolas était au service du roi,
bien qu'il fût fort jeune, et qu'il trépassa au voyage de Naples, et que par suite de sa mort ses biens demeurèrent acquis
à Bertrand, son frère;

2° Bertrand, qui continue la descendance;

3° Coulanot (Colas), nommé au testament d'Andrive, et témoin, en
1544, de celui de Jean II d'Antras, seigneur de Samazan;

4° Bernadot, témoin avec son frère Colas du testament de 1544,
où ils sont qualifiés « *frères et seigneurs de Flourés.* »

IX. BERTRAND D'ANTRAS, co-seigneur de Pallane et du
Litges, devint seigneur de Flourés par la mort sans enfant de
son frère aîné, Nicolas, en vertu de la substitution apposée
au testament d'Andrive d'Antras, sa cousine. Il ne put
entrer en possession de ces terres dont la jouissance appartenait à Bertrand de Montauban, lequel s'était remarié
et habitait le château de Flourés. L'ordonnance royale dont il
a déjà été question, dit, qu'à l'époque du testament d'Andrive
d'Antras, Bertrand

Estoit en enfance et pour raison de la merastre qui estoit en la
maison, et bonne volonté de nous continuer le service au faict des
guerres come tous ses predecesseurs, demoura absant vingt-cinq
ans ou environ sans revenir en ladite maison, jusques environ l'année mil cinq cent quarante-sept; au quel temps à peyne adverti de la

disposition de la dite dame Andrive, dame de Flourés, se retira au
juge ordinaire de Beaumarchez pour avoir constraincte contre les
detenteurs de cèdes et papiers reteneus par feu M^{tre} Latappie quand
vivoit notaire de Beaumarchez ayant reteneu le testament de la dite
feu Andrive d'Antras, en vertu duquel avoit introduit instance contre
Serène de Montauban, filhe du second lit dudict feu de Montauban,
mil cinq cent cinquante un, etc. Au quel temps (1555) pour nostre
service ayant esté dressé armée soubs la conduite du feu sieur de
Guyse, le dict feu Bertrand d'Antras, père de l'exposant (Jean), post-
posa la continuation de la dicte instance au service que nous devoit
aux fins de la guerre. Dou reveneu obtint l'an 1560, de nous aultres
lettres a vous adressantes pour la poursuite de la dite instance. Ce a
quoy procédé et apointé, etc..., seroient surveneus en cestuy nostre
royaume les troubles pour le faict de la religion, occasion de quoy le
dit feu Bertrand lors homme d'arme de la compagnie de nostre tres
cher et amé cousin le prince de Nemours, feust de rechef constrainct
laisser la dicte instance pour nous faire service au faict de la guerre,
où se seroit continuellement occupé que y seroit trespassé délaissant
l'exposant premier masle portant le nom et armes de Florés agé seulement à présent de dix-sept à dix-huict ans... »

Bertrand d'Antras avait épousé demoiselle *Gentibe de Montesquiou* avant le 19 avril 1548; à cette date, Gentibe, femme
de noble Bertrand d'Antras, co-seigneur de Pallane et du
Litges, acquiert pour la somme de 200 livres tournoises la
métairie dite d'*Arbugères*, en la jurisdiction du Litges, sous
la directe des seigneurs de Samazan et Flourés, et de l'abbé
de La Caze-Dieu. Le 10 août 1551 il renouvela avec Bernard
d'Antras-Samazan, seigneur de Pallane, le pacte de rachat de
la vente de « huictante livres de fief noble sur certains habitants du terroir de Pallane, consenti par feu noble Bertrand
d'Antras, co-seigneur de Pallane, quand vivait du lieu des
Litges son père, » audit Bernard d'Antras, aussi co-seigneur
de Pallane, devant Jehan de Francia, notaire de Marciac. Bertrand fut père de :

1° Jean, qui suit;
2° Probablement Françoise d'Antras, mariée vers 1560 à messire
Jean de Lavedan, seigneur de Horgues. Elle était veuve en

1593, et sa fille, Gabrielle, était placée à cette date sous la tutelle de noble Gabriel de Labarthe-Giscaro, seigneur de Montignac. Gabrielle épousa Gaston d'Armagnac-Oléac, souches des d'Armagnac de Horgues, éteints à la fin du siècle dernier. (L'impossibilité de rattacher cette Françoise aux autres branches de la maison d'Antras nous a fait penser qu'elle appartenait à celle de Flourés, que nous sommes obligés de donner d'une manière incomplète faute de documents, la plupart des titres de cette branche ayant passé, avec les terres, dans la maison de Montaut);

3° Jeannette, veuve en 1616 de noble André de Talba.

X. JEAN D'ANTRAS, seigneur de Flourés, Creschies, co-seigneur du Litges, était mineur à la mort de son père, arrivée suivant l'ordonnance royale en 1563. Il est dit *fils aîné* de Bertrand, ce qui suppose d'autres enfants dont nous n'avons pu retrouver les noms. Il fut remis en possession des terres seigneuriales de Flourés en vertu des lettres royaux, déjà cités, rendus contre Serène de Montauban, fille de feu Bertrand de Montauban, et épouse de noble Julien de Médrano, « estranger natif d'Espaigne. » Il épousa noble demoiselle *Madeleine de Boulouix*, fille de messire Pierre de Boulouix, seigneur de Mimort, et de dame Frise de Nasse, dont il n'eut que des filles :

1° Frise, dame de Flourés, qui suit;

2° Catherine, mariée à noble Jean de La Violette, seigneur du Cassagnau, fils d'autre Jean de La Violette et de Delphine de Roux. Catherine était veuve en 1635;

3° Françoise, mariée à noble Annet d'Antras, sieur de Carchelles, par contrat du 26 juillet 1616 (souche des seigneurs de Gardères). Françoise reçut à son contrat de mariage une donation de Jeannette d'Antras, *sa tante*, veuve de noble André de Talba (?), habitant de Marciac.

XI. FRISE D'ANTRAS, dame de Flourés et Creschies, épousa, par contrat du 12 mars 1605, *César de Montaut*, seigneur de Barthère, deuxième fils d'Antoine de Montaut, seigneur de Barthère, et de Jeanne de Gélas de Bonas. Antoine était le deuxième fils de Jacques de Montaut, seigneur de Castelnau-d'Arbieu. Jacques était fils de Géraud. Géraud était fils du célèbre Bernard de Montaut, seigneur de Castelnau, dont parle Monluc (t. I, p. 41), qui fut un bon capitaine très mêlé aux guerres de Louis XI, Charles VIII, Louis XII et François Ier. Frise d'Antras, étant veuve, se remaria avec noble Gabriel de Laffitte, seigneur du Vignard (de la maison de Lafitte-Montagut). Elle en eut Arnaud-Guillaume de Lafitte. (Voir Courcelles, t. VI.) De son union avec César de Montaut Frise d'Antras eut :

XII. ARNAUD-GUILLEM DE MONTAUT, seigneur de Flourés, marié avec demoiselle *Françoise d'Estève,* fille de noble Jean d'Estève, vice-sénéchal d'Armagnac, et de Jeanne d'Antras de Cornac, fille de l'auteur des Mémoires et de Françoise de La Violette.

XIII. GABRIEL DE MONTAUT, seigneur de Flourés, maintenu dans sa noblesse par jugement du 4 décembre 1700.

FIN.

ERRATA.

Page 18, ligne 7. *Au lieu de :* qui estant campée derrière nous^r.
L'admirailh, etc.,

      Lisez : qui estant campée derrière Monsr
l'admirailh, etc.

Ibid., ligne 26, retranchez les points qui suivent les mots : en
danger de les deffère.

Page 50, ligne 29, *Au lieu de :* lespérance rent maistre,

      Lisez : l'expérience rent maistre.

TABLE ALPHABÉTIQUE

DES MÉMOIRES ET DES NOTES.

[Afin de faciliter les recherches, nous nous sommes conformés dans la rédaction de cette table à l'usage ancien adopté dans tous les recueils de Mémoires, de désigner le gentilhomme par le nom de son fief.]

A

B

G

H

I

J

L

M

TABLE

DES NOMS ET DES FIEFS MENTIONNÉS DANS LA GÉNÉALOGIE

(NOTA. — Les noms de fiefs sont suivis de la lettre F.)

A

B

(1) Il existe aux archives de Pau (E 261) un dossier de 77 pièces concernant un procès entre Henri II, roi de Navarre, et le seigneur d'Antras. Nous n'avons point consulté ces pièces. Il est probable qu'on y trouverait des renseignements sur les anciens seigneurs d'Antras.

C

D

E

F

G

H

I

K

L

M

N

O

P

(1) Nous avons omis de mentionner, à la page 211, le rachat de la terre de Ricourt, fait par Marc-Isabeau, comte d'Antras, à M. de Villemur-Paillez.

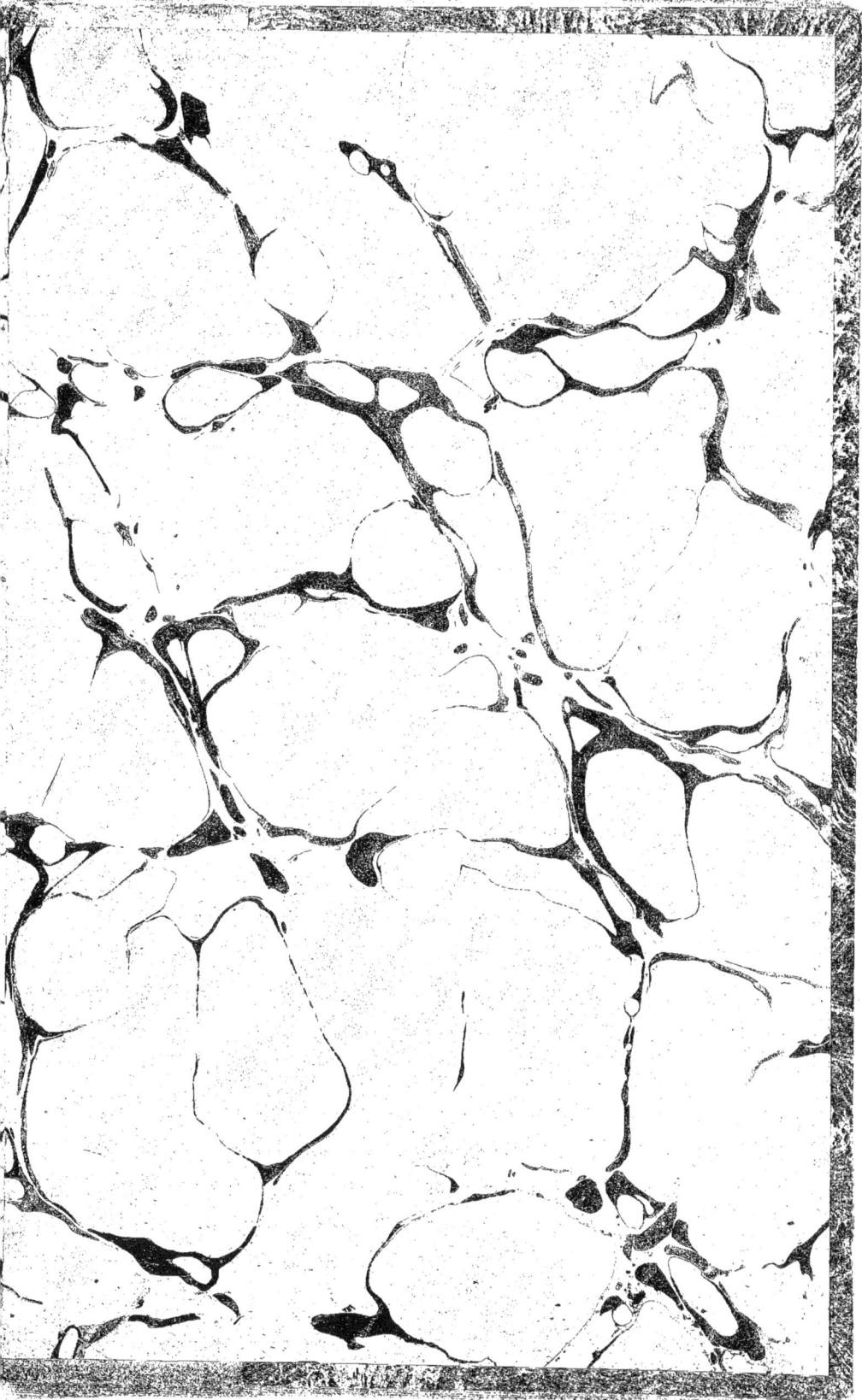

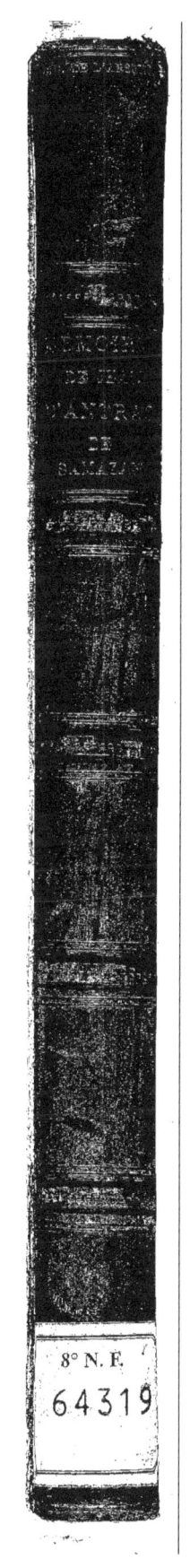

www.ingramcontent.com/pod-product-compliance
Lightning Source LLC
Chambersburg PA
CBHW070451030726
47503CB00004B/1001